中国文学名家名作鉴赏精华

曾国藩诗文鉴赏辞典

王澧华 主编

上海辞书出版社

《曾国藩诗文鉴赏辞典》

主　编：王澧华

撰稿人：（按姓氏笔画排列）

王晓芳　王澧华　向志柱　刘湘兰

李鸿渊　张咏铃　陈　兮　唐朝晖

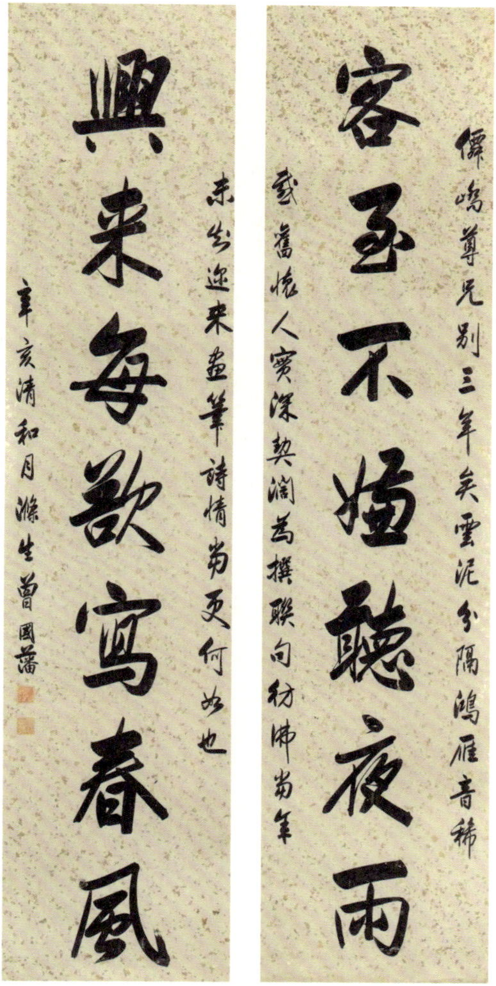

曾国藩书法

清朝留美幼童

曾国藩像

目录

文

前 言

曾国藩(1811—1872),字伯涵,号涤生,湖南省湘乡县荷塘都(今双峰县荷叶镇)人。清道光十八年(1838)成进士,改翰林院庶吉士,散馆授检讨;经翰林院侍讲、侍读、侍讲学士而迁内阁学士、礼部侍郎。咸丰二年(1852),曾国藩丁母忧回籍。年末,因洪秀全领导的太平军冲出湖南、湖北,进入江苏,占据南京,曾国藩奉旨帮办本省团练。次年,招募湘勇,增援湖北,转战江西。咸丰十年升任两江总督。同治三年(1864),督率湘军攻克太平天国首都天京(今南京),受封一等侯爵。同治七年,授武英殿大学士,调任直隶总督。同治九年,曾国藩奉命查办"天津教案",同年回任两江。同治十一年二月卒于任,清廷予谥"文正"。后人整理编刊其遗著,也就题名《曾文正公诗集》《曾文正公文集》。

曾国藩以翰林起家,历仕道光、咸丰、同治三朝,官居一品,封侯拜相。终其一生,他对诗文创作的兴趣、成就及影响,尤其是他先后投身一时蔚为风气的"宗宋诗派"与"桐城文派",使得他在清朝后期的文坛之上,已经广为世人瞩目。在日记、家书以及所编《经史百家杂钞》《十八家诗钞》中,他也多次展现在古文与诗歌创作中的宗尚与取向,在位高权重之后,也俨然成为"宋诗派"与"桐城派"的领军人物。文学史上的各家评论，从章太炎、钱基博到钱仲联，或赞其“风骨遒上，得阳刚之气为多”，或将他誉为道咸诗坛的“大刀关胜”（水浒梁山马军五虎将之首）。

在道光二十三年（1843）写给弟弟们的家书中，曾国藩回顾自己的治学经历，称“少时天分不甚低，厥后日与鄙庸者处，全无所闻，窍被茅塞久矣。及乙未到京，始有志学诗、古文并作字之法”。可知他是在道光十五年初次进京会试之后，才开始知道在科举的时文括帖之外，还另有诗文的宗尚与方向。

当时的京师诗坛，正是宗尚宋诗的风气兴起之时。在此之前，神韵、格调、性灵、肌理诸说兴衰相继，及至道光，诗论消歇，诗老淹逝，诗坛上出现了理论与创作的双重冷寂。不过，自清初以来出现的“亲宋疏唐”情结，始终一脉未绝，注重学问，注重个性，几乎成为当时诗人们的共同追求。如户部侍郎程恩泽就宣称，“独于西江社，旆以杜韩帜”（《赠谭铁箫太守》）。曾国藩留京二年，连续参加乙未科、丙申科会试，而程恩泽作为乙未科的知贡举官、丙申科的殿试读卷官，其诗风趋向更容易感染公车举子。在道光十七年程恩泽去世之后，吏部侍郎祁寯藻随之而起，创作了大量的“为杜为韩为苏黄”、堪称“学人之言与诗人之言合”的示范之作。而且，他还联络张穆、何秋涛、何绍基、苗夔等学者型诗人，常与唱和，扩大声势。与此同时，桐城派姚鼐弟子方东树、梅曾亮等人，虽然专注于文，但诗学倾向也在宗宋。风会所及，后进从风如靡。

曾国藩现存最早之诗，是道光十五年作于京城的五言古诗《咏史五首》，诗中颇有郁积不平之气。在道光二十年再次入京之后，他的诗作更加接近程、祁宋诗派一路。适逢湖南同乡、程恩泽的得意门生、宋诗派的理论代表何绍基守孝期满，回京任职，曾国藩便与之日相过从，请益切磋。稍后，理学家唐鉴也从南京调回北京，促使曾国藩开始宋儒性理之学的身心修炼。在"通于艺即通于道"的理学文艺观的指导下，曾国藩自定日课，"每月作诗文数首，以验积理之多寡，养气之盛否"。诗艺初开之日，风华正茂之时，以翩翩词臣之身，处优游清闲之地，无疑是潜心诗艺的大好时光，他甚至还一再在家书中，兴致勃勃地向弟弟们传授学诗经验："吾于五七古学杜（甫）、韩（愈），五七律学杜，此二家无一字不细看。外此则古诗学苏（轼）、黄（庭坚），律诗学义山（李商隐），此三家亦无一字不细看。"这一时期的诗作，如《送凌九归》《题顾南雅先生画梅应何子贞》《酬岷樵》《早起忆九弟》《六月二十八日大雨》《读李义山诗集》等，大都可以看作是用心揣摩、模拟追踪的成果。

咸丰、同治年间，曾国藩领兵转战南北，少有诗兴，诗作大减。但是，他前期的宗宋热情及其一系列的宗宋诗作，已经给他树立了一个宋诗派新秀的形象，尤其是他带兵之后两次引人注目的诗歌创作，客观上激发了人们的学宋兴趣，这便是近代诗坛上颇具盛名的“会合联吟”与“篴郃唱和”。创作于江西苦战时期的《会合诗》，通篇矫健奔放，词气诙诡倔强，余云焕《味蔬诗话》盛称此诗“造语奇倔，神与古会，直登昌黎之堂而入其奥”。一时曾营内外皆有和作，积久得百余篇，郭嵩焘还写有《会合联吟集序》。平定江南之后的《喜吴南屏至》，一波三折，一唱三叹。“苍天可补河可塞，只有好怀不易开”，非久经宦海风浪者不能道，尤其是首句用“篴”字，篇末用“郃”字，字词罕见而韵脚难押，但大江南北赓和者，竟达三百余人之多。对于曾国藩诗歌的艺术成就，钱基博《现代中国文学史》给予了很高的评价：“国藩诗学韩愈、黄庭坚，一变乾嘉以来风气，于近代诗学有开创之功。”由此可见其影响之大。

相对于诗歌而言，曾国藩的散文创作成就更要高出一筹。与前期黏滞于诗相比，曾国藩后期更专注于文。咸丰十一年三月，湘军祁门大营被围，曾国藩在写给子女的遗嘱中特别指出：“此次若遂不测，毫无牵恋……唯古文与诗，二者用力颇深，探索颇苦，而未能介然用之，独辟康庄。古文尤确有依据，若遽先朝露，则寸心所得，遂成广陵之散。”这便显示了曾国藩中年以后在诗文之间的偏重。

曾国藩的古文创作，受桐城派姚鼐影响很深，在《圣哲画像记》中，他甚至将姚鼐置于古今三十二位圣哲之列，称“姚先生持论闳通，国藩之粗解文章，由姚先生启之”。姚鼐的古文见识，如“言学问之途有三，曰义理，曰词章，曰考据”，“论古文之途，有得于阳与刚之美者，有得于阴与柔之美者”，皆为曾国藩所信服。姚鼐编有《古文辞类纂》，曾国藩在家书中指导诸弟，说“古文选本，惟姚姬传先生所选本最好，吾近来圈过一遍”，揣摩既久，即仿姚选之意而自编《经史百家杂钞》，将收录范围扩大到经子史传，“大抵阳刚者，气势浩瀚；阴柔者，韵味深美。浩瀚者，喷薄出之；深美者，吞吐出之”（咸丰十年三月十七日《日记》）。《圣哲画像记》将《左传》《庄子》《史记》《汉书》与韩（愈）、柳（宗元）、欧（阳修）、曾（巩）之文视作词章的最高典范，其中就以“天地遒劲之气，得于阳与刚之美者”为多。现存曾氏散文，也是大多取法阳刚之美，尤其是中年带兵之后，历尽艰难，下笔为文，或慷慨多气，或沉雄渊深，如《讨粤匪檄》《湘乡昭忠祠记》《仁和邵君墓志铭》《罗忠节公神道碑铭》《罗伯宜墓志铭》，已经很接近于他推崇的“阳刚者，气势浩瀚”“浩瀚者，喷薄出之”了。

本编从曾国藩的诗文中，选取具有代表性的诗歌二十二题、古文二十四篇，字词注释之外，依据个人体会，着重赏析其思想内容与艺术风格。结合具体篇章，我们或将可以在不同的篇目中，去进一步体会曾国藩一生坚持的“诗学韩黄”“文崇阳刚”，以及“文章以行气为第一义”等文论思想有哪些具体表现，那些篇章中的“雄奇倔强”具体是如何实践“雄奇以行气为上，造句次之，选字又次之”的。奇文共欣赏，疑义相与析，不当之处，期待读者指正。

编　者

二〇二五年一月

诗

岁暮杂感十首(其一)

原文

芒鞋镇日踏春还[①],残腊将更却等闲。
三百六旬同逝水,四千余里说家山。
缁尘已自沾京雒[②],羌笛何须怨玉关。
为报南来新雁到,故乡消息在云间。

注

① 芒鞋:用植物的枝叶编织的草鞋。镇日:整日,从早到晚。
② 缁(zī)尘:黑色的灰尘。缁即黑色。京雒(luò):洛阳在东周即为都城,称雒邑,秦置洛阳县,西汉改称"雒阳",东汉定都于此,所以洛阳也被称作"京雒",后世泛指京城。

鉴赏

曾国藩在清道光十四年(1834)秋考中举人,稍后冒寒北上,进京参加来年春季的会试。一战败绩,失望落第。会试三年一轮,曾国藩本当离京回湘,但因为道光十六年恰逢皇太后六十寿庆,清廷增开恩科会试,为节省往返路费与时间精力,所以他选择了留京备考。

长安居,大不易,曾国藩出身山乡农家,父亲以乡间塾师谋生,一家人男耕女织,交粮纳税,一年劳作,大体只能免于饥寒,想从温饱走向小康,则是难上加难。曾国藩滞留北京一年,他的生活来源与基本保障,情状如何,至今我们已看不到只言片语。由于他日后封侯拜相,位极人臣,亲友编刊的《曾文正公年谱》,仅以“寓长沙郡馆”“留京师读书,穷研经史,尤好昌黎韩氏之文,慨然思蹑而从之”之句一笔带过,似有遮掩与美化之意。幸好有作于道光十五年的《岁暮杂感十首》留存,留下了他当年抑郁愁苦的情绪倾诉。在第一首羁旅思乡之作中,这种情绪尤为强烈,喷薄而出。

首联以芒鞋开篇,残腊呼应:踏春而着“芒鞋”,全然不同于富贵人家的宝马雕鞍,但是,“镇日”出游踏春,毕竟是令人心绪舒张、愉悦快乐之事,春游归来,其乐何如!一个“还”字,引出下文。可是,笔锋一转,却紧跟一个“残腊”,一股萧瑟之气,迎面而来,而且是“残腊将更”,旧年飞逝,时节如流,与“踏春镇日”的喜色,形成强烈的对比反差。冬去春来,辞旧迎新,本来应该是满怀欣喜、喜上眉梢的情景,不想却用一个灰沉沉的“却等闲”来结句,这就给全诗打上了比较沉郁的基调。同时,从另一方面来看,踏春而至于整日,对于一个客居备考的外地举人来说,却也表明是抛却诗书,弃置学业,或许是心不在焉,甚至是心灰意冷;等闲又是残腊,残腊又将更新,背井离乡,在寒冷的北国客舍里,一晃两个年头,就这么日复一日地流逝过去了。时序变换,最能勾人乡思,组诗的其他各首,如“几回南国思红豆,曾记西风浣碧纱”(其二),“偏是东皇来去易”(其四),“我比春风尤放荡”(其十),都是由此生发。年年岁岁等闲过，光阴蹉跎，人物消磨。离家何为乎？羁旅何苦哉！

这样就自然引出颔联的自我感叹：更何况是三百六十五个日出日落，大好青春，逝水流年；更何况是四千里路家山田畴，白云亲舍，望眼欲穿，游子不归。此时此刻，芒鞋踏春，此情此景，目送残腊，激发出诗人双重的苦闷。这一年，也就是前一个多月，在独居客舍的寂寞中，曾国藩度过了自己的二十四岁生日，新婚一年的娇妻、年迈体衰的祖父母、牵肠挂肚的父母亲，还有大大小小的姐妹弟兄，全都不在自己身边，只怪自己为功名利禄驱使，被八股文试帖诗束缚，这才遭受异地思亲之痛，忍受寒冬思乡之苦。功名利禄，尘世羁绊，内心苦楚，向谁诉说！

颈联将笔触转向诗人自己的视觉与听觉，自身的衣着与周遭的环境。客居历年，只能衣衫敝旧，浆洗缝补也只能马虎将就，邻人的笛声幽怨，无疑也在诉说着乡关何处，不禁顿生“同是天涯沦落人”之感。这里更有两个典故，化用于无形之中。西晋诗人陆机有“京洛多风尘，素衣化为缁”(《为顾彦先赠妇》)之句，后世诗家，爱其文句惊警，纷纷追随其后，不嫌蹈袭，竟相翻用。如南朝诗人谢朓“谁能久京洛，缁尘染素衣”，唐代诗人李益“少游京洛共缁尘”，宋代诗人魏了翁“京洛缁尘点客衣”，金人元好问“可惜缁尘染素衣”，元人赵孟頫“素衣谁遣化缁尘”。曾国藩此诗，将“京洛缁尘”的典故，巧妙地套用在北京的黄沙风尘之上，又顺手拿来唐诗名句“羌笛何须怨杨柳，春风不度玉门关”,若有若无地吐露出本年春闱被黜的失意怨恨。字面上看是“何须”,其实也未曾不是“何人不须”“何人能免”。

尾联又是一番转折,作者将目光从身边投向天边,雁声阵阵,报道衡阳雁归,而诗人的家乡正在衡山之麓。在这里,诗人似乎向天际归雁深深致谢:多谢了,谢谢你们为我带来了故乡亲人的消息,尽管你们高飞在云天之间,但对于远离亲人、独居备考、四季轮回而不得归去的诗人来说,自己虽然不如大雁,成群结队,想走就走,南来北往,自由自在,但是,雁字归来,归自故乡衡阳,就能权当平安家书,捎来亲人的牵挂与祝福,这就足够欣慰的了。

时或听人说及,语言是苍白的,但这应该是针对具体的语境而言。《诗大序》有言:“在心为志,发言为诗。”语言一旦融入诗歌,尤其是表现出格律诗的起承转合、表现在对仗用典的形式美之中的时候,诗句就能最真切、最鲜明地传达出人类的普遍心灵情感。对于诗人身处特定情景时油然而生、感人情绪的瞬间迸发,诗句的表现力与感染力是无穷的——“动天地,感鬼神,莫近于诗”。

(王澧华)

送凌九归

原文

白日杲杲黄埃飞[①]，君胡少住遽言归[②]？
万族由来各有托[③]，借问君心何处着？
自言暂归奉晨昏[④]，温席不暖还出门[⑤]。
丈夫生世会有适，安能侧身自跼蹐[⑥]？
南箕北斗徒虚名[⑦]，东走西顾知何益？
磬折已觉素心违[⑧]，璞献况逢俗眼白！
要将万舞夸辉光[⑨]，肯为两言求恩泽？
皇天畀我非不丰[⑩]，平生长策能固穷？
一饱哪争鸡鹜食？万事从付马牛风。
君家才望人所艳，兄弟纵横两龙剑。
霜蹄暂教长板蹶[⑪]，云藻终向天庭掞[⑫]。
即今归去慎勿稽，岁时努力谋盐齑[⑬]。
彩衣好娱老莱母[⑭]，椎髻尚有梁鸿妻[⑮]。
我亦屡寻还乡梦，年年送人颇自讽。
送君无酒为君歌，杨花如海奈愁何！

注

① 杲(gǎo)杲：明亮。
② 胡：为何，为什么。少：即稍，略微。
③ 万族：天地万事万物。

④ 奉晨昏：旧时子女奉伺父母的日常礼节。《礼记·曲礼上》："凡为人子之礼，冬温而夏凊，昏定而晨省。"即一年四季的日常起居问候。

⑤ 温席不暖：座席还没有坐热就离开了，形容奔走忙碌，没有安居的时间。《淮南子·修务》："孔子无黔突，墨子不暖席。"

⑥ 跼(jú)蹐(jí)：处境拘束窘迫、徘徊不前的样子。

⑦ 南箕北斗：语出《诗·小雅·大东》："维南有箕，不可以簸扬。维北有斗，不可以挹酒浆。"古人所称二十八星宿中，有箕星和斗星，据其形状命名，但它们在现实生活中，并不能用作簸箕与酒瓢，后人因以"南箕北斗"指徒有虚名之人。

⑧ 磬(qìng)折(zhé)：磬是弯曲形的石质乐器，后人用"磬折"形容人谦恭弯腰之状，也用来表示人的委屈之心。

⑨ 万舞：古代乐舞名，有文舞、武舞两种。

⑩ 畀(bì)：给予。

⑪ 霜蹄：马蹄。《庄子·马蹄》："马蹄可以践霜雪。"长板：当为"长坂"，坂即山坡。

⑫ 掞(shàn)：舒展开来。

⑬ 齑(jī)：捣碎后的菜或肉。

⑭ 老莱：老莱子，春秋后期的隐士，据说年过七十还身穿彩衣模仿小孩形状，用来逗父母开心。

⑮ 椎(chuí)髻(jì)：古人的一种发髻，像槌子头的形状。梁鸿妻：指孟光，东汉隐士梁鸿的妻子，以勤劳贤明而著称。

鉴赏

凌九名叫凌玉城，家中排行第九，其弟凌玉垣，排行十一，兄弟二人，同为湖南省城长沙享有声誉的青年诗人，亲朋好友以"凌九""凌十一"称之。凌九北漂碰壁，怏怏离京，曾国藩三年前有幸会试及第，此时身为翰林院检讨，官职七品。满怀希望进京一搏的同乡才俊，百无一成，黯然归去，曾国藩触景伤怀，发此长歌。

此诗既然作于临别赠行,为此诗人采用了主客问答的形式。开篇就是急促的节拍,当头的诘问：太阳闪耀高悬,黄沙飞舞扑面,凌九你说走就走,为什么片刻不能停留?接着又来两句追问,世间万物,从来都要有所依归,你这一去,心里到底怎么想的啊?

然后中间这段,用“自言”二字,顺势过渡到凌九的回答：暂时归去,侍奉家中老亲,晨昏趋前问候,略尽人子之心,为时不久,还将外出闯荡。在这里,“温席不暖”,既用来表示时间短暂,同时“温席”二字,又借用了汉代孝童黄香的典故。传说黄香在夏天用扇子把父母的枕头扇凉快,冬天用体温把父母的被窝躺暖和,由此反衬诗人羁留京城的自责,与凌九急于回家的迫切。南箕北斗,徒骛虚名,东奔西走,究竟何益?男子汉,大丈夫,岂能甘于束缚,卑躬于权贵之门?“璞献”一句,完全对应上句“磬折”,用春秋时期楚国卞和向楚王献璞却蒙受不白之冤的故事,倾吐自己在京城官场遭受鄙弃的愤懑。天生我材必有用,胸怀治国安邦之策,终有头角峥嵘之时。凤凰栖息梧桐,绝不会与鸡鸭争食于沟垄之间,天地万物,各以类聚,从此与那帮势利之徒分道扬镳,互不相干。

一问一答结束,“君家才望”以下,转入作者宽譬、祝愿与自身嗟叹。你家兄弟才华远耀,犹如干将莫邪,一双龙剑,世间神物,此番京城遇合不济,犹如良马偶然失足,但终归是要超群出众的。此番回家,可以娱乐老亲,可以夫妻团圆。反观我自己，思乡情切，好梦难圆，却忙着年年岁岁一次次给别人送行。且罢，凌君归去，长歌当酒，杨花如海，哪管你我愁肠百结！

全篇三十句，几乎隔一两句就换韵，慷慨激烈，已可想见。才俊良友，京城失落，怀才不遇，拂衣而归。当此之时，曾国藩也是初出茅庐，时运遇合之感，充塞胸臆，作诗送行，既是惜别，又是纪实，主客问答，你来我往，将此胸怀次第写出，再加上时或一见的对仗，如“磬折已觉素心违，璞献况逢俗眼白”“霜蹄暂教长板蹶，云藻终向天庭掞”，也将自身才情糅合其中，既给失望友人带来温暖，又是诗酒文友的诗艺切磋。

（王澧华）

送凌十一归长沙五首(其二)

原文

皇天陶钧造万器①,瓮盎瓶罍巧安置②。
颇怪君才无不能,胸中多藏如列肆③。
刀光刺眼瞬不摇,小事痴騃大事智④。
吁嗟世事安可知,干将补履不如锥⑤!

注

① 陶钧:本为制造陶器时所用的转轮,后来代指陶冶、制作。

② 瓮盎瓶罍(léi):各种瓶瓶罐罐。罍,古代的酒缸,商周两朝多为青铜制作。

③ 列肆:成排的商铺。

④ 騃(ái):愚笨。

⑤ 干将:春秋时吴国的著名铸剑师,所铸之剑也被称为干将,后世则借指宝剑,也借以比喻能力非凡的卓越人才。

鉴赏

凌十一即凌玉垣,其兄凌玉城,家中排行第九,凌玉垣排行十一,兄弟二人,双双得中举人,惊动湖南省城长沙,称为凌家“双璧”。兄弟联翩进京,迎战会试,踌躇满志。出人意料的是,去年春末,凌九会试落第,怏怏离京,曾国藩作《送凌九归》赠别,时隔一年,凌十一又失意而归,曾国藩再次为凌十一赋诗寄怀,而且在扼腕浩叹之际,一气写下五首,这里选取第二首。

第一首以“昨日微雨送残秋，落叶东西随水流”，来感叹“世间万事皆前定，行止迟速匪自由”，第三首以“君归更读十年书，看君白日上青天”劝慰勉励，第五首以“君此归去慰门闾，我今留滞当何如”感叹羁愁，但是，都不如这第二首的满腔慷慨。

不同于一般送别诗触景伤怀，借景抒情，这首七言古诗，通篇都是说理论辩，从对天理的推寻开头，以愤慨世道的不公结尾，却由此传达出拔剑击柱、倜傥使性的情绪力量。

上天陶钧万事万物，各有各的材质，各有各的使命，只有这样，才符合天理人情。照常理看，依据这样的铺垫，下文应该就是天生我材必有用，春风得意马蹄疾，这才顺理成章。而作者的用心之深，正是体现在这里，正面铺写之后，并不顺势而下，却是反手一笔，用“颇怪”一词，将文气陡然转捩：为什么在同乡才俊好友这里，却是截然相反呢？如此才具轶群，无所不能，胸中蕴积，包罗万象，诗才文名，声闻遐迩，满怀希望进京一搏，却落得个百无一成，黯然归去，这符合天理吗？当然，作者在诗中据理力陈的情绪感染，借助的是具象而富有生活气息的日常事物，瓶瓶罐罐，店铺百货，全都是众所周知的生活日用之物，由此更能激发读者的情绪共鸣。即便是那句“刀光刺眼瞬不摇”，看似略有几分状物描摹之意，却仍然还是一种对人物个性的比拟，而且是突如其来，转瞬即逝，紧接着的又是一句“小事痴騃大事智”的才性论断式考语。行文至此，“吁嗟世事安可知”,结论不请自来,“世事”有违“皇天”,世道不公,公理不明。直到最后一句,“干将补履不如锥”,尽管用上了“宝剑”“鞋子”“锥子”三个具象,但仍在据理直陈,直抒胸臆:宝剑干将,怎能当作补鞋子的锥子去用?如此更让读者体会人才难得却遭世遗弃的愤懑。更为出人意料的是,如此一个非常尖新,尤其是非常切合的比喻,跃然而出,却戛然而止,顿时将慷慨悲歌的气氛,烘托得淋漓至尽。

凌玉垣与曾国藩,不仅年龄相当,而且性情相投,这组送别诗的第五首,就有“如我自镜犹可憎,非君谁复肯相偶”的惺惺相惜,更有“寂寞陋巷长叩门,三日一见开笑口。常时徒步啖尘土,偶然驱车马如狗”的意气相得。如此深厚友情,遭遇如此坎坷,怀才不遇,拂衣而归,曾国藩作诗送别,当然也就直抒胸臆,这样也就别树一帜,与一般送别诗常见的离情别意愁绪满怀,肯定是迥然不同的了。

几年后,凌玉垣再次进京,身世沉浮,人才消磨,曾国藩多方安慰,接连两年,在凌玉垣生日之际,特地设家宴款待,邀朋友作陪。凌玉垣作诗致谢,末句为“鲜民四十年来感,半死枯桐对掩门”,意甚凄冷。稍后,凌玉垣考取军机章京,但还没来得及正式授职,就潦倒死于京城。曾国藩非常痛惜,写下沉痛的挽联:“湖海诗名二十年,身世略同黄仲则;沅湘故国三千里,魂灵依傍贾长沙。”以此送别多年的诗友,寄托无尽的哀思。

(王澧华)

题顾南雅先生画梅应何子贞

原文

诗老餐冰老更臞[①]，倾身谋醉一钱无。
忽然嚼梅供大啖[②]，笑吐满纸森模糊。
当时酒徒相馈饷本写赠张渊父，子贞从张乞得[③]，
至今遗墨何清腴[④]。
平陵公子亦好事[⑤]，巧偷豪夺无罪辜。
时将巨障补空壁[⑥]，已觉暗香来座隅。
长安一雪寒切肤，冷官瑟缩同围炉。
开眼忽到西湖上，四更残月孤山孤。
我闻绘事通草隶[⑦]，此语自古谁云诬？
何君作书妙天下[⑧]，生吞百虎心胆粗。
世人只解传栀蜡[⑨]，独能养气真吾徒。
莫言书画直小道，不到圣处宁堪娱[⑩]？
吁嗟诗老不可作，君虽抱此徒区区[⑪]。

注

① 诗老：老于作诗者，作诗老手，有“诗坛高手”之意。餐冰：即“饮冰”，喝冷水，形容生活艰难。臞（qú）：同“癯”，清瘦。

② 嚼梅：咀嚼梅花，意为提升情志。啖（dàn）：吃。

③ 馈饷（xiǎng）：赠送财物。

④ 清腴（yú）：清新丰腴。

⑤ 平陵公子：本指唐代诗人韦应物（约737—791），祖籍长安平陵（今

陕西咸阳北)，家世富豪，与五陵公子走马游乐，后发愤读书，成为著名诗人，曾作《寇季膺古刀歌》，有“古刀寒锋青槭槭，少年交结平陵客”之句。此处借指何绍基。好(hào)事：喜欢管闲事，或者生事、惹事。

⑥ 巨障：大幅山水画。

⑦ 绘事：绘画之事。草隶：书法中的草书与隶书。

⑧ 作书：练字，写书法。

⑨ 栀蜡：栀，栀子，可作染料。蜡，可以塑物。唐代柳宗元《鞭贾》：“市之鬻鞭者，人问之，其贾(通‘价’)宜五十，必曰五万……有富者子，适市买鞭，出五万，持以夸余……余曰：‘子何取于是而不爱五万？’曰：‘吾爱其黄而泽……’余乃召僮爚汤以濯之，则遬然枯，苍然白。向之黄者栀也，泽者蜡也。”后以“栀蜡”喻伪饰。

⑩ 圣处：长期修炼而到达的心灵、思想与艺术境界。

⑪ 区区：少，小，微不足道。

鉴赏

这是一首题画诗，画作是顾莼(号南雅)的《墨梅图》，图画的主人是何绍基(字子贞)。诗作的题目上写明是“应何子贞”，显示为应邀题诗。

何绍基是一名精通经史的学者，长于诗艺的诗人，但为其书法的名声所掩盖。“盖子贞之学长于五事：一曰《仪礼》精，二曰《汉书》熟，三曰《说文》精，四曰各体诗好，五曰字好。此五事者，渠意皆欲有所传于后。以余观之，此三者余不甚精，不知浅深究竟何如。若字则必传千古无疑矣。诗亦远出时手之上，而能卓然成家。”说这话的不是别人，正是曾国藩，时间还就在创作这首题图诗的一个月之后，见于写给家乡的兄弟书信之中。

何绍基(1799—1873)出生于官僚家庭,父亲何凌汉,会试一甲第三名(俗称“探花”),由翰林院编修官至户部尚书、工部尚书。何绍基生性落拓不羁,对科举考试很不上心,后受父亲痛责,这才折节苦读,三十七岁以乡试第一名中举,第二年会试中进士。乡试、会试都出于倡导宋诗(以文为诗,注重学问与理趣)的程恩泽门下,何绍基也就成为当时京城“宋诗运动”的一员,所作之诗,深得同人“夸诩,时以为似韩,时以为似苏”(何绍基《题冯鲁川小像册论诗》)。道光二十二年(1842),父丧期满回到北京,他与同乡曾国藩成为翰林院同事。曾国藩两次会试,程恩泽都是考官,由此得以初识诗坛风向。适逢何绍基回京,两人成为切磋请益的良友。何绍基比曾国藩大十二岁,进士早一科,他藏有前辈官员画家顾莼的《墨梅图》,气韵生动,因此遍征京中诗人题咏,都是“宋诗派”圈中好友,题诗也多为宗宋笔调。曾国藩受邀题诗,于是刻意构思,诗成当晚,何绍基来访,曾国藩闻其奖誉,先喜后惭。当时日记对此有很具体而生动的记述,对我们深入把握这首诗的艺术境界,很有帮助。

初六日“灯下拟作题图诗,意欲求工,反不能名成一字”;初七日“作诗十六句,未成。精神要常令有余,于事则气充而心不散漫”;初八日“心不静,不能读《易》,因为何子贞题画梅卷子。果能据德依仁,即使游心于诗字杂艺,亦无在不可静心养气。无奈我作诗之时,只是要压倒他人,要取名誉，此岂复有为己之志？未正诗成”，“灯后，何子贞来，急欲谈诗，闻誉，心忡忡，几不自持，何可鄙一至于是！此岂复得为载道之器乎？凡喜誉恶毁之心，即鄙夫患得患失之心也”。

翰林官职务清闲，一般都是以艺文切磋为事，曾国藩时当风华正茂之年，诗艺初开之机，追求的是“以文章报国”“无失词臣体面”（道光二十年六月日记），但正是在作诗的当月初一日，他开始痛下决心，正式皈依宋明性理之学，学做脱胎换骨的“正心诚意”功夫，日记也改为“修身日课”，这才有一面是“作诗之时，只是要压倒他人”的“意欲求工”，一面又有“载道之器”“何可鄙一至于是”的道德反省。

现在让我们回到这首诗“意欲求工”的艺术创作上来。从体裁上，作者选择的是七言古诗，长达二十四句，前后两个韵脚。从诗篇构思上看，大体是诗作者与图主人对话，对图主人的诗才与酒德、画艺与书名，作极尽其能事的赞誉，直至落笔到“独能养气”“圣处”“吾徒”的人生境界。

既然是诗歌题咏而不是散文题跋，那就需要营造出诗歌的意象与意境，而且，题画诗需要重点落笔到图画的景象，藏家的意趣，如此则诗作是否高妙，是否可以“压倒他人”，一切都有赖于诗人的“借图发挥”。

“诗老餐冰老更臞”，这是诗人沉吟一天之后，提笔写下的第一句诗，很显然，这是先从图主人写起。受邀题咏，从主人入手，这很自然，但“诗老”之称，已经给全篇打上诗友酬唱、诗艺切磋的基调；“餐冰”一词，加上“老更臞”，则不啻为诗友作画像，兼具人格与体态。接下来的第二句，“倾身谋醉一钱无”，已经是餐冰茹檗而日见清癯了，却还要“倾身谋醉”，如此一笔，平添出一个“酒徒”形象，而“一钱无”既承应“餐冰”，又是千金散尽的必然结果。起笔就调侃诗人的千金买醉而两手空空，用意就是巧妙引出《墨梅图》。宋人诗歌中，不乏咏梅之作，“嚼梅”之癖似乎更为宋代诗人偏好，如“饥来细把梅花嚼，不信梅花不疗饥”（顾逢《嚼梅》），如“小窗细嚼梅花蕊，吐出新诗字字香”（刘翰《小宴》）。既然前人可以“嚼梅疗饥”，那囊空如洗的《墨梅图》主人，不就正好可以“嚼梅供大啖”了吗？尽管是纸上梅花，也就权当画饼充饥吧，“笑吐满纸森模糊”，既指眼前所题之图，更是引出一段“巧偷豪夺”的雅人逸事。据何绍基《顾南雅朱椒堂两丈为张渊父画梅》《渊父以南雅丈画梅见赠》，顾莼、朱为弼两位江浙籍京官为张履先后画梅，各有题诗，何绍基见此二图，次韵题写于图，有“清香堕壁入我梦，吟声出庐掩邻耳”“苍云茫茫天不晴，红尘纷纷我稽此”等句。张履领会其意，慨然以顾图相赠，于是何绍基答之以诗，“髯张情性如梅花，能识花中古君子”，而“顾翁诗画我所爱，斋壁屡见叹未已。髯知其意笑莫逆，移赠横枝花满纸”，继而回赠以自己所画之梅，这就是曾国藩诗中“酒徒”相馈而“平陵公子”“巧偷豪夺”的故事来源。写出这么一段，则图画的景象，藏家的意趣，包括作画之人，全都照应到了，而“遗墨何清腴”“巨障补空壁”与“暗香来座隅”等写景妙笔，也就纷至沓来，各就其位。尤其是出其不意的“平陵公子”一语，暗用唐代诗人韦应物浪子回头的典故，既切合何绍基尚书之子的身份，又隐含其早年狂放不羁、中年折节成名的卓荦才情，下文的“长安一雪”，也未始不是因为“平陵”（长安五陵之一）逗带而出。走笔至此，当年的长安，现在的北京，正好又不期而遇，“雪”字又触发曾、何二人“冷官瑟缩”、一同“围炉”谈艺的现实，而“开眼忽到西湖上，四更残月孤山孤”，则是顾画的背景所在。何绍基诗中，已经有“归心如月满苔雪，湖上梅花正清美”“翩然月色到庭户，一夜天人大欢喜”以及“想见擎寒泼笔时，屋突山空天似水”等句的月色描绘。

以上是诗篇的前半篇，也就是作者“意欲求工”直至第二天才展纸落笔写出的那十几句。第三天，因为诗篇“未成”，学做理学信徒的翰林诗人，早起后“心不静，不能读《易》”，也就放下理学日课，改而“为何子贞题画梅卷子”，而且还是“作诗之时，只是要压倒他人，要取名誉”。那么，我们来看诗篇的后半又如何着笔。

“我闻绘事通草隶”，显然是结束对《墨梅图》的笔墨，而将笔锋转向题咏者与藏画者。那么，题画之人，题画之诗，不能不论及“绘事”，“绘事通草隶”，此说平淡不奇，但下句“此语自古谁云诬”，却是陡然一个问句，生出一道波折，“草隶”二字又直接指向藏画者的书法成就，从而引出

"生吞百虎心胆粗"这样大气磅礴的诗句。吞虎食牛，极言气魄之大，"百虎"则极言其多，如此才足以印证"何君作书妙天下"。然后，诗人及时收笔，将"写实"的赞誉之词，转为"虚写"的议论，"世人只解传栀蜡，独能养气真吾徒"，借用柳宗元寓言刺世的典故，将"传栀蜡"与"能养气"拉开悬殊的差距；在"世人"与"吾徒"的对比之后，诗人紧接着又是一个对比，"莫言书画直小道，不到圣处宁堪娱"，"小道"对比"圣处"，明显落差极大，对不上，所以，这才用"莫言"与"宁堪"这样的否定与反诘。行文至此，诗篇看似已经走向高潮，但却出其不意又是一层波澜起伏，最后两句，"吁嗟诗老不可作，君虽抱此徒区区"，一声"诗老"，回应篇头，而一句"吁嗟不可作"，一句"抱此徒区区"，长吁短叹，不仅照应了"餐冰"与"一钱无"，而且也透露出"不为世用"的感怀深意。

两天所作，一前一后，前半借图咏人，后半由人谈艺，借艺刺时。如此构思，是否达到了诗人自己"求工"的用心，是否可以"压倒他人"？我们可以参看"当事人"曾、何二人的反应。据曾国藩日记，诗成当晚，何绍基来访，曾国藩"急欲谈诗"，所谈之诗，从下句"闻誉"来看，应该就是这首受邀题咏之诗。从何绍基的赞誉，到曾国藩的"几不自持"，可以想见，他们二人都是看好这首诗作的。而何绍基的《顾南雅朱椒堂两丈为张渊父画梅》《渊父以南雅丈画梅见赠》，实际上也是两首题图诗，从上文所引的那几句诗句，可见何绍基本人的诗风趋向。从选字造句、诗风旨趣上两相对比，他对曾诗的赞誉，应该也就是着眼于诗中的诙诡傲岸之气，波谲云诡之色，这也正是当时“学韩学苏”的那批“宋诗派”诗人共同的审美取向。“班马史裁，苏黄诗事，怆忆我词垣凯谊，风雨深谈四十年”，这是何绍基暮年给曾国藩的挽联中的深情回忆，由此可见二人当年的以文会友、志同道合。结合曾国藩在作此诗之后不久写给弟弟们的家书中所说，“子贞深喜吾诗”“论诗亦取傲兀不群者，论字亦然。每蓄此意而不轻谈。近得何子贞意见极相合，偶谈一二句，两人相视而笑”（道光二十三年正月），可见二人莫逆于心的，应该就是这种“傲兀不群”的词句与风格。

（王澧华）

早起忆九弟二首(其一)

原文

别汝经三月，音书何太难[1]！
夜长魂梦苦，人少屋庐寒。
骨肉成漂泊，云霄悔羽翰[2]。
朝朝乌鹊噪，物性固欺谩。

注

① 音书：书信，音信。
② 羽翰：原指飞鸟的翅膀，古代有鸿雁传书之说，后世因此用“羽翰”代指书信。

鉴赏

“自九弟出京后，余无日不忧虑，诚恐道路变故多端，难以臆测。及读来书，果不出吾所料。千辛万苦，始得到家，幸哉，幸哉！”道光二十二年(1842)十月二十六日曾国藩的这封家书，对于解读这首《早起忆九弟》，将会很有帮助。

曾国藩于道光十八年(1838)中进士，改庶吉士，进入翰林院修业深造，两年后散馆，授职翰林院检讨。农家子弟，科举及第，一举改变命运，出山就是七品京官。于是，四十二岁才中秀才的曾家老父，当年便借着护送长媳长孙进京之机，把十八岁的小儿子曾国荃也带到了北京城，让曾国藩这个大哥督促辅导，让国荃也能科举顺遂，走上仕途。国荃在曾家大排行老九,所以曾国藩称其为“九弟”。

九弟留京一年半,学业自然长进,但思乡情切,不听兄劝,执意回湘。南北相距四千多里,当时交通条件很差,木轮马车的颠簸,帆布木船的迟缓,沿途的饮食投宿,时有安全隐患,又值酷暑长途,一路艰难,可想而知。曾国藩赶考进京,三次往返,深知其苦其难。据他八月初一日《禀祖父母》家书,半个月前,曾国藩送弟上路,直至出城二十多里,“见道上有积潦甚多,孙大不放心,恐路上有翻车陷车等事,深为懊悔”,直到“接到弟在途中所发信,始稍放心”。

如此牵肠挂肚,只是因为四年前,他自己就曾经在盛夏离京南下,在湖北襄阳遭遇大风,邻船被大风吹翻,乘客纷纷落水,曾国藩为之深受惊吓。现在九弟自从启程七天后发来一信,一别就是两三月,从此便再无信来。毕竟年轻,不知大哥担惊受怕之苦,曾国藩在写给父母、四弟、六弟的信中,就一再吐露担忧。远隔千里,通讯不畅,这种内心愁苦,郁积于心,情不自禁,自然形之于歌咏。几天之前,他已经写下七律《忆弟二首》,就有“忽忆他时襄水上,恶风半夜撼春雷”的牵挂担忧。没过几天,曾国藩清早起床,再次将心中的思念诉诸笔端,就是这首五律《早起忆九弟》。

首联“别汝经三月,音书何太难”,破空就是疑怪,更是诘问。一别三月,你这么些时候,到底情况如何啊?怎么不见你的后续家书了呢?是邮递耽误了,还是你生病了遇险了?“音书何太难”,可以想见,曾国藩是多么盼望九弟的途中来信,翘首盼望邮差,掐指计算行程,可就是该来的总没来,一封家书,怎么这么难!八月二十二,九月十八日,曾国藩在写给父母与弟弟的家书中,就一再念叨,“九弟自七月十六日出京,二十三即有信来京,嗣后在道上未发信来,刻下想已到樊城矣,不知道上果平安否?男实难放心”,“九弟行程,计此时可以到家,自任邱发信之后,至今未接第二封信,不胜悬悬,不知道上不甚艰险否”。等候越久,牵挂越深;牵挂越深,心思越慌,不禁化作责难:等你一封信,怎么这么难!

颔联“魂梦苦”与“屋庐寒”,既是承接上句,也是铺展刻画。一大清早就写诗,可以预想,应该就是夜来梦深,夜来梦苦,家书不至,魂梦不安,于是越觉长夜难捱,长夜漫漫。同胞兄弟远离家乡,客居京城,朝夕相处一年半,一旦舍我而去,顿时感觉屋子空荡荡的,缺少了往日兄弟促膝相谈的亲热氛围,也情不自禁地感到冷清清的。手足情深,情到浓时,自然感人肺腑。在前几天的《忆弟》诗中,诗人也有“无端绕室思茫茫,明月当天万瓦霜”的莫名愁苦与满目清凄。如果说,我们从“别汝经三月,音书何太难”,联想到杜甫《春望》的“烽火连三月,家书抵万金”,那么,“夜长魂梦苦,人少屋庐寒”,似乎也与杜诗《月夜》的“香雾云鬟湿,清辉玉臂寒”,颇有几分神似吧。也许,这只是一时的化用其妙,或者,更有情真意切的灵机闪现呢。

颈联的“骨肉漂泊”之句,顺势从“别汝”与“人少”而来,“我”离家远宦,这是一次“骨肉漂泊”,“汝”来京一年,这是“骨肉团聚”,无奈“汝”又舍“我”而去,平添又一次的“骨肉漂泊”。世路艰难,骨肉分离,但你好歹要多来几封平安家书啊!日复一日,望眼欲穿,天空的阵阵飞鸟,怎么就带不来你的些许音讯?骨肉兄弟本当亲密无间,但如今不得不分离漂泊;而骨肉漂泊更当音讯不断,但一旦离别,却从此杳无音信,岂不正是人间最为痛悔之事,最为痛悔之时?

尾联更进一层,将在此之前倾诉的思念、疑虑与愁苦,没来由地转向门前叽叽喳喳叫个不停的枝头鸟鹊。民间传说,喜鹊叫,有喜到。此时此刻,曾家兄长早已把九弟的来信当作了最大的喜报,可是,你们这些喜鹊,天天飞来报喜,却一次次让人失望,你们可真是天生的欺骗者!越是无理的责怪,越见思念的深切,这既是诗人的真情所致,更是诗人的才艺之光。这种艺术手法,古代诗人,每每不经意流露,五代敦煌曲子词《鹊踏枝》,“叵耐灵雀多谩语,送喜何曾有凭据?几度飞来活捉取,锁上金笼休共语”,已经将这种无理之理表现得妖娆多姿,不同的是,那是模拟闺中少妇儿女之情的恩爱口吻,曾诗却是用于兄弟间的安危牵挂。天地之间,夫妻恩爱,手足情深,都是真情至性,情到浓处,无往不适。

(王澧华)

傲　奴

原文

君不见萧郎老仆如家鸡，十年笞楚心不携[①]？
君不见卓氏雄资冠西蜀，颐使千人百人伏[②]？
今我何为独不然？胸中无学手无钱。
平生意气自许颇[③]，谁知傲奴乃过我！
昨者一语天地睽[④]，公然对面相勃谿[⑤]。
傲奴诽我未贤圣，我坐傲奴小不敬[⑥]。
拂衣一去何翩翩，可怜傲骨撑青天。
噫嘻乎，傲奴！
安得好风吹汝朱门权要地，看汝仓皇换
骨生百媚[⑦]！

注

① 笞(chī)楚：本是作惩罚之用的竹鞭与荆条，这里是鞭打之意。携：变心离去，背叛。
② 颐使：不说话，用脸色去指使别人。
③ 颇：偏激，偏颇。
④ 睽(kuí)：分离，背离。
⑤ 勃谿(xī)：为日常小事而发生的口角争吵。
⑥ 坐：怪罪。
⑦ 仓皇：匆忙，慌张。

鉴赏

这首诗，曾国藩在日记与家书中曾经一再提及，道光二十二年(1842)十月日记，载“(二更后)戏作《傲奴诗》”，但次日清早醒来，“枕忆昨夜诗，有未安，改四句”。随后又趁着回寄家书之便，将此诗付与四位老弟阅看，下次家书，还特意解释了作诗起因：“门上陈升，一言不合而去，故余作《傲奴诗》。现换一周升作门上，颇好。”

这一年，曾国藩还在做着翰林院检讨的七品闲职，薪俸很低，除了一家四口的生活开支，还得雇用一两个支应使唤的男女帮工，这是在职京官的基本排场。主人的官俸少，佣人的佣金就更少，劳资双方一旦发生冲突，就很容易闹翻解散，负气之下“炒鱿鱼”，卷铺盖走人。这一次，却是“门上陈升”使性子，因为“门上”不是打杂出苦力，而是负责日常接待与传唤，自恃高于一般的仆人，这才一怒而去。曾国藩偏以“奴”字斥之，还有意用“傲奴”为题，写诗挖苦，也是出口闷气。

起笔就是两个“君不见”，夹带两个历史典故：一个是唐代官员萧颖士，家有十年老仆，忠心耿耿，哪怕犯错而受到主人暴打，也从无决裂辞归之想，别人表示不理解，甚至劝其离开，老仆却说：“离去很容易，但我确实佩服他有才。”另一个则是汉代才女卓文君，其父卓王孙，冶炼起家，进而暴富，家中仆人佣工多达千人，无不驯服卖力。这两个“君不见”，显然就是对傲奴劈头盖脸的责难：同样都是奴仆，你的差距怎么这样大？下句继续诘问傲奴，兼带自问自答，“今我何为独不然？胸中无学手无钱”，难怪你要如此傲视主人了，嫌我无能嘛，嫌我没钱嘛。

讽刺了傲奴，诗人接着嘲讽自己：我这一生历来意气自雄，没想到你个家奴还傲过于我，一言不合，竟然跟我当面顶撞争吵。有趣的是，诗人还把两人的互相攻击之词写了进来，即下一句的“未圣贤”与“大不敬”。这里需要解释一下，曾国藩正是从本月开始，因为结交理学师友，便切实开始“正心诚意”的性理修炼，每日反省自己的言行举动，一有私心杂念，马上痛自责悔。这些假模假样、作古正经的修炼举动，当然被看门的陈升看得清清楚楚，在每日为“身上衣裳口中食”而奔波的市井贫民看来，这些虚头巴脑、道貌岸然的理学克制与反省，简直就是吃饱了撑的。现在，一心想做圣贤之徒的主人，竟然与自己这么一个下人“吵相骂”，于是，陈升乘机反戈一击：“你这样对我，像个圣贤的样子吗?”如此戳着痛处，当然让主人下不来台，当然怪罪陈升“大不敬”。诗中故意改“大”为“小”，为的是加强讽刺与幽默。下文的一句“拂衣何翩翩”，一句“傲骨撑青天”，将如此高大上的词句，用于家中看门使唤的仆人，而且是顶撞自己进而拂衣而去的对手与冤家，显然意在嘲讽与谐谑。篇末更是乘胜追击，送上一句古风歌行常见而且慷慨多气的感叹词“噫嘻乎”，噫嘻乎傲奴，我祝你(“安得”)好风凭借力,吹你到朱门,进了权要宅,我看还不立马换骨换脸,俯首帖耳,百般柔媚!

虽然曾国藩把这首诗说成是“戏作”,但他第二天早上醒来,就在床上着意修改,而且寄回家中让弟弟们传观,由此看出,他对这篇作品,实际还是很用心也很看重的,而其用心磨炼与自我欣赏之处,应该就是诗中的诙谐之词与嘲讽之笔。而且句式紧迫,换韵急促,多个句子都用上了否定词与疑问词,还有频频出现的夸张、对比、反语与呼告等修辞手法,逐次叠加,大大增加了诗歌的情绪感染力。

钱仲联《梦苕庵诗话》称曾国藩作诗,“硬语盘空,由昌黎、山谷以窥杜甫,惜为功业所分心,未能极诣”,但仍称“余颇喜其《傲奴》一诗”,因为它“诙诡中存兀傲之态,此得昌黎阳刚之美者”,还说“石遗《近代诗钞》未选,失之也”。近代著名诗人陈衍,汇编《近代诗钞》,选编曾诗四十一题,遗漏《傲奴》,钱仲联以为“失之”。但他后来自己主编《近代诗钞》,却连曾国藩一首诗也没有选录,想来是如其当时前言所说,“坚持思想性与艺术性统一的原则”而删去;有意思的是,其《清诗三百首》,仍将曾诗入选一首,而且正是这首《傲奴》,认为“势利奴才的形象颇有意义,在中国古典诗歌的艺术形象中,并不多见”,但“作品中反映的作者的封建等级观念,自应批判”。而曾国藩在写给弟弟们的那封信中,也确实已经作了自我批评:“《易·旅卦》:‘丧其童仆’,象曰:‘以旅与下,其义也。’解之者曰:‘以旅与下者,谓视童仆如旅人，刻薄寡恩，漠然无情，则童仆亦将视主上如逆旅矣。'余待下虽不刻薄，而颇有视如逆旅之意，故人不尽忠。以后余当视之如家人手足也，分虽严明，而情贵周通。贤弟待人亦宜知之。"也就是说，作者自己虽然从艺术上很看重这首诗作，但从道德上还是做了自我批评。

没想到，一首古风《傲奴》，还连带出这么一段又一段的文坛掌故，这还真是一件很有意思的事情。

（王澧华）

反长歌行

冯树堂三十初度，有汲汲顾影之忧，故为诗以广之。得失靡常[①]，骛名无极。繁称杂奏，归之于正道云。

原文

羲和驱日如驱豕[②]，鞭之不行汗流泚[③]。
顷刻奔驰过百年，老尽世人渠独喜[④]。
渠独喜，我宁愁，已拚一老百无耻。
冯夫子，我歌君莫鄙。
柏梁铜爵安在哉[⑤]，盗跖唐尧俱朽矣[⑥]。
北翁得马知何祥[⑦]，臧榖亡羊定谁是[⑧]？
平原转眼成嵩邱，华屋隔宵生荆杞。
上蔡黄狗空叹嗟[⑨]，洛阳铜驼百迁徙[⑩]。
万事支离哪可论，吾生得失亦如此。
却笑张毅空饰文，更怜单豹强治里[⑪]。
修衷修襮皆虚名[⑫]，老向人前矜爪觜[⑬]。
君看从古轩赫人[⑭]，一半名场夸毗子[⑮]。
今晨令问倾王侯，明日枯胔饱蚋蚁[⑯]。
铭功诔德千万言，可信人间有真史。
冯夫子，我歌君且起。
君今三十胡皇皇，浮名驱君不自止。
频嗟短景难少延，便得长春宁足恃？

世间自有清静业，日往月来了无累[17]。
人迹不到禽不来，万年废井养秋水。

注

① 靡：无，没有。
② 羲和驱日：羲和本为古代传说中的太阳神，后演变成为给太阳挥鞭赶车之神，“羲和驱日”“羲和鞭日”即借指岁月流逝。白居易《题旧写真图》诗：“羲和鞭日走，不为我少停。”
③ 泚(cǐ)：清澈。
④ 老：年老，衰亡。渠：他。
⑤ 柏梁：指汉朝未央宫中的柏梁台，以香柏为梁，故名。铜爵：即邺城(今河北临漳西)铜爵台。爵，同“雀”，因楼顶铸有大铜雀，故名。
⑥ 盗跖(zhí)：古代侠义英雄，“盗”为诬称。唐尧：尧帝，名放勋，受封于唐，谥号为“尧”，故称“唐尧”。
⑦ 北翁：源出“塞翁失马，焉知非福”，见《淮南子・人间》。边塞在北方，故“塞翁”亦称“北翁”。
⑧ 臧穀亡羊：《庄子・骈拇》：“臧与穀二人相与牧羊，而俱亡其羊……二人者，事业不同，其于亡羊均也。”
⑨ 上蔡黄狗：《史记・李斯列传》：“李斯者，楚上蔡人也。年少时，为郡小吏……(辅佐秦始皇兼并天下)官至廷尉……二世二年七月，具斯五刑，论腰斩咸阳市。斯出狱，与其中子俱执，顾谓其中子曰：‘吾欲与若复牵黄犬俱出上蔡东门逐狡兔，岂可得乎！’遂父子相哭，而夷三族。”
⑩ 洛阳铜驼：《晋书・索靖传》：“靖有先识远量，知天下将乱，指洛阳宫门铜驼，叹曰：‘会见汝在荆棘中耳！’”
⑪ “却笑”二句：典出《庄子・达生》：“善养生者，若牧羊然，视其后者而鞭之……鲁有单豹者，岩居而水饮，不与民共利，行年七十而犹有婴儿之色；不幸遇饿虎，饿虎杀而食之。有张毅者，高门县薄，无不走也，行年四十而有内热之病以死。豹养其内而虎食其外，毅养其外而病攻其内，此二子者，皆不鞭其后者也。”
⑫ 修衷：修养内心。修襮(bó)：修饰外表。此处由上句单豹、张毅二

人事迹生发。

⑬ 矜爪觜(zuǐ)：觜，鸟嘴。矜爪觜，意谓自夸身手，自负才能。

⑭ 轩赫：显赫。

⑮ 名场：功名利禄之场。夸毗：《诗·大雅·板》："天之方懠，无为夸毗。"指谄媚、卑屈己身以随顺他人之人。

⑯ 枯胔(zì)：腐烂的尸骨。

⑰ 了无：一点也没有。

鉴赏

冯卓怀(1813—1888)，原名作槐，字树堂，湖南长沙人，曾国藩早年理学好友。道光十九年(1839)，冯卓怀高中湖南乡试解元，可谓是青年俊彦，一时风光无两，似乎蟾宫折桂，指日可待。然而，冯卓怀的科举好运就此止步，三十而立之年，依然科举不振，仕途无望，情绪低迷，忧心忡忡，惶惶不安。曾国藩见好友如此心境，便写下这首《反长歌行》加以劝慰。

《长歌行》本为汉代乐府古辞，如"青青园中葵，朝露待日晞。阳春布德泽，万物生光辉。常恐秋节至，焜黄华叶衰。百川东到海，何时复西归？少壮不努力，老大徒伤悲"。歌辞借用自然界的意象，揭示生命易逝、时光难再的规律，劝诫世人要趁青春年少，抓紧光阴，勤于学习，努力奋斗，以免年华逝去，一事无成，徒留伤悲。后世文人往往将《长歌行》视为警示荒废学业、虚度光阴的典型诗歌。李白、陆游等皆有《长歌行》，抒发珍惜时光及渴望建功立业的心境。"反长歌行"，则反《长歌行》之意而行之，劝告冯卓怀不要汲汲于功名，而要保持清静之心，归于正道，故诗题特意名为《反长歌行》。在诗前小序中，曾国藩揭示了此诗的基本主旨：人生在世，是得还是失，并没有恒常，而人们却汲汲于追求名利，不知道停歇。因此，他要引导这种迷失于名利场的浮躁之心，使其归于正道。

基于这种目的，该诗开篇便刻画了一副别具一格的太阳神羲和的形象。在中国古老的神话中，羲和为太阳之母。据《山海经·大荒南经》记载："东南海之外，甘水之间，有羲和之国。有女子名曰羲和，方日浴于甘渊，羲和者，帝俊之妻，生十日。"在诗中，曾国藩将时光之易逝，想象为羲和扬着长鞭，汗水直淌地为太阳赶车奔跑。开篇即想象极为奇特，气势充沛。因为百年时光瞬息而过，催老了一代又一代世人。但是，诗人偏要与羲和进行抗争，不惧时光催人老。接着，诗人用一声"冯夫子，我歌君莫鄙"，连用多个典故，表达时光流逝之下，一切功名利禄皆是浮云。汉武帝所建的柏梁台、魏武所建的铜爵台，无不巍峨高耸，富丽堂皇，盛极一时，而今又在何处呢？声名狼藉、地位卑微的盗跖，地位尊贵的古贤圣王唐尧，到如今同样都已经化为腐朽了。"柏梁"二句，化自杜甫"儒术于我何有哉？孔丘盗跖俱尘埃"(《醉时歌》)，杜甫感慨儒术，曾国藩感慨功名。在时光的无情流逝中，一切都灰飞烟灭。而人生的是非得失，也无定数。塞翁得马未必是福；臧、穀二人都丢失了羊，无法判定谁是谁非。"平原转眼成嵩邱，华屋隔宵生荆杞”，时光面前，众生平等，况且人生如此无常，又何必执念于功名利禄呢？

若过于执着名利，不待时光无情催人老，残酷的政治斗争便已早早夺走了宝贵的生命。“上蔡黄狗空叹嗟，洛阳铜驼百迁徙”，叠用两个历史典故，使得这两句尤为惊警。李斯生活于战国末至秦二世时期，本来是楚国上蔡人，向荀子学习辅佐帝王之术。学成后，李斯主动到秦国求做吕不韦舍人，得到吕不韦的赏识，进而受到秦王嬴政的重用。李斯的权力、声望、地位越来越显赫。经过二十多年的殚精竭虑，他终于辅助嬴政一统天下。嬴政自封为皇帝后，拜李斯为相，百官逢迎，门庭若市，富贵无敌，权倾天下。然而，秦始皇一死，李斯就被赵高陷害，腰斩于咸阳市。与他一起被腰斩的还有他的儿子。临刑前，他对儿子悲叹：“我想再和你牵着家里的黄狗，一起到上蔡东门打猎逐兔，也不可能了。”父子相对痛哭而死。尽管李斯父子被杀害，赵高依然没有放过李斯家人，最后竟至夷其三族。索靖为西晋时人。据《晋书》载，索靖学识渊博，品德高尚，驰名海内，深受时人敬重。索靖颇有将才，平息外患，屡获战功。更为难得的是他的先见之明，知天下将乱，指着洛阳宫门前的铜驼，叹息道：“以后会看到你们沦落在荒凉的荆棘丛中！”果然不久，西晋王朝内部发生混战，出现了历史上有名的“八王之乱”。索靖也卷入这场抢夺皇位的政治风波中，在争权夺位的战争中受伤，不治而亡。西晋王朝经过短期的繁盛,在内忧外患中迅速走向灭亡,繁华的帝都洛阳荆棘丛生,荒凉破败。洛阳宫门前的铜驼见证了这一惨痛的历史。面对这样大起大落的人生经历,诗人大发感叹:“万事支离那可论,吾生得失亦如此。”然而世人却执迷不悟,不惜身死名灭,依旧执着于对功名的追求。

那么,怎样才能真正做到淡泊名利,修养心性,延其天年呢？诗中又用“却笑”与“更怜”,列举了两个反面例子:鲁国的张毅与单豹。张毅常常游走于富贵之门,热衷于结识高门大户,忙于参谒、庆吊以致劳神伤形,四十岁便得病而死;而单豹长期隐居山林,生活简朴,不与民争利,注重内在修养,年至七十还保留婴儿之色,但在一次出门时,还是被饿虎所吞食。张毅与单豹对生命的追求走向了两个极端。张毅重在外求,认为结交权贵豪门便可保生命无虞,而不注重内在修炼,故得内热病而亡;单豹又过于偏重内在的修养,疏于对外界进行防御,因此被饿虎吞食。此两人于养生都不得其道,因为真正的生命智慧应该做到“内外兼修”。故而诗人批评张毅与单豹“修衷修襮皆虚名,老向人前矜爪觜”,认为不论是内修还是外修,这些人都是徒有虚名,因为他们总是喜欢在人前矜才炫能,不知收敛锋芒。

经过一连串的典故铺垫,诗篇转入对世间追逐名利的宏观议论,但借助的是直观而形象的举例,而且是非常醒目的对比:“从古”与“一半”,这是数量占比之大;“轩赫人”

与“夸毗子”，这是身份差异之大；“今晨”与“明日”，一转眼间，“令问倾王侯”到“枯胔饱蚋蚁”，成与败，荣与枯，过眼云烟。歌功颂德的铭文、诔文千千万，可以相信人间是有真正的历史吗？至此，继前一声“冯夫子，我歌君莫鄙”之后，诗人再来一句“冯夫子，我歌君且起”，直言相劝：年届三十之人，何必要为浮名虚荣所驱使，使内心惶惶不安！像这样不停地嗟叹年华老去，功业难成，心态如此焦灼，即便是永葆青春也没有意义啊！那么人生的最高境界是什么样的呢？“世间自有清静业，日往月来了无累。人迹不到禽不来，万年废井养秋水”，即只有保持内心清静之道，不为浮名浮利驱驰，那么岁月的流逝便了无痕迹。正如那些人迹罕至、禽鸟稀见的地方，即便是荒废万年的水井依然秋水盈盈，永远保有生命之源。

写这首《反长歌行》时，曾国藩三十二岁，并没有沉浸于科举高中的光环中自我陶醉，在学术精进的同时，转而对修身养性之道也颇有钻研，尤其重视“静”的修炼，努力克服浮躁不安的心境，做到心思专一。他每日写日记，省察自己的言行，审视自己的内心，提升个人修养。最初与他同时撰写省察日记、互相督促的好友便是冯卓怀。所以，这篇《反长歌行》，既是曾国藩对冯卓怀的劝诫，也是他对自己的省察。

通读这首长歌，通篇气势充沛，典故丰富，议论激昂，情感激荡处，连声直呼“冯夫子”，文风纵横，不拘一格，行云流水，一气呵成。尤其是最后一句，“人迹不到禽不来，万年废井养秋水”，既是全诗的收束与总结，又使诗意升华到更高境界，意象精妙，笔力劲健！

（刘湘兰）

题毛西垣诗集后即送之归巴陵五首(其四、其五)[1]

原文

长羡江头白发翁，扁舟如瓦飘西东。
船头得鱼船尾煮，稚子咍笑老妇聋[2]。
王税早输百无事[3]，从古不遇打头风。
君家正临洞庭水，一饱弄舟乐何底[4]，
舍此他求真左矣[5]！

我生乾坤一赘人，逐众转徙如飞蚊。
衮衮台省无相识[6]，纷纷时事了不闻[7]。
门外车马何隐辚[8]，独立阶下看浮云。
君今归哉渺千里，我方尘土无穷已。

注

① 巴陵：湖南岳阳的旧名。
② 咍(hāi)：欢笑。
③ 王税：封建时代，百姓必须承担的以钱粮形式呈缴的国家税收。输：古代称上缴赋税为"输"，即输纳。
④ 何底：何极，无穷尽。
⑤ 左：错，谬误。
⑥ 衮(gǔn)衮：纷繁众多之意。台省：汉魏时期，以尚书台、中书省为朝廷核心机要部门，后世以"台省"泛指朝廷中枢。杜甫《醉时歌》："诸公衮衮登台省，广文先生官独冷。"

⑦ 了不：一点也不。
⑧ 隐辚：车马行走时发出的声音。

鉴赏

毛贵铭，字彦翔，号西垣，湖南岳阳人。据称九岁时，登岳阳楼，谒吕仙亭，即有“我亦能吟客，公真大醉人”之句，名动乡里。成年后中秀才，选贡生，进京游学，中顺天乡试举人。可惜的是，会试落第，房租积欠，回乡又缺少旅费，只能在友人的帮助下，到北京城外谋得一处家塾，积年还清欠债，才得以南下回家。毛贵铭早年诗作，挟才负气，大多是才子驰骋之笔，文采飞扬，意气自雄，及至滞留他乡，衣食无着，感激悲凉，发而为诗，也就更加慷慨悲歌，跌宕多气。曾国藩从友人欧阳兆熊处，得知毛贵铭的诗才不凡，由此得以结交，逾年毛贵铭离京返湘，曾国藩为其诗集题诗，以此送行抒怀。

题诗共五首，整体的艺术构思是，前三首，对毛贵铭多年的怀才不遇表达愤愤不平，对毛贵铭诗集的不同流俗给予充分肯定；后面两首，转入对友人的宽慰与羡慕，由此形成完整的艺术体现。

前一首，着意于毛贵铭回乡之后的快意，把笔端从失意的游子，转向家乡的百姓，以白发渔翁在家乡的快活景象，来转移友人漂泊异乡的失落心绪。岳阳北有滚滚长江，南有浩瀚洞庭，在诗人的艺术想象中，做个普通老百姓，只要把皇粮一交，其他官府之事，可以丝毫不予关心。通过“长羡”二字，诗篇展现出一个刻意营造的世外桃源：小船即使小得像瓦片，但仍然可以江上湖上，任意往来，船头得鱼船尾煮，小孩子闹，老婆子聋，反倒世事不管，百事不扰，无牵无挂，无忧无虑。而“君家正临洞庭水”，这般难得境地，这般湖畔安逸，岂不比神仙还要快活？你若也来个泛舟江湖上，河水煮活鱼，这是何等的快意人生？舍此而他求，太得不偿失了！这等可遇而不可求的天赐良机，我等羡慕不已，求之不得，君今浩然归去，岂不是适当其时，适得其所？

曾国藩生长南国，此时远在北京，家乡自祖父母以下十几位骨肉亲人，长年不得团聚。此番从友人的脱身归去，反观自身，翰林检讨，微官羁绊，更觉得如在牢笼，百不适意。于是，紧接前一首的“长羡”，后一首就完全只写自己。不仅是“乾坤一赘人”，而且简直是“转徙如飞蚊”，措辞突兀而又硬挺，比喻尖新而又贴切。这样的开篇，把读者前诗感受的江湖潇洒，如“从古不遇打头风”“一饱弄舟乐何底”，一下子带到京城的纷扰、仕途的落寞。在篇与篇之间的对比之后，此后六句，便是句与句之间的多重对比：“衮衮台省无相识”，写他人，权贵气焰熏天，目中无人，“纷纷时事了不闻”，写自己，身在朝廷，心在江湖；“门外车马何隐辚”，写他人，奔走于势利之场，权贵之门，“独立阶下看浮云”，写自己，洁身自好，富贵浮云；“君今归哉”，幸得其所，“我方尘土”，百无聊赖，而且是君归一去“渺千里”，我愁何如"无穷已"。各句之间,顺流直下,一气承接,思绪脉络,层层对比,错落有致。

这两首诗,都有一个共同的特点,那就是摒弃所有的惜别之词,一扫常见的离情别恨,跳出"浮云游子意,落日故人情"的阴柔之美,一意营造明朗爽健的阳刚之气。这其中,除了曾国藩诗歌的审美趋向,还有一个因素,即曾国藩这次赠诗,首先是为毛贵铭的诗集题词,然后才是为毛贵铭送行,而毛贵铭的诗作直是卓荦不羁,如《蓟州早发》:"铃声响动乱沙间,羁恨但从马上删。云脚远吞辽海日,石头横走太行山。防边感慨恃良将,吊古苍茫认故关。莫向长安更西望,道旁杨柳未堪攀。"一代洞庭骚客,诗笔确实不同凡响。直至十年之后,毛贵铭同乡好友吴敏树刻印他的遗集,还特意将曾国藩的这两首题诗冠于卷首,并寄送曾国藩安徽军营。曾国藩回信,仍念念不忘"此君要自迥出辈流,七律尤为卓绝"。

（王澧华）

感春六首(其一、其六)

原文

奉君以象白猩唇之异味[①],青琴碧玉之妖姬[②]。
子复漠然不我与,我今寸意当诉谁[③]?
散发狂歌非关醉,枯株兀坐未是痴[④]。
手撮黄尘障河决,自有幻想非人知。
城南海棠已烂放,牡丹如雾行离披[⑤]。
如此青春忍不赏[⑥],直待白发宁可追!

太华山顶一虬松[⑦],万龄千代无人踪。
夜半霹雳从天下,巨木飞送清渭东。
横卧江干径十里,盘坳上有层云封。
长安梓人骇一见[⑧],天子正造咸阳宫。
大斧长绳立挽致,来牛去马填坑谼[⑨]。
虹梁百围饰玉带[⑩],螭柱万石拟金钟[⑪]。
莫言儒生终龌龊[⑫],万一雉卵变蛟龙。

注

① 象白猩唇:大象的肥肉,猩猩的嘴唇,古人传说中的绝美佳肴。异味:寻常难以获得的绝佳美味。
② 青琴:古代传说中的女神,后世代指歌舞美女。碧玉:古乐府《碧玉歌》有“碧玉小家女”之句,后因称普通人家娇美的女子。
③ 寸意:寸衷,寸心,真挚的情谊。

④ 枯株：枯树。兀坐：一动不动地坐着。
⑤ 行：行将，即将。
⑥ 青春：春天，春光。
⑦ 虬(qiú)松：形容枝干如蟠龙弯曲的苍老松树。虬是古代传说中的有角的小龙。
⑧ 梓人：原本指木匠，后泛指营造工匠。
⑨ 坑谼(hóng)：山沟。
⑩ 虹梁：彩绘的房梁。
⑪ 螭(chī)柱：雕刻着蟠龙的房柱。螭是传说中没有角的龙。万石(dàn)：石是古代重量单位，一百二十市斤为一石，“万石”形容重量极大。司马相如《子虚赋》：“撞千石之钟，立万石之虡(编钟架的立柱)。”摐(chuāng)：撞击。
⑫ 龌龊：此处是生活境遇窘迫、不得志之意。

鉴赏

道光二十三年(1843)六月，曾国藩给湖南老家的弟弟曾国华回信，回应其寄示诗作的要求，头一天临时创作两首七律，《温甫读书城南寄示二首》，但同时坦言，今年所作《感春》七古，虽是用心之作，“而语太激烈，不敢示人”。此时曾国藩三十出头，正是血气方刚之时，在翰林院检讨这个七品闲职上，一待就是三年，“天生我材必有用”的自期，“大道如青天，我独不得出”的不满，难免兼而有之，这种情绪，在这一组《感春》七古中，尤其是这里所选的第一首与第六首，表现得更为明显。所谓“感春”，其实就是因春书感，“如此青春”而百无一成，诉诸诗篇，因而冲口而出，不觉拉杂纷呈，而其三月日记，更是明确称之为“感事诗”。

第一首开篇，毫无迹象地来上一句“奉君以象白猩唇之异味,青琴碧玉之妖姬”,令人顿生摸不着头脑之莫名惊诧,而其“象白猩唇”“青琴碧玉”的出现,则尤为辣目刺眼,“奉君以”之词,更是突兀急切,而且是竭尽忠诚。但是,接下来的诗句,却是事与愿违,“子复漠然”不理我,如此耿耿丹心,竟然是无可诉说。凭着这四句,作者成功营造出一种奇异的境界与迷茫的气息。我们不知道诗人遭遇到了什么,诗句中的“君”与“子”,到底是谁?读者一概不知,当然,读者更想一探究竟了。

而诗人却继续只顾着自我宣泄,而且情绪更加浓烈,更加郁闷:散发狂歌了,枯株兀坐了,如此怵目惊心,但诗人却反说非关沉醉非关痴。至此,读者显然更加好奇,那究竟是什么原因呢?而诗人却不管不顾,大河溃决,人为鱼鳖,只有“我”一人奋身上前,“手撮黄尘障河决”,而且是“自有幻想非人知”。前一句的“撮尘障河”,显然是在突出一个“痴心妄想”,但后句却紧接着反驳,我自幻想,他人岂知。至此,诗篇展现出第二层次,即诗作主人公“我”的特立独行,“我”的不得其时。

最后四句,诗人的目光投向春天,城南的海棠花早已怒放,遍地的红牡丹行将缤纷散落,如此良辰美景,哪能长久辜负。更何况,花有重开日,人无再少年,日月逝矣,时不我与,青春易老,哪能白首无成。急切之想与不甘之心,跃然纸上。

从诗歌的开头,诗人一直都在使用对比的手法,从我

“奉君以”到“子漠然”，从“狂歌非关醉”到“未是痴”，以至“撮尘障河”到“自有幻想”，全都是一种“无理”的对比，对比反差越大，情绪宣泄就越激烈，作品的感染力也就更加强烈。“青春不赏”，“白发宁追”，由此深深打动读者，引起共鸣。

后一首“太华山顶”，气象诡谲，诗意更浓，完全是凭空想象，叙述一个令人诧异的怪诞传闻：华山万年松，举世无人知，一朝遭雷劈，滚落渭河边。碰巧京城建造皇宫，这棵大树派上用场，虹梁螭柱，雕梁画栋，从此万众敬仰，身价百倍。而诗歌的结尾两句，则将寓意一语点破，儒生岂能久屈下僚，蛟龙终将破壳而出。全篇无一字涉及诗题“感春”，完全就是借寓言以感怀，与前一首诗作一样，都是触怀书感，借题发挥。

除了通篇的想象，夸张手法的运用也是随手拈来，“太华山顶”，极言其高；“一虬松”，极言其古；“万龄千代”，极言其久；树长十里，枝干蔽日，极言其大；百围玉带，万石金钟，极言其否极泰来，富丽堂皇。如此丰富的想象，如此大胆的夸张，情绪如此之浓烈，铺垫如此之充分，使得篇末的主题揭示也就更有力量。

在给老家来信求教的弟弟寄示学诗门径时，曾国藩结合自身体会，告以与其泛读总集，“不如读专集”，“吾之嗜好”，“于七古则喜读《昌黎集》”。韩愈以文为诗，诗风遒劲，七古尤为奇崛挺拔，当其沉沦下僚时，也曾一再作有

《感春四首》《感春五首》,如“百年未满不得死,且可勤买抛青春”“孤吟屡阕莫与和,寸恨至短谁能裁”,仕途失意,诗风放纵。清人赵清瑞《论诗绝句三十首》,以“荦确昌黎翁,盘空多硬语”来评价韩诗,可谓一语中的。《荀子》称“学莫便乎近其人”,“学之经莫速乎好其人”,嗜好既深,熏陶感染,下笔之时,不觉效仿追踪。曾国藩的《感春六首》,与韩诗似乎正相仿佛。此外,他在那封家书中还特别提到,此前所作《感春》七古,“慷慨悲歌,自谓不让陈卧子”。陈卧子即陈子龙(1608—1647),为明末复社与几社的爱国诗人,民族英雄,诗作沉雄瑰丽,人称“明诗殿军”。曾国藩在家书中以陈卧子相比,隐然揭示出在嗟叹自身际遇的牢愁之下,这组诗所显露的怒目刺世的批判锋芒。

(王澧华)

漫　与[1]

原文

今日今时吾在兹[2]，我兄我弟倘相思[3]。
微官冷似支床石[4]，去国情如失乳儿[5]。
见惯浮云浑欲语[6]，漫成诗句未须奇[7]。
径求名酒一千斛[8]，轰醉王城百不知[9]。

注

① 漫与：随意而作。
② 在兹：在此。
③ 倘：此处是或许的意思。
④ 支床石：支撑床脚的石块。
⑤ 去国：离开故国。此处指离开故乡。“儿”此处读古音“ní”。
⑥ 浑：简直。
⑦ 未须：不须，不必。
⑧ 斛(hú)：古代的衡量器，也是容积衡量单位。初以十斗(dǒu)为一斛，后以五斗为一斛。千斛极言其多。
⑨ 轰醉：狂饮而大醉。王城：京城。

鉴赏

这首七律是曾国藩早年在北京所作，从“微官”“去国”等词语来看，大约是在翰林院散馆后授职检讨(从七品)到晋官侍讲、侍读(从五品)那几年。羁宦京城，位居下僚，感叹身世，思念家乡，这样的诗文主题，在他前期的文学创作中并不少见，但若论体裁，则五言古诗、七言古风居多，体现在格律近体诗中，似乎较为少见。而据他在写给弟弟们的家书中所言，“吾作诗最短于七律”，原因是“吾之嗜好，于五古则喜读《文选》，于七古则喜读昌黎集，于五律则喜读杜集，七律亦喜读杜诗，而苦不能步趋”。不过，在他的格律诗中，也不是没有佳作，比如这首《漫与》。

首联两句，开篇就很有特色：“今日今时”起笔就给人以时光逼人之感，“吾在兹”，在哪里？不在家乡，不在父母兄弟姐妹身边，在远隔数千里之外。自道光十九年(1839)开始，曾国藩便一直在京都翰林院供职，这期间一直没有回过家乡。中进士、点翰林与做京官的兴奋期过后，长久的旅居生活，便让他十分思念家乡的亲人。于是，作者笔端一转，从“我”转向家乡亲人，紧接着就跳出一句揣想之词，他们一个个，或者也都在思念着我吧？“我兄我弟”，对应“今日今时”，一个是时间，一个是人物，我在寂寞遥远的异乡，你们在水远山长的南国，“吾在兹”，你们知道我在这边干什么吗？一个看似不起眼的“在兹”，却不经意间透漏无限的深情。因为“在兹”一词，出自《尚书》，其《大禹谟》中，就有“帝念哉，念兹在兹，释兹在兹”之句。借用“在兹”一词暗含的“念兹在兹”，作者把自己心心念念想念家乡亲人的急切心情展露无遗。然后，作者从自己的“念兹在兹”，遥想家里人在“今日今时”，他们也会思念我吗？一个“倘”字，十分逼真地写出了久别相思之苦，你们，我的亲兄弟，或者也正像我一样，也都在想念着对方吧？“相思”之

“相”，正是双向“相互”的呀！所以说，首联两句，不仅有特色，而且很能打动人。

颔联的承接，作者及时把视线拉回到自己身上，毕竟，“倘相思”这样的揣想对方之词，在一篇之中，只能偶一为之，而从作者自我身心着笔，那么，纵横抒写的空间，就会很充分了。为什么兄弟手足骨肉分离？不就是功名利禄的驱使吗！但一别数年，我现在还是一个清冷之官，无权无势，不仅在别人眼里，甚至连我自己都觉得，渺小得就像一块垫塞床脚的小石头，而一官羁绊，日日夜夜想念亲人，简直就像婴儿断奶，急不可耐。这一联的对仗，本来是适应律诗的格律要求，但“冷似支床石”对“情如失乳儿”，音韵既工整，句式又灵泛，尤其是“支床石”“失乳儿”，选用这两个很尖新的词语，用在这里，既形象，又贴切。而且，如果不是“微官”而是“高官”，也就没有下句的想家如同“失乳儿”了。不仅如此，它们在诗人的情绪脉络上，也回应了首联的千里相思、念兹在兹。

第三联，作者笔端跳跃，转入对官场见闻的观感与议论。山乡子弟，初入京城，朝廷内外，官场进退，纷纭复杂，慢慢经历了，也逐渐“见惯”了，所以来上一个“浮云”，这就是作者对时势、对世相的褒贬态度了。再看“浑欲”一词，下笔很是考究，既有力量，又有节制。尽管只是一名“微官”，但耳闻目睹的朝政与官场，积聚在心中，还是让诗人有自己的是非评判，很想一吐为快；但是一个“欲”字，却显示诗人看透世变,而又“欲语还休”,这样才能更好地照应前面的“见惯”与“浮云”。有了这一句,颈联中的下一句,也就更有着落,也就是切合诗题的那个“漫”字。“诗句”既然是“漫成”,当然也就不须“奇”了。这个“奇”字,想来也不是“新奇”之奇,可能更像是“奇警”之“奇”。既然已经是“浮云”“见惯”,那么,也就见怪不怪,不用抱怨,也无须萦系在心,作诗也就“漫成”即可,何必“须奇”呢?这一联,看似与上联没有太多的关联,但内在的逻辑却是很清楚的,都是作者在“去国”之后作为“微官”“在兹”的所见所感。

尾联前后两句,说的却只是一件事,那就是醉里乾坤大,一醉百不管。“名酒”已经直言其美,进而“千斛”则极言其多,“轰醉”更是想象其沉醉之深,而“百不知”当然不是啥都不知道,而是啥都不想管。为什么呢?原因已经在前面显露:此时此刻,远离家乡思念亲人的一名清冷闲官,既然是浮云见惯,而且是“浑欲语”而未语,既然是“漫与”作诗,而且“漫成”的“诗句”也不须求奇,那就只剩下一条路了吧,求名酒,去醉乡,管他什么“王城”不“王城”。我们或许可以想象,十年寒窗,科举及第,进京做官,看似风光无限,但京城居,大不易,仕途则微官碌碌无为,想家则日夜刻骨铭心,世局则都是浮云而无所适从。身处异乡、任官无味的无奈,只能化作“漫与”作诗和一场大醉。

这样的京城生活,这样的思绪迷茫,我们在曾国藩早期的五言古诗与七言古风中也时有所见,但都不如这首七律，在短短的八句五十六字中，如此精练如此有序地表达。其中的原因，一是因为，从层次结构上，律诗四联，一般都遵从“起承转合”的格式规范，不得任意变动。所以，这首《漫与》，首联的两地相思，时间、地点与人物，逐一出现，这是“起”；颔联承前而来，极写“微官”的身份之冷，处境的“去国”之思，在结构上承上启下；颈联转折出感叹与议论；尾联归结为酒解千愁。如此一来，相比作者的其他古诗，这首七律当然层次更分明，结构更严整。第二个原因，便是格律诗的平仄对仗、用典与修辞，比古诗更加用心、讲究。如“今日今时”对“我兄我弟”，音韵协和，琅琅上口；“支床石”对“失乳儿”，词义精练切合，各用一个虚词“似”字、“如”字，句式又平添几分舒缓灵动之气；而“浑欲”对“未须”，两组副词相对，很好地消减了律诗中间二联的对仗可能带来的板滞；继第三联的两个比喻句之后，第四联，再来“一千斛”与“百不知”的夸张，让读者在极短的八句之中，如此密集地感受格律诗精致的艺术构思，感受诗人纯熟的诗艺安排。相比其他古诗的直抒胸臆，欣赏这首《漫与》，只觉构思更奇妙，含蓄迂回，更增兴味，也就更能激发读者的内心共鸣。

（王晓芳）

闻客话里中近事[1]

原文

蓬莱清浅信推迁[2]，回首乡关事可怜[3]。
今日朝簪陪末秩[4]，早时社鼓舞华筵[5]。
陈平宰国无消息[6]，庾信辞家有岁年[7]。
蹙蹙生涯非我里[8]，滔滔四望极敷天[9]。

注

① 里中：乡里，家乡。古代五家为邻，五邻为里。
② 蓬莱：古代神话中的渤海仙山，有神仙居住。清浅：本义是水清澈不深，此处上承“蓬莱”，则比喻沧海桑田，变化极大。晋人葛洪《神仙传》：“已见东海三为桑田。向到蓬莱，水又浅于往昔，会时略半也。”信：确实，的确。推迁：推移变迁。
③ 乡关：故乡。
④ 朝簪：朝廷官员的冠饰，多用以代指京官。末秩：低级官职。秩是官吏的职位品级。
⑤ 早时：往日。社鼓：旧时社日祭神时所演奏的鼓乐。华筵：丰盛的宴席。
⑥ 陈平宰国：陈平是西汉开国丞相，《史记·陈丞相世家》称其“少时家贫，好读书”，“里中社，平为宰，分肉食甚均。父老曰：‘善，陈孺子之为宰！’平曰：‘嗟乎，使平得宰天下，亦如是肉矣！’”消息：此处是迹象、征兆之义。
⑦ 庾信辞家：庾信本为梁朝御史中丞、右卫将军，后出使西魏被扣留，被迫出任高官，西魏被北周覆灭，庾信仍不得南归，终老于北。
⑧ 蹙(cù)蹙：忧惧不安的样子。语出《诗·小雅·节南山》：“我瞻四方，蹙蹙靡所骋。”
⑨ 敷天：普天下。“敷”通“溥”，即广大。

鉴赏

在欣赏这首诗之前，我们大体推断一下它的创作时间及其背景。先看题目，“客话里中事”，显然是客从故乡来；再看诗句，“朝簪”与“末秩”，显然也不是位居礼部侍郎之时；“陈平”那句，暗指屈居下僚，与作者后来封侯拜相，更是大相径庭了。而曾国藩北京时期的日记，其中道光二十四年(1844)五月下旬，有“王待聘妹夫来，又偕其从弟仕四同来。是日与谈家事一日，知祖父近来衰老矣，何日得抽身去堂上问安数旬为慰也”几句，与《闻客话里中近事》的诗题颇为吻合。此外，他这时的官职是翰林院侍讲，从五品，也就是与六部的员外郎、地方的知州平级而已。在高官云集的京城里，这也真的就是叨陪末座的不起眼之人了。由此联系曾氏诗集的前一首《漫与》，篇中的“微官冷似支床石，去国情如失乳儿”，与本诗的“陈平”“庾信”两句，也比较近似。当然，后者是将这种情绪扩大化了，详细地刻画了自己对故乡的思念之情，并且更加直抒胸臆。

接下来，我们通过具体的文本研读、字句赏析，来理解作者的构思与创作脉络。

首联两句，比兴开篇，这是很多诗人常用的艺术手法，这里是用蓬莱仙岛的清浅推移，来比况人世间的沧桑巨变。很显然，必定是老家来客叙说的人事巨变，对远方游子的心灵产生了巨大的冲击，这才有这一破空而来的慨叹,“回首乡关”,几乎事事“可怜”,人人“可怜”。离开家乡这么些年,诗人对家乡人事的印象还一直停留在以前,“露从今夜白,月是故乡明”,人们对于故乡,总有一种特别的情感,因为故乡的景物里浸润了自己从前的每一份记忆。但来客的述说,显然是大大出乎游子的想象,如此才有沧桑巨变的比拟。而且,所有听到的这些巨变,还基本上是诗人不愿意听到、甚至无法想象的情景。山乡农家,刻苦勤劳一生,图的就是免于饥寒,发家致富已经是一种很大的奢望。诗中的“可怜”一词,却已经昭示了这种物是人非、事与愿违的结局。

颔联紧承上句的“回首”,不过,却是从“乡关”转向诗人自己,时间也从当年回到了“今日”,现在的自己,又正是从“早时”的村社集会的回忆而来：社庙里的一次次祭祀,社祭中的一声声锣鼓,锣鼓声中的乘兴起舞,以及父老乡亲们的满地乡音与充满乡情的社宴举杯,全都因来客的叙述,涌上诗人的心头。心头上回想的是早年的家乡,早年的自己,而现在的自己,却是身在距离故园山遥水远的北国,在冠盖如云的京城,自己一个“末秩”微官,追陪在高官权贵的身后而未得重用,不能一展抱负。也就是说,诗人在上一联的“蓬莱”与“乡关”的对比之后,紧接着又在这一联里,再一次展开对比,不同的是,对比的是“从前”的欢快与“现在”的郁闷：昔年在故乡参加社日祭神时鼓乐喧天的热闹、丰盛的筵宴、无忧无虑的快乐,今日自己只是京城里一个位居末秩的小官，在一个微不足道的官职上空掷年华，蹉跎岁月，对比何其鲜明，落差何其巨大！

颈联宕开一笔，连用两个历史典故，西汉的开国丞相陈平，北朝的羁留诗人庾信。用典贵在贴切，尤其难在自然天成，不见痕迹：陈平为西汉的建立作出重大贡献，他怎么会与上联的“朝簪”“末秩”扯上关系呢？妙就妙在前一句写到的“社鼓”，因为陈平贫贱时，正是在社祭后操刀宰肉时，吐露其“宰国”的抱负，诗人结合自己“早时”的社鼓宴舞，暗用“使平得宰天下”这一旧典，但倾吐的却是“壮志未酬”这一牢愁。“无消息”，就是“没迹象”，“没希望”。然后，诗人再拿第二个历史人物，来加深“宰国何年”的感慨。庾信生长江南，由南入北，一去不返，空留下“魂兮归来哀江南”的长歌当哭，所以，诗人在上文一次次的对比后，通过“宰国”迄今“无消息”，再一次感受到“辞家有岁年”，一种蓦然回首、人何以堪的急切情怀，扑面而来。

行文至此，尾联的浩叹也就自然而然不期而至，“蹙蹙生涯”之感，显然来自“经年”的“无消息”，“非我里”，当然对应的是“辞家”。如此一来，既然是“蹙蹙生涯非我里”，那么，诗人岂不是也就只剩下这句“滔滔四望极敷天”了吗？一句“极敷天”，把作者与读者的目光，同时引向无边的苍穹：世界如此广袤，一切或将大有可为？

（王晓芳）

六月二十八日大雨，冯君树堂、周君荇农、郭君筠仙方以试事困于场屋[1]，念此殆非所堪，诗以调之[2]

原文

黑云压城真欲摧，银河倒泻天如筵[3]。
我巢仓皇变泽国[4]，嗟尔三子嘻可哈[5]。
孔鸾欲争雁鹜食[6]，贪饕岂得逃天灾！
矮檐埤危小于盎[7]，拳曲裁足容颈腮[8]。
上雨旁风忽冲突，蛰虫有户安能坏[9]？
脱屦漂流不可觅，笔床茶白何有哉[10]！
冯君枯坐但闭目，急溜洒面不曾开。
周侯仰天得画本[11]，倚墙绝叫添喧豗[12]。
郭生耐寒苦索句，饥肠内转鸣春雷。
却笑群儿薄心胆，瑟缩啾唧良足哀。
丈夫守身要倔强，虽有艰厄无愁猜。
我今高卧舒两膝，深檐大栋何恢恢！
白日鼾声答雷雨，残滴初歇清梦回。
甘眠美食岂非庆，又闻逸乐生祸胎。
数君健强齿尚未，正可磨炼筋与脢[13]。
明朝日晴各转斗，老黑战罢还归来。

为君广沽软脚酒[14],泥污不洗且衔杯。

注

① 场屋：古代的科举考场。
② 调(tiáo)：调笑,开玩笑。
③ 簁(shāi)：筛子。此处用作动词,用筛子筛东西。
④ 巢：本义是鸟窝,此处指房屋。泽国：水乡,也指田园屋产被水淹没。
⑤ 咍(hāi)：讥笑,嗤笑。
⑥ 孔鸾：孔雀与凤凰。雁鹜(wù)：鹅与鸭。
⑦ 埤(pí)：古代城墙上的矮墙。盎：肚大口小的瓦盆。
⑧ 裁：通“才”。
⑨ “蛰(zhé)虫”句：《礼记·月令》:“仲秋之月……是月也,日夜分,雷始收声,蛰虫坏户……水始涸。”郑玄注:“坏,益也。蛰虫益户谓稍小之也。”坏,亦作“坯”,通“培”,即用泥土堆积封堵。蛰虫坏户,即虫子为蛰伏冬眠,用细土封堵洞口以避寒冷。
⑩ 笔床：笔架,多为微型茶几或书卷形状。茶臼：碾茶用的瓷具。
⑪ 画本：绘画的范本,此处借指文章范本。
⑫ 喧(xuān)豗(huī)：喧闹之声。
⑬ 脢(méi)：背脊肉。
⑭ 软脚酒：接风招待客人的酒宴。

鉴赏

清朝以满族入主中原,随后开始接受汉文化,并在宗室与八旗子弟中开展汉语教学,而其教习师资便是从汉族贡生、举人与进士中考试选拔。本年参加教习考试的湖南举人中,冯卓怀、周寿昌与郭嵩焘好几位都与曾国藩熟识,冯、郭两人还一直住在曾国藩的寓所,当天就是曾国藩亲自把他俩送进考场的。

六月二十八日大雨，冯君树堂、周君苻农、郭君筠仙方以试事困于场屋，念此殆非所堪，诗以调之

曾国藩多次参加科举考试，考场的设施简陋与规矩森严，他是深有体会的。教习考试，分四书文与试帖诗，头天进考场，夜宿考场的号棚，直至第二天考试结束，才能出场回家。恰又赶上北京这两天大雨滂沱，曾国藩牵挂考场好友，料想场内诸般不便与难堪受困的情景，于是提笔作诗，却又出以诙谐之词，由此留下这篇与众不同的考场调笑诗。

这首诗，层次分明，有总括切题，有逐次分写，极意描摹考场三人的难堪情状，即便是归于激励与预祝，却仍不忘诙谐嘲弄。

开篇就是一连串的夸张描写，紧扣诗题的“大雨”二字。“黑云压城真欲摧”，将唐代诗人李贺的诗句直接套用，而且将原句的“城欲摧”改为“真欲摧”。原创之句既是夸张，更是借喻，用来比喻敌军的大兵压境，而曾诗本来就是描写大雨，所以，一个“真”字的改换，更加强调今日现场的紧张感。第一句写黑云，第二句就接写大雨，前句写得如此气势磅礴，后句若用“瓢泼大雨”或是“倾盆大雨”，那就承接不住了，既然已经借用了他人的比喻与夸张，接下来就需要诗人自己的想象与刻画了，曾诗就很好地做到了这一点。银河倒泻了，漫天泄水了，一个“篵”字，形容大雨如注，密密麻麻，源源不绝，既生动形象，又想象贴切。急雨如溜，地面积水倒灌进屋，诗人的蜗居已经漫水，瞬间如同泽国水乡，既然常年居住的民宅都进水了，那平时空闲搁

置的考场,岂不更是水淹七军了吗?“蛰虫有户安能坏”,调笑友人困守考棚避雨的狼狈情状,在这里,诗人不仅没有表现出同情,反倒是幸灾乐祸,“嗟尔三子嘻可咍”,翻译成白话,大概就是,“呀呼嗨呀,你们仨呀,倒了霉呀”!真要把考场朋友气得牙痒痒的了。而诗人则还不罢手,“孔鸾”两句,继续挖苦,你们三位堂堂举人,好好的会试殿试不去参加,却要和一般贡生秀才去争那个教习饭碗,这不就是孔雀凤凰要与鸡鸭争食吗?你们仨如此贪天饕餮,又岂能逃过老天的惩罚?这一连串的调戏嘲弄,看似有违常理,实则是知心朋友的另一种牵挂,不然,诗人怎么没写自己手忙脚乱去堵塞租屋的积水呢?

接下来的中间一段,诗人转入对考棚雨灾的想象与刻画。考棚号屋逼仄,桌板就是床板,一旦头顶淋雨、脚下积水,那就简直是无处容身。诗人自己多次进出考棚,吃喝拉撒睡,几天下来,无不灰头土脸,而今棚内水漫金山,三位老兄,将是何等尊容?诗人的想象,似乎不假思索,络绎而至:鞋子不知漂浮何处,笔架、茶具没了踪影;写了屈腿弯腰、缩颈托腮之状,还嫌不够,还要更进一步,刻画三位考生搜肠刮肚构思诗文:老冯枯坐,苦思冥想,任其雨水滴溜满面;周兄仰天凝神,灵感乍现,连声得意狂叫;小郭饥肠辘辘,声比雷响。行文至此,诗人一个急刹车,将目光向同场其他考生投去一瞥,拿他们来当个垫脚石:“却笑群儿薄心胆,瑟缩啾唧良足哀”,你们即便狼狈如此,但仍然比同场竞争的其他考生要强，这两句，既烘托了“三子”的倔强不屈，又为下文的激励与预祝作出了巧妙的铺垫，腾挪之际，非常灵活自如。

最后一层，诗人把“诗以调之”不露声色地转为“诗以励之”。“丈夫守身要倔强，虽有艰厄无愁猜”，有了这两句，后段的“明朝转斗”“战罢归来”等句，才可一气承接，了无痕迹。而“我今高卧”四句，又恰与“数君健强”“正可磨炼”相照应，有了这几句自我反省与钦许对方的立意，前半段的尽情谐谑之词，才不至于显得轻浮与无聊。既然是“战罢归来”，那凯旋摆酒庆功，就是题中应有之义。“为君广沽软脚酒，泥污不洗且衔杯”，这两句，把接风酒写成“软脚酒”，既是口语化，更是调侃话，“泥污不洗”，则又呼应了上文的考棚受困、种种挖苦，还连带调谑了考生朋友的饥困与嗜欲，嬉笑语气的回归，使得整首诗歌的风格浑然一体。

这首诗，写于三人应考的当天晚上与次日早晨。三人出场，得见曾诗，周寿昌笑乐之余，次韵和作，其“胡为束缚在场屋，颠倒头足成笑咍”“风横雨劲迫仓卒，濡首已遍额与腮”等句，也是有意切近曾诗风格。曾国藩得诗之后，更增兴会，又喜得三人全都榜上有名，于是，再作次韵，再有“文章有时奏奇绩，不信五鬼能作灾”“皇天亦助昆阳捷，乱飞屋瓦奔云雷”等强健诗句。几个月后，诗人王子寿来访，曾国藩再次出示前作，王子寿忍俊不禁，也忍不住次韵一首。钱仲联《道咸诗坛点将录》，将曾国藩比作水泊梁山五虎将之天勇星大刀关胜，称“曾涤生诗，七古全步趋山谷，以此为天下倡，遂开道光以后崇尚江西诗派之风”，结合曾国藩在道光、咸丰与同治诗坛多次的“一唱众和”，其倡导之力、鼓荡之功，确实还是比较明显的。

（王澧华）

酬岷樵[1]

原文

市廛交态角一哄[2]，朝为沸汤莫冰冻[3]。
江侯尔岂今世人[4]，要须羊左与伯仲[5]。
汉上邹生狷者徒[6]，卧病长安极屡空谓邹柳溪[7]。
导养难绝三彭仇[8]，恶谶欲寻二竖梦[9]。
君独仁之相掖携，心献厥诚匪貌贡[10]。
执役能令贱者羞，感物颇为时人诵。
丈夫智勇弥九州，守愚常抱汉阴瓮[11]。
不学世上轻薄儿，巧笑人前事机弄[12]。
昔我持此语冯生谓树堂[13]，沉饮深觥岂辞痛[14]。
郭生酒后犹激昂谓筠仙[15]，往往新篇发嘲讽。
君今劲节盘高秋[16]，况有诗句惊万众。
《喜雨》一章已恢奇，犹嫌伏辕受羁鞚[17]。
顷来贶我珍琼瑶[18]，韬以锦囊无杀缝[19]。
我今尘海久沦胥[20]，方寸迷濛足雾霿[21]。
乃知贫贱真可欢，富贵縻身百无用[22]。
因君寄语谈天客[23]，狂夫小言或微中[24]。
但教毛羽垂九天，未要好风遽吹送。

邹兴愚，字柳溪，新化人。客居陕西兴安，道光庚子举陕西乡试，家酷贫而自守严，不苟取。今年大病京师，不得与礼部试[25]。医药杂役，皆岷樵躬之[26]。急难之谊，吾见亦罕。予既为此诗，后十日而兴愚死。予与岷樵及兴愚之族兄子律三人者，为经纪其后事，秩然可以无悔[27]。将以七月归其丧兴安，岷樵盖有终始者。子律字春生，亦笃士[28]。六月十二日附记。

注

① 酬：酬对，用诗词应答。岷樵：即江忠源(1812—1854)，字常孺，号岷樵，湖南新宁人，以举人大挑得教职，后创办团练，追击太平军，官至安徽巡抚，死于军中，谥“忠烈”。

② 市廛(chán)：指商店云集之地。交态：人与人之间交往的态度和表现，即世态人情。角：比试，争着。一哄：众声喧扰。

③ 沸汤：开水。莫：同“暮”。

④ 江侯：此处指江忠源。“侯”是古代对士大夫的尊称，后世文人应酬，多以此相称。

⑤ 要须：必定。羊左：战国时羊角哀与左伯桃为友，后指友谊深厚者。伯仲：才能相当、不相上下者。

⑥ 汉上：汉水上游，泛指陕西汉中以南一带。邹生：即邹兴愚，字子哲，号柳溪，祖籍湖南新化，客居陕西紫阳。狷者徒：志向高远而又洁身自好的狂狷之辈。

⑦ 长安：陕西长安(今西安及其附近)为汉唐首都，后世以“长安”代指京城，此处指北京。屡空：长年贫穷匮乏。《论语·先进》：“回(颜回)也其庶乎，屡空。”

⑧ 导养：养气修身。三彭：道家称人体内的三种害虫为“三彭”，又称“三尸”。

⑨ 恶谶(chèn)：凶恶的预言。二竖：指病魔。语出《左传·成公十年》：“公梦疾为二竖子，曰：‘彼良医也，惧伤我，焉逃之？’其一曰：‘居肓之上，膏之下，若我何？’医至，曰：‘疾不可为也，在肓之上，膏之下，攻之不可，达之不及，药不至焉，不可为也。’”

⑩ 厥(jué)：其。匪：同“非”。貌贡：表面上奉献。

⑪ 守愚：保持愚拙，不事巧伪。汉阴瓮：比喻心地纯朴无机心。语出《庄子·天地》：“子贡南游于楚，反于晋。过汉阴，见一丈人，方将为圃畦，凿隧而入井，抱瓮而出灌，搰搰然用力甚多而见功寡。子贡

曰：'有械于此，一日浸百畦，用力甚寡而见功多，夫子不欲乎？'……为圃者忿然作色而笑曰：'吾闻之吾师，有机械者必有机事，有机事者必有机心……吾非不知，羞而不为也。'"

⑫ 事机弄：玩弄心机。

⑬ 冯生：指冯树堂，字卓怀，湖南长沙人，曾国藩好友。

⑭ 沉饮：大量喝酒。深觥(gōng)：高大的酒杯。"觥"是古代的盛酒器。

⑮ 郭生：指郭嵩焘(1818—1891)，字伯琛，号筠仙，湖南湘阴人，曾国藩好友，参与组建湘军，先后担任广东巡抚，出使英国、法国大臣及兵部侍郎。

⑯ 盘：回旋。

⑰ 伏辕：伏在车辕上，代指拉车或拉车的马。羁鞚(kòng)：马勒，比喻束缚。

⑱ 顷来：近来。贶(kuàng)：赠给。

⑲ 韬：韬略，谋略。锦囊：比喻诗篇佳作。杀缝：指裁剪缝合之缝。此处喻瑕疵。

⑳ 沦胥(xū)：指沦陷、沦丧。

㉑ 方寸：内心，思绪。雾霿(méng)：天色昏暗。

㉒ 縻(mí)：束缚。

㉓ 谈天客：能言善辩者。

㉔ 小言：言不入道。语出《庄子·齐物论》："大言炎炎，小言詹詹。"微中(zhòng)：隐约曲折而切中事理。《史记·滑稽列传序》："天道恢恢，岂不大哉！谈言微中，亦可以解纷。"

㉕ 礼部试：科举考试中的会试。因会试由礼部主持，故称。

㉖ 躬之：躬亲其事。

㉗ 秩然：井井有条。

㉘ 笃士：忠诚厚道之人。

鉴赏

《曾国藩文集》中有《新化邹君墓志铭》，称邹兴愚于道光二十五年(1845)六月九日病逝于北京。对应曾国藩为本诗所作附记中“既为此诗，后十日而兴愚死”，则这首《酬岷樵》作于当年五月底。这一年是举人会试的年份，所以，各省举人先后进京赶考。一年前，湖南新宁举人江忠源，在两位湘籍举人冯树堂、郭嵩焘的介绍下，与任职翰林院的曾国藩结识，曾国藩推许为节烈君子，引为道义之交，交往密切。与此同时，湖南新化举人邹兴愚也参与到这个湘籍士大夫的交友圈。曾国藩日记中，时常出现这些公车举人的姓名，如正月十五日，江、柳“在寓过灯节，吃酒行令”，以及频频写下的“看邹柳溪病”。

曾诗以《酬岷樵》为题，显然是江忠源赠诗在先，即曾诗所言“《喜雨》一章”，称其“诗句惊万众”，但美中不足的是，“犹嫌伏辕受羁鞚”，意思似在“恢奇”还不够。可想而知，曾国藩此时的诗歌美学，已经是以“恢奇”为准的了。

那么，我们就来看看，曾国藩的这首回赠之作，是怎样朝着“恢奇”写去的。

诗作开篇即令人惊诧，“市廛交态角一哄，朝为沸汤莫冰冻”，喧闹的市井利益往来之中，早上还关系火热得如开水滚烫，晚上就冷漠得冰冻冰凉，世态炎凉赫然纸上。紧随其后，笔锋突转，“江侯尔岂今世人”，滚滚红尘之中，唯有你不同流俗的江岷樵，才是比肩羊角哀与左伯桃人品的至性君子。这话说得如此干脆，读者也许不免生疑，但作者马上就列举了江忠源的“至性”“绝俗”义举，他不远千里，从北京护送友人灵柩回归陕西紫阳。原来，为三月会试辛苦备考的邹柳溪，在二月初就贫病交加，缠绵病榻近半年，终于客死于京城旅店。据曾国藩九月给家中叔父家书，称“今年新化孝廉邹柳溪在京久病而死，一切皆江君料理，送其灵榇回南”，一再感叹“此人义侠之士”“真侠士也”。世人常说，一死一生，乃见交情。在邹柳溪“卧病长安”、囊橐“屡空”、窘迫匮乏、无以为生的半年之中，江忠源面对病人的“导养难绝三彭仇，恶谶欲寻二竖梦”，没有退却，没有犹豫，更没有麻木不仁，而且采取了与市井势利之辈截然相反的举动，“君独仁之相掖携，心献厥诚匪貌贡”，正心诚意，绝无表面功夫，生前服侍医药于病榻之间，身后千里护柩于荒郊旅途，即此一事，足以“执役能令贱者羞，感物颇为时人诵”，足以令“巧笑人前事机弄”的“世上轻薄儿”，为之羞死。读诗至此，我们不难看出，作者的“恢奇”境界，既有主人公的卓荦志节，侠义之举，又有命篇布局的出人意外，更有措辞造句的瑰异不羁，诸如“市廛交态”“沸汤冰冻”之句，诸如“三彭仇”“二竖梦”之词，怵目惊心的描写与刻画，惊悚闪现于眼前，几乎令人喘不过气来。

诗作的后半，以“昔我持此语冯生”，将前半紧张的节奏、刺眼的字句，过渡到自己与江忠源等人的亲切友好交往。“冯生”的把酒畅饮，“郭生”的激昂诗篇，书生意气，挥斥方遒，谈艺吟诗，你来我往，互相赠答，由此看似不经意间，非常巧妙地将诗笔引向《酬岷樵》的诗题：你的高节义气堪比秋日萦绕盘旋的高天爽气，更何况你还能创作《喜雨》这种非凡惊人的诗篇，你的佳篇美文，如同琼瑶美玉，其间智慧韬略，更令我多受启发。既然写到了“贶我琼瑶”“韬以锦囊”，诗人顺势将笔端引向“我今尘海久沦胥，方寸迷濛足雾霿”的自谦，转入“乃知贫贱真可欢，富贵縻身百无用”的自警，进而归结到“但教毛羽垂九天，未要好风遽吹送”的相互激励。走笔到此，诗人为全篇打上一个雄奇不羁的洒脱句号。

曾国藩作诗当月，适逢道光帝御门临朝，将曾国藩由翰林院侍读，擢升詹事府右春坊右庶子。查读《江忠源诗集》，集中接连出现《赠曾涤生庶子》《喜雨》等古风诗篇相赠；曾国藩作诗酬答，不仅盛赞江忠源的人品及诗才，展现出二人高山流水、互为激发的深情厚谊，而且又自出机杼，大笔挥洒，写下这篇气格高古、声调激越的七古佳作。

江忠源接读此诗，诵读之下，兴高采烈，当即次韵和作，盛称先生“下笔吞云梦”，“不谓人间筝笛声，引来天上霓虹弄”。继而朋友圈中，三五知好竞相叠韵酬唱，江忠源再作次韵相赠，感激“曾侯名德绝流辈，胸臆广大天宇控”，感激“君欲诱之历堂奥，项斯到处逢人颂”。志同道合之人，砥砺品行，切磋诗艺，留下了一段段感人的佳话。

（张咏铃）

移居偶成

原文

前人栽藤后人看，我年于藤未及半。
前人种竹青成林，舞影窗月清我心。
况有丁香海棠树，堆砌牡丹乱无数。
霜风但遣枯枝立，春光犹迟隔年度①。
独立何必念芳菲，正肃气与天地遇②。
此身今古如脱屣③，人得人弓等闲耳④。
冰霜百物半摧藏⑤，扫除一室吾安事。
转眼花开春事新⑥，四座唯延澹荡人⑦。
读书养性聊为乐，日可招要梅子真⑧。

注

① 犹迟：还需要。此处“迟”是“等待”“有待于”的意思。

② 肃气：肃杀之气。遇：投合。

③ 今古：从过去到现在，从现在到将来。脱屣（xǐ）：古人把鞋子叫作“屣”，因此常以“脱屣”“弃屣”比喻把某些事情看得很轻，毫无顾惜。

④ 人得人弓：化用自“楚得楚弓”，《说苑·至公》：“楚共王出猎而遗其弓，左右请求之。共王曰：‘止！楚人遗弓，楚人得之，又何求焉。’”此处引申为得失计较。

⑤ 摧藏（cáng）：摧伤、受损。

⑥ 春事：花事。春来花开，人们纷纷春游赏花。

⑦ 延：邀请。澹（dàn）荡：淡泊闲适。李白《古风》：“吾亦澹荡人，拂衣可同调。”

⑧ 招要(yāo):即“招邀”,邀请。苏轼《越州张中舍寿乐堂》:“高人自与山有素,不待招邀满庭户。”梅子真:即梅福,字子真,西汉九江寿春(今安徽寿县)人,曾任南昌县尉。关心时政,上书抨击时政,为此弃官归隐。王莽篡汉,梅福避世修道,民间相传以为得道升仙。

鉴赏

这首诗,是曾国藩考取进士并进入翰林院,成为朝廷文官储备基地培养对象后的某次搬家感怀之作。

此时曾国藩年近三十,带着妻子儿女在北京度日,世代农家子弟,毫无家世庇佑,长安居,大不易,作为青年中低级京官,只能凭借并不丰厚的薪俸,租赁与翰林官身份大体相称的住所。这几年,他的职务晋升,大体按部就班,不快不慢,诸如翰林院检讨、侍讲与侍读,詹事府右春坊右庶子转左庶子。频繁的职务变动,生活起居免不了要随之调整。“移居偶成”,顾名思义,就是指变换居所时有感而发之作。从诗中所描绘的自然季候来看,此诗当作于冬季。

客居京城,租寓频繁更换,新的房客,新的环境,新的感受,耳闻目睹,纷然杂陈,触动青年诗人一阵阵的诗情感发,情动于中,发而为诗,笔触随心所转,诗句也就一股脑地杂沓络绎而来。

“前人栽藤后人看”,老房子,新房客,房前老藤盘空,前人栽种而不及看,藤下新客后来,相看之下,惊呼“我年于藤未及半”。几十年前,何人栽种,人今何在,杳然已不可知。几十年来,藤架之下,几人贸然迁进,几人茫然迁出，老藤可谓阅尽人间百态。读者初读开篇这两句，不免稍感兀然，转而思之，进而论之，这不就是诗人迁入新居的独特而真切的内心感触吗？或者，作者之心不必如此，读者之心则正不妨作此之想。紧接其后，诗人再来两句，“前人种竹青成林，舞影窗月清我心”，新居之内，既有前人栽藤，更有前人种竹，而且竹园青翠，俨然成林，明月当空，竹影纷批，掩映窗前，清沁我心。岁月不居，时序如流，时节更替，人事变迁，诗人别出心裁，用这种“前人栽、后人看”“前人种、后人赏”的对比，一下子就给读者带来对时移人易之人事播迁、生生不息之自然规律的深切感悟。

在这两组“前人栽种”景物之后，随之而来的“况有”丁香与海棠，更有“堆砌”的牡丹，散乱纷呈于新房客的眼前。不同于老藤与青竹的，却正是这原本姹紫嫣红的牡丹、海棠与丁香，此时此刻，却以一派“枯枝”，肃立于阵阵“霜风”之下，她们带给人间的万紫千红，还需等到来年的春光照耀，春风吹煦。也正是诗人笔下的这一句“春光犹迟隔年度”，将诗篇转入更深一层通透认知的哲思境界：如今还正是“肃气”与天地萧瑟相遇的时节，“独立”庭院，“何必”汲汲于“念”及满园“芳菲”？读者不禁要问，既然不必急于“念芳菲”，那么，诗人此刻心绪，又将何往而去？

如果说，诗篇前半，是作者“移居”后所见，那么，自此而下，便是作者“移居”后所感：天地逆旅，人生过客，从过去到现在，从现在到将来，“此生今古”，不过如同“脱屣”，须臾之间的区区小事了吧？苏轼与弟苏辙赋诗唱和，感怀岁月踪迹，浩叹“人生到处知何似，应似飞鸿踏雪泥”，人生旅途，南北奔波，雪泥鸿爪，沧海一粟。由此看来，命运通塞，或荣华一世，或偃蹇一时，楚人遗弓，楚人得之，不妨等闲视之，听其自然。所以，接下来，诗人从眼前的“冰霜百物半摧藏”，回归到自身，借此移居新宅，正可安身立命，何不清心寡欲，何不气定神闲，“扫除一室”，此外概不外求，百无一虑。表面上议的是时节与花草，实则何尝不是借花言志：不必心心念念于花团锦簇，不必汲汲于功成名就；枯枝独立的清冷，正好与天地时令相匹配，实际是在告示自己，不妨应时而动，顺应自然，立足当下，顺势而为。

天地四时，春秋代谢，寒冬过去，就是春天。诗篇的后四句，转而色彩明亮，情绪舒张，“转眼花开”，满园春色，上文提及的丁香、海棠与牡丹，花事浪漫，主人邀客，宾主都是返朴归真的澹泊之人，都是对名利过往、得失利害不以为意的豁达之士。行文至此，诗人展开想象：老藤之下，翠竹之前，志同道合的三五好友，把酒言欢，读书养性，去伪修道，与古为友，人生之乐，莫大于此了吧？

全诗借景抒怀、托物言志。明写新居自然环境和搬家清扫之事，实则引譬连类，表达出对时序更替、人事变迁的哲思感悟，并抒发出清静无为、功成身退的人生志向。诗词语言质朴，明白如话，而又立意深邃，意味深长。

（张咏铃）

题《篬筤谷图》

原文

我家湘上高嵋山，茅屋修竹一万竿。
春雨晨锄斸玉版①，秋风夜馆鸣琅玕②。
自来京华昵车马，满腔俗恶不可删。
洞庭天地一大物，一从北渡遂不还。
苦忆故乡好林壑，梦想此君无由攀③。
嗟君与我同里社④，误脱野服充朝班。
一别篬筤谢猿鹤，十年台省翔鹓鸾⑤。
鱼须文笏岂不好⑥，却思乡井长三叹。
钱唐画师天所纵，手割湘云落此间。
风枝雨叶战寒碧，明窗大几生虚澜。
簿书尘埃不称意，得此亦足镌疏顽⑦。
还君此画与君约，一月更借十回看。

注

① 斸(zhú)：同“斲”，用砍刀、斧等工具砍削。玉版：干笋，《本草纲目·菜部二·竹笋》：“南人淡干者，为玉版笋。”
② 琅(láng)玕(gān)：翠竹的美称。白居易《溢浦竹》云：“剖劈青琅玕，家家盖墙屋。”
③ 此君：指翠竹。《世说新语·任诞》记载东晋王徽之爱竹，称：“何可一日无此君。”
④ 同里社：同乡。里社，古时乡里供奉土地神的处所。

⑤ 台省：汉代尚书台在宫禁之中，当时称禁中为省中，故称台省。此处指清朝廷各部。鹓（yuān）鸾：鹓，传说与鸾凤同类的鸟。此处“鹓鸾”指朝官秩序井然的行列。

⑥ 鱼须文笏：古代大夫在朝廷上手持的狭长板子，用来记事。《礼记·玉藻》：“笏：天子以球玉，诸侯以象，大夫以鱼须文竹，士竹本，象可也。”大夫用鱼须纹装饰竹片制成的笏，称为“鱼须文笏”。

⑦ 镌（juān）疏顽：铲除顽劣的性情。意谓观看此幅画，可陶冶性情。

鉴赏

《篬筤谷图》，清代画家戴熙应翰林侍读学士孙鼎臣之请而作。戴熙（1801—1860），字醇士，号榆庵，钱塘（今浙江杭州）人，官至兵部侍郎，以绘画有名于时。孙鼎臣（1819—1859），字子余，号芝房，湖南善化（今长沙）人，与戴熙为同僚。孙鼎臣《篬筤初集》有《篬筤谷图歌》，自注：“图为戴醇士阁部熙作。”

湖南境内盛产翠竹，“篬（cāng）筤（láng）”可指青竹，也形容竹色苍翠。唐代诗人崔融《瓦松赋》有句云：“竹篬筤而众色，树连理而相加。”篬筤谷位于长沙岳麓山，是孙鼎臣家乡的一处名胜，那里翠竹满山，飞瀑悬流。以“篬筤”为名，可见此地环境清幽，竹林苍翠。清人陶澂曾乘舟赴长沙，到过篬筤谷，他在《泛舟经岳阳长沙效西昆体》一诗中写道：“篬筤谷口云气鲜，此中岁月容高眠。”可见篬筤谷环境之清雅，颇让人有隐逸此中、高卧林泉之想。孙鼎臣寓居京华，思乡心切，于是戴熙为孙鼎臣画了这幅《篬筤谷图》，以慰其思乡之苦。

某一天，孙鼎臣的湘籍好友曾国藩见到这幅《篬筤谷图》，触动乡思，于是挥笔写下这首七言题画诗。

“我家湘上高嵋山，茅屋修竹一万竿”，开篇即用故乡的“修竹”来切合友人的“篬筤”画卷，借着这两个意象，展现了一幅色彩简约的山居风景图。而到了秋天，万物萧瑟，环绕茅舍的修竹依然青翠欲滴，竹叶在夜幕秋风中沙沙作响，催人入眠。接着，笔锋一转，用“自来京华”，开始描写眼前的现实生活，自从离开家乡来到这繁华热闹的京城，作者每日混迹于嘈杂喧闹的车水马龙中，呼吸着恶俗污浊的空气，整个人都变得俗不可耐。在中国传统士人心目中，翠竹一直是淡雅君子的象征。《世说新语·任诞》记载：王徽之曾暂时借居在他人空宅中，一住下便令仆人种竹。有人说：“你只是暂时住下而已，何必这么麻烦呢？”王徽之听了之后，啸咏良久，指着竹子说：“何可一日无此君？”此后，世人便将竹子雅称为“此君”。如苏轼有诗《於潜僧绿筠轩》，曰：“可使食无肉，不可居无竹。无肉令人瘦，无竹令人俗。人瘦尚可肥，士俗不可医。旁人笑此言，似高还似痴。若对此君仍大嚼，世间那有扬州鹤？”曾国藩此诗亦言“梦想此君无由攀”。翠竹因清新脱俗而被赋予君子之美称。在题《篬筤谷图》时，曾国藩便把清雅的竹林与庸俗的仕宦生活进行对比，一雅一俗，境界之高低如此鲜明。然而，只因返乡之路过于遥远，又有烟波浩渺的洞庭湖横亘在天地之间，所以诗人倾诉，北渡进京后他便再也没有返回家乡，寓居京华的日子里，也曾苦苦思念着故乡清幽雅致的山谷竹林；家乡的翠竹频频出现在游子的思乡梦中。

行笔至此，诗人调转笔锋，回归图画的主人，“嗟君与我同里社，误脱野服充朝班”，一个“嗟”字，感情倾向已经比较明显，下句的“误”字，则更加突出了“充朝班”的不足取，“一别”对应“十年”，更显得“归去来兮”之迫不及待。除此之外，这句诗还是有意回应孙鼎臣自己在《篬筤谷图歌》中流露出来的归隐情思，即《篬筤谷图歌》最后一句：“琅玕已老结成实，山中猿鹤遥相呼。”

既然是题画诗，除揭示画中意蕴，展现诗人所思所想之外，诗人也对画师的技艺进行了别开生面的赞扬。孙鼎臣在《篬筤谷图歌》中赞戴熙画技，直言“戴侯善画今代无，淋漓大笔为我濡”，写实笔法，平铺直述，文字平平，并无新奇处。而曾国藩则言戴熙绘画如“手割湘云落此间”，异想天开，精妙绝伦，既展现了《篬筤谷图》的恢宏气势，又将戴熙的画技提到鬼斧神工之境。正因为戴熙神乎其技的画法，使得欣赏者在面对这幅《篬筤谷图》时，似乎感受到风雨之中那葱葱郁郁的翠竹，在明窗大几之上泛起了阵阵虚幻的绿波。此画不仅可以安抚诗人因为官场俗务缠扰而心不称意的痛苦，也可以铲除诗人慵懒顽劣的缺点，涵养其雅洁的性情。最后一句“还君此画与君约，一月更借十回看”，诗人依依不舍地将画归还给好友，并特意与之约定，往后每个月都要多借几次《篬篢谷图》回来欣赏。此句用语极俚俗，如话家常，却是语浅意深，词尽而味无穷。“十回”为虚指，极言次数之多。平平无奇的家常话中，再一次将此画的意蕴、画家的画技、漂泊游子的思乡之情、自我省察之意一并揭示出来。运笔随心而至，挥洒自如，不拘雅俗，然笔到意到，情致自然，诗情画意，浑然天成。

（刘湘兰）

丁未六月廿一为欧阳公生日，集邵二寓斋分韵得“是”字

原文

宴饮非吾欣，十招九不起。
岂不耽群欢，未谙诺与唯[①]。
今日饮邵侯[②]，婆娑办一喜[③]。
多因坐上宾，可人非俗子[④]。
梅叟伯言名世姿[⑤]，萧然红尘里。
蝉蜕三十年[⑥]，万事如脱屣[⑦]。
独留文章性，贞好无迁徙。
颇奖欧阳公，时时挂牙齿。
后者开曾王，前追韩与史[⑧]。
自叟持此论，斯文有正轨。
二三邦国英，风流相依倚。
持斤向老鼻，郢门欲成市[⑨]。
邵侯宏其波，峥嵘见爪觜[⑩]。
时作好事人，排荡诗酒理。
长安三月雨，炎威方一弛。
洗盏招近局[⑪]，众宾稍填委[⑫]。
尚想老醉翁[⑬]，兹辰实搅揆[⑭]。
展图拜光仪，焚香追无始。

饾觫初在尝[15]，良琴复动耳。
跌宕宇宙间，嘐嘐亦未已[16]。
鄙人实昏顽，百非遘一是。
麇鹿生野性，谬来绊金紫[17]。
纷华一荡潏[18]，精光半销毁。
常恐道未闻，殒身同蝼蚁。
苦缅六一公[19]，终古长不死。
名位匪绝人[20]，所贵不关彼。
作诗谢邵侯，梅叟并送似[21]。

注

① 诺：古人应答之词，即“是”“行”之意。唯：与“诺”同义，但更为谦恭。
② 邵侯：秦时邵平封东陵侯，此处借指邵懿辰。
③ 婆娑：盘旋、停留。
④ 可人：性情可取或有才德的人。
⑤ 梅叟：即梅曾亮(1786—1856)，字伯言，江宁上元(今江苏南京)人，桐城派继姚鼐之后的领袖。名世：德业勋望闻名于世。语出《孟子·公孙丑下》：“五百年必有王者兴，其间必有名世者。”
⑥ 蝉蜕：比喻解脱、卸除。语出《史记·屈原贾生列传》：“蝉蜕于浊秽，以浮游尘埃之外。”
⑦ 脱屣：脱鞋。比喻把事情看得很轻易。《三国志·魏书·崔林传》：“刺史视去此州如脱屣，宁当相累邪？”
⑧ 曾：指曾巩。王：指王安石。韩：指韩愈。史：此处指修纂《史记》的司马迁。
⑨ “持斤”两句：斤，斧头。郢(yǐng)门，楚国的城门。郢，楚国的都城。《庄子·徐无鬼》：“庄子送葬，过惠子之墓。顾谓从者曰：‘郢人

垩慢其鼻端，若蝇翼。使匠石斫之。匠石运斤成风，听而斫之，尽垩而鼻不伤。郢人立不失容。宋元君闻之，召匠石曰：“尝试为寡人为之。”匠石曰：“臣则尝能斫之。虽然，臣之质死久矣！”自夫子之死也，吾无以为质矣，吾无与言之矣！’”

⑩ 爪觜(zuǐ)：本义是鸟类的爪与嘴，后借指人的口才。

⑪ 洗盏：洗杯，指饮酒。局：饭局，酒席。

⑫ 填委：纷集。

⑬ 老醉翁：指欧阳修，自号醉翁，作有《醉翁亭记》。

⑭ 兹辰：今日。揽揆：生日的代称。揽，通“览”，语出《楚辞·离骚》：“皇览揆余于初度兮，肇锡余以嘉名。”

⑮ 馁(něi)鲽(dié)：本指鱼腐烂变质。此处应指鱼肉经过精心烹饪而变得软烂。《论语·乡党》：“鱼馁而肉败，不食。”

⑯ 嘐(xiāo)嘐：象声词，多指动物叫声，此处喻琴声婉转动听。

⑰ 金紫：秦汉时丞相等高官佩金印紫绶，唐宋高官服金鱼袋及紫衣，均称为“金紫”。喻指高官厚禄。

⑱ 潏(yù)：水泉涌出。唐岑参《石犀》：“江水初荡潏，蜀人几为鱼。”

⑲ 六一公：即欧阳修，晚年自号六一居士，其《六一居士传》称，“吾家藏书一万卷，集录三代以来金石遗文一千卷，有琴一张，有棋一局，而常置酒一壶”，而“以吾一翁，老于此五物之间”。

⑳ 匪：此处是“不”“并不”之意。

㉑ 送似：送给。

鉴赏

据曾国藩日记，此诗作于道光二十七年(1847)六月二十一日。当日为宋代文坛领袖欧阳修的生日，因此，曾国藩的好友邵懿辰组织聚会，纪念欧阳修。为前贤祝寿的文化活动，早在宋代就已出现。如宋代已有“寿苏会”，即在苏轼诞辰那天举行纪念活动。此类文化活动一直传承到现代。清乾隆年间，翁方纲等人推尊宋诗，主导“寿苏会”“寿黄（黄庭坚）会”等活动。而后，翁方纲的学生李彦章进一步扩大“为宋人寿”的范围，热衷于为欧阳修等人做寿。这一文化活动被桐城派文人所接受。

邵懿辰撰有《庐陵先生生日宴客记》，记载此次雅集，曰：“宋庐陵欧阳文忠公生景德四年丁未六月二十一日，迄今道光二十有七年丁未，凡八百四十一年，历十五丁未矣……余于公与共朝夕寒暑于苑庐西斋，奉公之像，览公遗文，乃于是日直番休退，悬画像于家，置酒召客，以为公寿者，余之不能已于公也。”是日与宴者，除曾国藩外，还有梅曾亮等人，以“天下文章莫大乎是”分韵赋诗。分韵是古人集会时的一种创作方式，具有稳定的规则：规定若干字为韵，每人抓阄分得一字；写诗时需以所拈字所属韵部中的字为韵脚；分得的字要作为诗中的一个韵脚，此韵脚可放置在诗中任意一句。在此次集会中，曾国藩拈得“是”字。“是”属平水韵的“纸”部。因此，曾国藩写诗时只能在“纸”部中选择韵脚，不能出韵。在此诗中，“是”字出现在第二十一句，“鄙人实昏顽，百非遘一是”。

诗篇可分为三部分。首句至“可人非俗子”为第一部分。诗人开篇即直接表明自己并不喜欢宴饮，遇到朋友相邀，往往是“十招九不起”。因为他在此一时期处于一种严于律己、自我省察的状态，常常自我克制，不受外界浮躁的风气影响，追求内心的平静、专一。虽然他也知道“十招九不起”的行为会影响朋友们的欢会，但他就是不懂得唯唯诺诺的应酬。但是今天的他却一反常态,参加了邵懿辰召集的宴饮,在欢快愉悦的喜庆氛围中流连忘返。为什么有如此强烈的反差呢?因为座上嘉宾都是富有才情、道德高尚的君子,而不是那些庸碌寻常的俗人。此一部分总起,先抑后扬,简洁明了地指出:此次宴会之所以不同寻常,正是因为在座的嘉宾。

第二部分从"梅叟名世姿"至"排荡诗酒理"。这一部分对前句提到的"可人"们的文学思想与诗文成就进行了赞颂。在当天的寿欧雅集上,最负盛名的是梅曾亮。梅曾亮古文师承姚鼐,与管同、方东树、姚莹并称"姚门四弟子",是继姚鼐之后的桐城派领袖。但他中进士后一直未被朝廷重用,因此转而潜心于文章学术。梅曾亮年长曾国藩二十六岁,长居京华二十多年,奖掖后进,主导文坛,京城文士大都投其门下,声誉日隆,当时已过耳顺之年,故曾国藩在诗中亲切地尊称他为"梅叟"。当日宴饮的主题是纪念欧阳修,但此诗不是直接赞颂欧阳修,而是书写梅曾亮对欧阳修的推崇备至。在曾国藩看来,正因为梅曾亮时时将欧阳修的道德文章挂于唇齿之间,将欧阳修视为承前启后的文坛宗师,所以当时文坛才重视学习欧阳修的诗文。由此,天下文章才能回归正道。在这一段诗句中,曾国藩既恰当地切入当日集会的主题,又肯定了梅曾亮的文坛领袖地位。

当然,当日宴会"可人"很多,曾国藩不能一一给予赞扬，于是，他巧妙地吟道：“二三邦国英，风流相依倚。持斤向老鼻，郢门欲成市。”在座的都是国家栋梁之材，济济一堂，文章知己，相依相倚。在这句诗中，曾国藩引用了《庄子·徐无鬼》中的一个典故，却反其意而用之，言“持斤向老鼻，郢门欲成市”，意谓梅曾亮拥有运斤成风的能力，也有许多能与他相匹敌的知己好友，以致门庭若市，热闹非凡。而在这些文章知己中，邵懿辰气象峥嵘，才华横溢，是最能弘扬梅曾亮古文理念的人。邵懿辰还经常乐于做好事，召集文会，在诗韵酒香中推扬古文之道理。

第三部分从“长安三月雨”到篇末。作者以气候的变化接续上文，将对在座诸君的颂扬转入对宴会现场情境的描述。正因为有梅曾亮这样令人爱戴的文坛领袖，又有邵懿辰这样热心的诗坛俊彦，加上众多文章知己，才促成了这次盛会。京城里的绵绵细雨，清洗了炎热，给人们带来无限清凉。天公作美，趁着这凉爽的夏日，邵懿辰召集文道同仁把酒畅谈，同道们纷然而至，为先贤欧阳修举办诞辰纪念会。仪式是庄重肃穆的，众人面对欧阳修的画像虔诚礼拜，点燃袅袅香烟，将他们的崇敬带向遥远的古代。祭祀结束后，宴会正式开始，诸多文章同道一起品尝美味的佳肴，欣赏悠扬的琴声，心神似乎在宇宙间起伏飘荡，而婉转的音乐依然伴随在耳边。曾国藩也自认为本是野性难驯的麋鹿，不应该被高官厚禄所束缚，因此更要深深地缅怀欧阳修，使欧阳修的精神永远长存。

作为应酬场合的分韵诗，往往难出佳作。纵览全诗，曾国藩对梅、邵二氏的推扬，对欧阳修的追慕，对自我的省思，处处切中现实；且行文畅达，文风高亮，气势充沛，是一首朋辈之间诗酒交游的上佳之诗。

（刘湘兰）

为李寄云题《平谷山庄图》

原文

十年京国踏朝鼓[1]，九陌黄尘塞肺腑[2]，
已分喧嚣侪市估[3]。
忽梦归去钓湘烟，洞庭八月水如天，
沙鸥与我抵足眠。
醒来依旧马嘶枥[4]，车声隆隆震墙壁，
始知樊笼困羽翼。
开图对此好溪山，万重云水一僧闲，
清辉照我尘里颜。
何日飘然靸芒屦[5]，往寻盘山松下路，
买邻来傍羊求住[6]？

注

① 京国：京城。
② 九陌：汉代都城长安有九条大道，后世用“九陌”泛指都城大道与繁华闹市。
③ 侪（chái）：同辈，同一类人。市估：此处是“商贾”之意。
④ 嘶枥（lì）：马在马槽边上长鸣，形容不甘于困守牢笼。
⑤ 靸（sǎ）：穿鞋时踩着鞋后跟拖着走。芒屦（jù）：草鞋。
⑥ 羊求：汉代隐居不仕的高士羊仲、求仲。

鉴赏

这首诗的写法很是别出心裁，一是形式上的，三句一组，一组一换韵；二是构思上的，题图诗着重描绘自身梦境，却对图画一笔带过，确为翻空出奇。

李恩庆，字寄云，汉军正白旗人，道光十三年(1833)进士，由翰林院编修转任负责官风纠察的监察御史，但他却性好山水，寄情于纸墨绘画，每每图画山川自然风景，寄托归隐田园之思。据与他交往密切而且钟情绘画的朝官戴熙《习苦斋画絮》，李恩庆世代居住北京，京城之内，很少有登山临水、寄托兴致之处，而北京城外的平谷县，则是其家族墓茔所在地，境内盘山又别具幽胜境界，李恩庆便总是怀有筑屋其间、退休归老的神驰遐想，无奈一官羁绊，欲归不能，因而为其绘此《平谷山庄图》"以券之"，即作为他年辞官归去的预约信物。

李恩庆人缘很好，这幅图画一出，当时在京诸位诗友，随即多有题赠之作，对此"归去来兮"之想，多有附和之声。户部尚书祁寯藻说"坐拥云山亦快哉，移家何必起楼台"，可谓与李恩庆不谋而合。而与曾国藩交游较密的两湖同乡王柏心，其《平谷山庄歌，为寄云侍御赋》，则对画中山林之乐大加渲染，如"青松吹风岩壑深，舍南舍北流泉音""盘山万叠接天起，谷口白云飞不止""山川如此真桃园，此境世间安得有"，除此之外，更是将他人的辞官归隐之想，付诸自身迫不及待的行动，题诗之后不久，王柏心就真的离京南下，从此结束了自己的仕宦生涯。人人尽道休官去，林下曾有几人归，曾国藩久居京城，湖南老家的祖父母年老多病，一别十年不见的母亲，更是年年倚门闾而盼儿孙，但京官俸禄不高而又开支巨大，曾国藩此时欠债数千银两，所以，尽管思乡情切，他始终没能决然辞归。

现在让我们回到这首题图诗。展读曾诗，初看不免令人生疑，前面六句，分明与“山庄”之图大异其趣：不论是“京国”“九陌”与“市估”，还是“湘烟”“洞庭”与“沙鸥”，都与远在北国的平谷山庄毫不沾边。及至出现“醒来”与“依旧”，“始知”原来是好梦一场。经过这个中间转换，诗篇进入第三层次，“开图”相对而视，清辉照人，遐想有朝一日，脱去朝靴换芒鞋，沿着图画入山林，与你昔日图主人、今朝高隐士，咱俩比邻而居。

然后，我们回看全篇，正可会心一笑，原来却是这样，诗人一入京城，不觉十年，混迹功名之辈，奔走利禄之途，简直与市井商贩别无二致。忽然一场美梦，不见了纵横交错的官道与车马，远去了晨钟暮鼓与九衢黄沙，竟然一举回到了家乡，湘江垂钓，泛舟南北，洞庭八月水连天，沙鸥与我抵足眠，梦回故园，亲切无限；然而，梦醒后重回现实，车马依旧，樊笼依旧。就在此时，好一幅云山溪水的平谷山庄图，突然出现在眼前，“清辉照我尘里颜”，世俗尘染，一扫而空。走笔至此，诗人何去何从，答案也就显而易见，归去来兮，田园荒芜胡不归，胡为乎遑遑欲何之？

立意如此之高，构思如此之巧，再加上三句一韵的急促迫切，仕宦羁绊、牢笼禁锢之苦，山林自在、高人作伴之乐，层次分明，深入人心。

久客思归，梦寐以求，几乎是人类共同的心愿与情感；归隐山林，营园田居，历来就是文人墨客的清高遐想。于是，这才有李寄云的平谷山庄之心心念念，戴熙作此《平谷山庄图》的山林渲染，由此引来一众宦游文人的题图之作。与其他诗作相比，曾国藩的这一首，情感似乎最为深切，最为浓烈，尤其是“先梦后图”的艺术构思，一唱三叹的诗句格调，使得读者不由得也产生阵阵的心灵共鸣。

（王澧华）

会合诗，赠刘孟容郭伯琛

原文

东风吹片云，嘉客来千里。
喘如竹筒吹，腐公跫然喜[①]。
朋僚杂迎笑，吾亦倒吾屣。
各自祓其魂[②]，告曰某在此[③]。
倾衿语晨夜[④]，烂漫不知止[⑤]。
上言离别长，岁月弦脱矢；
下言兵事殷，成败真梦耳。
江汉天下雄，三年宅蛇豕[⑥]。
王师有蹴踏[⑦]，戈船照清泚[⑧]。
掀浪煮鼋鼍[⑨]，洪涛染为紫。
长驱下蕲黄[⑩]，铁锁沉江底。
群龙水中生，怒螳车下死。
英英塔与罗[⑪]，威名訇南纪[⑫]。
倚啸瀱庐间[⑬]，天戈欲东指[⑭]。
人事有变迁，由来不可拟。
鬼火夜灼天，坏云压高垒。
龙骧付一炬[⑮]，韩壁仅可抵[⑯]。
偕行竟无衣，存足乃无履。

夜半饥肠鸣，大声震江水。
腐公不知羞，恬然矜爪觜[17]。
谓言多难时，从来福所倚。
在莒义不忘[18]，图南风渐起[19]。
稍稍召惊魂，时哉可归矣。
世论自悠悠，冰肤生疮痏[20]。
困穷念本根，风雨思君子[21]。
艰难复相逢，得非天所祉。
回首廿年前，志亢声亦侈。
忧患阅千变，返听观无始[22]。
老夫苦多须，须多老可鄙。
二子苦无髭，无髭亦可耻。
自乏谐俗韵，不关年与齿。
贞松无春竞，岁晏行可俟。
作诗志会合，亦用砭窳呰[23]。

注

① 腐公：古代把受过宫刑的男子叫作"腐人"，因其失去性激素，故面无胡须，后世用来戏称胡须稀少之人。此处"腐公"是朋友间的戏谑之词。跫(qióng)然：高兴的样子。

② 衱(jié)：本义是交错于胸前的衣领与腰后的下摆，此处借以表示收束。

③ 某在此：语出《论语 · 卫灵公》，盲人乐师进宫，孔子细心引导，入座前一一告知，"某(人)在斯(这里)，某(人)在斯(那里)"。后以"某

在斯”“某在此”表示“我在这里”。

④ 倾衿（jīn）：亦作“倾襟”，即敞开胸怀，推诚相待。

⑤ 烂漫：此处是纷繁不休的意思。

⑥ 蛇豕：大蛇与野猪，此处比喻凶恶残暴的敌人。

⑦ 蹴（cù）踏：践踏，此处形容军阵之盛。

⑧ 清泚（cǐ）：清水。泚，水清澈的样子。

⑨ 鼋（yuán）鼍（tuó）：巨鳖与猪婆龙（即扬子鳄）。

⑩ 蕲（qí）黄：蕲州与黄州。今湖北蕲春、黄冈。

⑪ 塔与罗：塔齐布、罗泽南，都是湘军前期著名将领。

⑫ 詟（zhé）：非常恐惧。南纪：南方。《诗·小雅·四月》：“滔滔江汉，南国之纪。”指长江与汉水总揽约束着南方的山川。后世便用“南纪”指代南方。

⑬ 灊（qián）庐：安徽西南部的灊山（今在潜山市）与江西北部庐山（今在九江市），此处代指安徽与江西一带。

⑭ 天戈：古代用来代指征伐叛逆的王师。

⑮ 龙骧：战船。晋龙骧将军王濬为伐吴曾造战船。

⑯ 韩壁：未详。

⑰ 爪觜（zuǐ）：本义是鸟的角爪与嘴巴，此处借指人的口才。

⑱ 在莒（jǔ）：春秋时期，齐国发生内乱，公子小白流亡到莒国，后回到齐国，继位为齐桓公。后世人们以“在莒”表示此前遭受的颠沛磨难。

⑲ 图南：语出《庄子·逍遥游》，鲲鹏展翅，背负青天，怒而飞，“而后乃今将图南”，即向南方飞去。后人因以“图南”表示远大的志向。

⑳ 冰肤：形容皮肤白洁。疮痏（wěi）：皮肤上的疮疡，炎症溃烂。

㉑ “风雨思君子”句：语出《诗·郑风·风雨》：“风雨凄凄，鸡鸣喈喈。既见君子，云胡不夷！”毛诗序曰：“《风雨》，思君子也。乱世则思君子不改其度焉。”

㉒ 返听：出自“收视反听”，即不看也不听，形容人凝神静气的样子。无始：初始，最初的状态。

㉓ 窳（yǔ）呰（zǐ）：亦作“窳呰”，苟且、懒惰，萎靡不振。

鉴赏

1872 年 3 月，曾国藩在南京去世，消息传到湖南省湘乡县,他的多年老友刘蓉(字孟容)为作《曾太傅挽歌百首》,其中第三十三首这样写道:“羁客何由返故庐,苦将诙语挽征夫。诗成一笑骊驹逝,不入鄱阳送别图。”并作自注:“予久客军中,亟思归省,而公苦相遮留,谓必俟筠叟至乃可。已而郭至,公见谓:‘欲更留君而难于措辞,拟作一诗相挽,何如?’予戏谓:‘诗果佳,即不行也。’公曰:‘倘得佳诗而君不谓然,奈何?’予谓:‘但使我读之而笑,即佳诗矣。’公遂极意作诡趣语,诗成,曰《会合篇》。当时读之,不觉失笑。时方属陈生作《鄱阳送别图》,遂中止也。”说的就是这首《会合诗》。

1854年冬,曾国藩奉旨北征,统率湘军水师攻克被太平军占领的湖北省会武昌,随后顺江而下,救援江西各州县,但后来水师失利,曾国藩弃船逃生,困守省城南昌。刘蓉只是一名山村秀才,此时并无官职,随军跨省征战,一方面是激于书生报国的义愤,一方面是出于多年的友情,协助曾国藩处理军务。从军一年有余,家有妻儿老小,因此很想离营回家。曾国藩不便强留,相约等他们共同的好友郭嵩焘(字伯琛,号筠仙)年后赶来相助,再让刘蓉回湘。第二年三月,郭嵩焘到营,曾国藩便自编自演了这么一出“作诗逗笑而留人”的小喜剧。因为他们三人结交二十年,前后有过多次的“会合”,每次都是尽欢畅谈,赋诗留别,后来曾国藩进京做官,其《寄怀刘孟容》诗,还深情回忆“三子展殷勤,五旬恣猖獗。自从有两仪,无此好日月”的良宵盛会。

这首五古之作，不仅真情饱满，情深谊长，而且笔力爽健，意趣恢弘。书生从戎，义无反顾，兵凶战危，胜败参半，同袍之人，或战死，或幸存，从军之苦，自不待言。但这首诗却写出了从军报国、前赴后继的豪迈之情。

让我们先读诗篇的前几句，从"东风吹片云"，到"成败真梦耳"，展现的是良友在战乱年代军营"会合"的惊喜与嗟叹。孤身深入围城的郭嵩焘，"逆行"之光，可圈可点；屡败屡战的主帅曾国藩，与牢守友情、军幕协助的刘蓉，连年征战，惊魂不定；血雨腥风之中，三位知心老友，异乡重又聚首，何等欢欣，又何等感叹。诗人借用的是往古圣贤的"某在斯"的习语，但传达的却是劫后重生的惊叹与关切，我们似乎听到了"你还活着啊""我还活着呢"的声声呼唤，执手相见，一个上气不接下气，一个连鞋子也穿反了跑出来。"上言离别长"，"下言兵事殷"，离情别绪，生死存亡，对床夜话，彻夜不眠，充分展现出会合之不易，会合之可喜。

从"江汉天下雄"，到"大声震江水"，一气二十四句，极意铺写征战的险难与壮烈。诗句中精心选用"蛇豕"与"鼋鼍"，"王师"与"铁锁"，"鬼火"与"坏云"，"无衣"与"饥肠"，十分形象地刻画出两军拼杀的激烈与残酷，不屈之气，昂扬之声，扑面而来，力透纸背。读诗至此，令人联想起汉乐府的铙歌鼓吹，联想到唐人边塞诗的从军歌行，军旅声息，一脉相承。清人余云焕《味蔬诗话》称"曾文正古体盘空硬语,魄力沉雄",对这首《会合诗》尤为称赞,有"造语奇崛,神与古会,直登昌黎之堂而入其奥",便是有感于行文与造句之奇而发。

"腐公不知羞"至篇末为第三段,即刘、曾二人的对答之辞。一个说"稍稍召惊魂,时哉可归矣",意在促使兑现承诺;一个答"困穷念本根,风雨思君子",意在改口激将挽留;一个说,你将"图南风渐起",坚持原定协议;一个答,你何不"岁晏行可俟",变相拖延抵赖。结尾再来一句,"作诗志会合,亦用砭窳呲",结论就是我们再努力,大家别歇气,临阵脱逃不好的。刘蓉回忆说,"不觉失笑",笑的大概就是老朋友的狡狯与"赖皮"——说好了换班的,临了却又变卦,自说自话,弄出一个"会合""砭窳呲"。所以,十七年后,当刘蓉含泪抒写挽歌时,特意回忆起这一段峥嵘岁月,"苦将诙语挽征夫"。而曾国藩转战苦守之际,"极意作诡趣语"以相挽留,也为他的诗歌创作留下别样瑰丽的军旅雄姿。

说到诡趣戏谑,除了诗歌开头的"喘如竹筒吹,腐公登然喜",结尾的"老夫苦多须,须多老可鄙。二子苦无髭,无髭亦可耻",极尽嘲谑之能事,其实诗中还隐含一处,就是那句"偕行竟无衣,存足乃无履"。"无衣"之典,显然出自《诗经·无衣》:"岂曰无衣,与子同袍""岂曰无衣,与子同泽""岂曰无衣,与子同裳",表现的是"王于兴师,修我甲兵，与子偕行”的威武豪迈之气。但作者借着“无衣”一词，出人意外地来上一笔“无履”，看似不经意的对仗，实际上暗藏着一个古代笑话：“曩有愚者，常于户外悬履为志。一日出户，及午，忽暴雨，其妻收履。至薄暮，愚者归，不见履，讶曰：‘吾家徙乎？’徘徊不进。妻见之，曰：‘是汝家，何不入？’愚者曰：‘无履，非吾室。’妻曰：‘汝何以不识吾？’愚者审视之，乃悟。”对于曾国藩如此这般信手拈来的诙谐滑稽，刘蓉当然是深有体会的，《曾太傅挽歌百首》第二十一首，甚至有“全身曼倩却无稽”之句，说的就是看似规行矩步的理学名臣曾国藩，私下里与知心好友聚谈，其实是最会开玩笑、讲段子的，那简直是“谈谑大作，滑稽无穷”，所以刘蓉也要反唇相讥，你总说自己是韩愈的私淑弟子，我看也就算得是“半截昌黎”，你的老师是滑稽界的祖师东方朔（字曼倩），你“竟是全身东方朔矣”，你学他学到家了。这一次又是如此，诗篇之中还“苦将诙语”接二连三，一直逗得老朋友“不觉失笑”，既然中套，只好继续留在军营中协助，连请人作画的《鄱阳送别图》，也半途而废了。

这首《会合诗》还在当时引起了一阵持续数年的连锁反应。首先是刘蓉与郭嵩焘率先唱和，刘诗之“髯公吾党雄，奋起双髯紫。传檄走江淮，剑戟森腕底。从来文字神，可砭群愚死”“苦语杂讥嘲，中夜掀髯起。及兹尚不乐，而公真腐矣”，郭诗之“涛头踏小艇，危步帻堕水。訾謷与诙笑，相与利吻觜。尽以人力胜，一杵天可倚”，词句与诗风，皆与曾诗桴鼓相应。紧接着，军营内外，群起响应，此起彼伏，次韵赠答之作，竟至一百多篇，郭嵩焘还特意将其汇集成编，且为作序，“以存一时之盛焉”。这一次的“会合联吟”，也将此前由程恩泽、祁寯藻等人倡导于北京的“宗宋诗风”，经由当年参与其中的曾国藩的引导传承，带到了相对冷寂的东南诗坛。

（王澧华）

次韵何廉昉太守感怀述事十六首(其一)

原文

域中哀怨广场开[①],屈宋而还第二回[②]。
幻想更无天可问,牢愁宁有地能埋。
秦瓜钩带何人种[③],社栎支离几日培[④]?
大冶最憎金踊跃[⑤],那容世界有奇材[⑥]!

注

① 域中:天地之间,全国各地。广场:此处是“稠人广众”的意思。
② 屈宋:屈原与宋玉,战国时期楚国的著名诗人。
③ 秦瓜:秦朝东陵侯召平,在秦朝灭亡后沦为平民,种瓜为生,瓜大而甜,瓜蔓上子母相连,人称“东陵瓜”“子母瓜”。
④ 社栎(lì):社庙旁边的栎树,大而无用,因此不被人们砍伐。《庄子·人间世》:“匠石之齐,至乎曲辕,见栎社树,其大蔽数千牛,絜之百围……(匠石)曰:‘……散木也,以为舟则沉,以为棺椁则速腐,以为器则速毁,以为门户则液樠,以为柱则蠹,是不材之木也,无所可用,故能若是之寿。’”庄子以此警示,高人以无用为用,得以全生远祸。
⑤ 大冶:冶炼金属、铸造器械的顶级工匠。《庄子·大宗师》:“今之大冶铸金,金踊跃,曰:‘我且必为镆邪!’大冶必以为不祥之金。”镆邪,即莫邪宝剑。
⑥ 那容:即“哪容”。

鉴赏

1858年农历除夕,江西建昌府的革职知府何栻,有感于连年战乱、家破人亡,创作《感事述怀呈曾涤生师》七律十六首，第一首就感慨万端："后有千年自此开，君看腊去春又回。长松骨立寒能敌，宿草心生土不埋。华实荣枯原气数，风霆喜怒极栽培。明夷自是箕文事，何用邅迍养菲材。"曾国藩称其"纵横倜傥"，"不愧才人之笔"，"人人叹赏不置"，幕中李鸿章、李元度等多人和作叠唱，曾国藩自谓"牵率老夫，遂作见猎之喜"，接连三天，在军务倥偬之际，逐一依韵和作。这里选取第一首，以见一斑。

这首诗，感情充沛真切，意蕴丰富激昂，对仗工整遒劲，用典贴切自然。

诗篇的前半，呼应来诗的身世之感。首联以"哀怨"回应何栻来诗的主题，也定下了本诗的"牢骚"基调。"域中""广场"，极言哀怨之大，"第二回"，极言哀怨之深。自古文章憎命达，从来魑魅喜人过。何栻进士出身，长于诗文，三年前调任建昌知府，不过一月，就遭到太平军的突袭，何栻一家，妻女侄子多人，或殉节，或被害，他自己受伤晕厥，获救幸存，但仍然受到省府大员们对他失守城池的追责，遭受革职查办的惩处。因此何栻这才会在除夕之夜，绕室彷徨，一腔悲愤，喷薄而出，如"宦途牢落几经秋，逼仄风尘总百忧""孤生自悔平安在，怕检衣襟旧血痕""黎邱老魅竟迷天，那许跳踉白日前"。感事伤时，忧谗畏讥，一直是屈原、宋玉之后忠义之士的诗作主题，而何栻将切己之痛的身世之感，化作沉郁顿挫的名章迥句，曾国藩出以"屈宋而还第二回"之句，就是暗指何栻诗才轩举，倜傥超群，不仅让何栻顿生知音之感,而且也更切合了和诗赠答的蕴藉与圆润。

颔联紧承首联的楚骚哀怨意绪,屈原因遭受谗害而被流放,故作《天问》以抒发内心极度的愤懑,"天命反侧,何罚何佑","何恶辅弼,谗谄是服",后世诗人,也每每多有"天意从来高难问"(张元幹)的感叹。此联之妙,是从"幻想更无天可问",引出下句"牢愁宁有地能埋",不仅对仗工整,而且情绪更加激烈恣肆,上下古今,天上人间,愁绪如海,悲愤谁解?唯其如此,才更能彰显上句弥天的哀怨,承接屈宋以下"第二回"的惊人之句。

不同于前半首站在何栻的立场上,代为抒发哀怨与牢愁,诗篇的后半部,作者自己出场,列举历史典故、道家寓言,给予何栻以开导劝譬,但态度亲切,寓意幽深,毫无说教意味。先是在颈联连发两问,秦瓜何人能种?社栎几日可栽?历史经验,发人深省:召平在秦亡后种瓜隐居,但当汉高祖击杀淮阴侯韩信而任萧何为丞相之时,他人皆往祝贺,独有召平及时警醒,伴君如伴虎,全身远害,莫如急流勇退。魏晋易代之际,诗人阮籍作《咏怀八十二首》,长歌当哭,其第六首正是此意:"昔闻东陵瓜,近在青门外。连畛距阡陌,子母相钩带。五色曜朝日,嘉宾四面会。膏火自煎熬,多财为患害。布衣可终身,宠禄岂足赖。"而社庙栎树,正因其大而无用,才能幸免于匠人的斧斤之下。这两句话的言下之意,显然是在暗示,宦海历来就是风波险恶,你今日既然已被革职,不如就此苟全性命于乱世,布衣可终身,荣禄不足慕。当然,这些劝譬,全都是隐含在上述典故与寓言之中,意味深长,发人深思。而且紧随其后的尾联,再次语出惊人,情绪激昂:“大冶最憎金踊跃,那容世界有奇材!”木秀于林,风必摧之,古往今来,莫不如此,历朝历代,概莫能外。劝慰之词,却故意出以激愤之语,妙就妙在“与君共情”,无论是弥天的哀怨,还是长夜的牢愁,你我两心相知,不言自喻,奇才既然不为世用,更不为世容,那就不如听之任之,我自潇洒,从此不再痛心疾首。与君共情,更与君共勉。

何栻接到曾国藩等人的和诗,欣然再叠前韵,作《叠韵十六章奉酬曾涤生师,并谢幕中诸君子》,第一首开篇便是“百叠闲愁一帚开,华阳十赉挟春回”,将各位师友的激赏与劝勉,比作山中宰相陶弘景的“华阳十赉”,荡涤心胸,振奋精神。诗歌之妙,文采之神,淋漓尽致,尽见于此。何栻为之三叠四叠,反复奉酬,名章迥句,络绎奔会,成为江西战场的军中佳话。

（王澧华）

浃旬之间，官军连克州县七城、要隘四处，伯旉以诗见贺，奉答四章，并简蓴卿、尚斋、海航、筱泉、眉生(其一、其二)[①]

原文

濡须坞里涨春波[②]，三月莺啼气正和。
一骑云飞新报捷，朝家收取旧山河[③]。

碧血家家百草腥[④]，荒郊五夜泣坤灵[⑤]。
将军一扫陵阳道[⑥]，便有游人说踏青。

注

① 浃旬：一旬，十天。旉：同"敷"。蓴(chún)：同"莼"。
② 濡须坞：安徽含山西部的濡须山与无为北部的七宝山，两山对峙，三国时期，曹操率军南下，孙权下令，在此修筑濡须坞，前后两次大战，吴军皆胜。
③ 朝家：国家，朝廷。
④ 碧血：烈士的鲜血。相传春秋时期，大夫苌弘为国死难，三年后鲜血化为碧玉。
⑤ 五夜：即五更，古人把从天黑到天明的黑夜，从一更到五更，分为五等分。坤灵：大地之神。
⑥ 陵阳：古县名，今安徽省青阳县陵阳镇。

鉴赏

同治元年(1862)三月，曾国藩所部湘军，接连攻克安徽省东南部被太平军占领的巢县、和州、含山、繁昌、青阳、石埭等七座县城，另有铜城闸、雍家镇、裕溪口、西梁山四处要隘，其中主力就是曾国藩两位弟弟曾国荃、曾贞干统带的嫡系湘军。当时身在曾国藩军幕的文人程鸿诏（字伯翯），有感于此，作《三月官军复巢、和、含山、繁昌、青阳、石埭七城，铜城闸、雍家镇、裕溪口、西梁山四隘，赋贺师相》七绝四首，表达时人“万口欢呼天亦笑，争传虎弟翼龙昆”的赞美之情。曾国藩为此作诗和答，并附赠幕友蒋嘉棫（字蓴卿）、程桓生（字尚斋）、穆其琛（字海航）、柯樾（字筱泉）与李鸿裔（字眉生），据曾国藩自述，“一时同人，以为声调有似铙歌而和之”。

铙歌为汉晋以后的军乐，一般用在大军出征、凯旋、宴享功臣之时，鼓乐齐奏，并配有歌词。这里选录的曾国藩两首七绝，确实颇有铙歌般的振奋与喜悦。

开篇第一句，“濡须坞里涨春波”，既点明了作诗的时间，又切合了诗人的喜悦心情，城池失而复得，百姓重归太平，有如冬去春来，万物复苏而欣欣向荣。有了春波盛涨的铺垫，下句“三月莺啼气正和”，呼应更加自然，阳春三月，草长莺啼，和风吹煦，正气充盈天地之间。此处还有一个神来之笔，那就是在近期收复的七座城池、四处关隘中，诗人特意拈出含山县与无为县之间的濡须坞，即三国时孙权大败曹操的古战场。同为争战搏杀，同为得胜奏凯，看似不经意，却将一千六百年前的两军争战，与此时的我军告捷，巧妙地结合起来，用典十分贴切，化用毫无痕迹。

不仅如此，孙吴大军两次大胜的濡须坞，还让第三句的一骑报捷，更为一气呵成，更为群情振奋，而“云飞”一词，则是把大快人心的喜讯，写得栩栩如生，让人读来如同身临其境。读到第四句，我们仿佛可以真切地感受到，诗人在大声宣读捷报，昭告四方，朝廷金瓯复归，山河重见天日。

此处“朝家”一词，同治十三年(1874)湖南传忠书局所刊《曾文正公全集·诗集》，写为“汉家”，不知何人所改。在程鸿诏的《有恒心斋诗集》中，附录曾国藩答诗，则是“朝家”。称“敬录湘乡师和诗”，显然是程鸿诏口吻，这正表明，他当时所见的曾诗原稿，便是“朝家”。依据当时的正统观念，太平军是造反叛逆，“朝家收取”，乃是国内战争平定叛乱；而后世《曾文正公诗集》，改为“汉家”，可能是从协合格律上着眼；但“汉家”一词，一般是用于民族战争，体现汉夷之别，如果用于此处的皖南大捷，是否有些牵强？尤其是满清王朝的民族忌讳，曾国藩三朝元老，或不当有此疏漏。

第二首的写法略有不同，先抑后扬，益见胜利来之不易：

起笔也是用典，即“苌弘碧血”，烈士死难，又从碧血引出遍地血腥。东南半壁江山，十年兵荒马乱，人民流离失所，家家户户都在水深火热之中，城郭化为丘墟，长夜沉沉难明，伤心思念死于战乱的家中亲人，孤苦无助之中，只能一声声一遍遍地哭诉于天地神灵。

但是，现在好了，苦难结束了，十天之内，官军接连收复大片失地，东西南北，捷报频传。诗人以青阳县的陵阳千年古镇作为代表，豪迈宣称，“将军一扫陵阳道”，你看徽中古道，从此畅通无阻，士农工商，各行各业，从此安享太平，暮春时节，成群结队，上山下乡，踏春观光。“将军”一语，与“踏青”一词，原本不易相干，但在这里，却似乎是如此和谐，甚至是水乳交融。

前两句的愁苦，后两句的欢欣，形成如此鲜明的对比：此前的苦难越是深重，则此时的喜悦就越是令人激动万分。家破人亡的苦难，从此结束了；祥和的太平日子，来之不易，但是，终于到来了！

（王澧华）

喜吴南屏至

原文

春霖飒沓天如簁[①]，大麦菸邑小麦摧[②]。
愁颜弥月何曾破，故人飞棹从天来。
与君握别才几日，已见新火十钻槐[③]。
当时洞庭釃别酒[④]，乾坤战伐正喧豗[⑤]。
沅湘义军参差起，十事欲成九事乖。
英豪半藏蜀国血[⑥]，大地遍种秦时灰[⑦]。
即今南纪风尘靖[⑧]，乱后遗黎多眚灾[⑨]。
荒村有骨饲狐貉，沃土无人辟蒿莱。
筋力登危生理窄[⑩]，斗粟谁肯易婴孩[⑪]？
三里诛求五里税，关市或逢虎与豺。
谬领大藩二千里[⑫]，疮痍不救胡为哉？
羡君高卧君山顶，吞吐湖月无愁猜。
世味饱谙肱三折，长吟极望天四隤[⑬]。
招邀轩辕论古乐[⑭]，湔祓屈氏饯余哀[⑮]。
谈经颇折巨儒角[⑯]，手携皜日照昏霾[⑰]。
翩然一叶忽东下，相见各怜双鬓皑。
宁知沧桑阅百变，复此对持掌中杯。
苍天可补河可塞，只有好怀不易开。

努力且谋千日醉，高谈巢燧讫有邰[18]。

注

① 飒(sà)沓(tà)：此处形容雨点急促。簁：同“筛”。
② 菸(yū)邑(yì)：形容禾苗枯萎。邑，同“悒”。
③ 钻槐：上古之世，人们钻木取火，后又依据四季不同，选取不同树木，叫作“改火”，冬天选用槐树，叫作“槐火”。
④ 釂(jiào)：饮酒干杯。
⑤ 喧(xuān)豗(huī)：喧闹纷扰。
⑥ 蜀国血：即“碧血丹心”之意。春秋时周大夫苌弘为蜀地人，因卷入晋卿纷争，为周人所杀，三年后鲜血化为碧玉。
⑦ 秦时灰：秦始皇焚书坑儒，后世用“秦灰”比喻残毁文明。
⑧ 南纪：南方。《诗·小雅·四月》有“滔滔江汉，南国之纪”句，称汉江之大，可以“纪理众川，使不壅滞”，后世便以“南纪”代指南方。
⑨ 遗黎：经历战乱的黎民百姓。眚(shěng)灾：灾祸。
⑩ 筋力登危：语出杜甫《负荆行》：“筋力登危集市门，死生射利兼盐井。”哀悯贫苦百姓冒着危险登山打柴，换取小钱来艰难度日。生理：此处是“生计”“赖以谋生”的意思。
⑪ 斗(dǒu)粟(sù)：很少的粮食。一斗大约六公斤多一点。易：交易，买卖。
⑫ 大藩：古代把辖地广阔、地位重要的州郡叫作“大藩”。
⑬ 隤(tuí)：崩溃，毁败。
⑭ 轩辕：即黄帝，中华民族的人文初祖轩辕氏。
⑮ 湔(jiān)祓(fú)：昭雪不实的罪名与冤屈。屈氏：屈原。
⑯ 折巨儒角：折角，比喻雄辩。《汉书·朱云传》载，汉元帝时，五鹿充宗治梁丘《易》，贵幸而善辩，诸儒不敢与抗论。后朱云与之驳难，使充宗无言以对。诸儒为之语曰：“五鹿岳岳，朱云折其角。”
⑰ 皜(hào)：同“皓”。
⑱ 巢燧：有巢氏与燧人氏，都是上古传说中原始部落的首领。有邰(tái)：商周时期的古国，相传是炎帝之后，在今陕西武功附近。

鉴赏

清同治七年(1868)春夏之间,南京久雨少晴,从二月初开始,两江总督曾国藩就一次次在日记中写下“深恐淫潦成灾,有伤岁事,忧系无已”“大雨竟日,宵深不止,奇寒可怖,殊以岁事为忧”;直至四月初,曾国藩每天早上步行到城隍庙“求晴,因苦雨伤麦”,一连八九天,直到天晴才行礼撤坛。设坛求晴的第二天,老友吴敏树(字本深,号南屏)来自湖南岳阳,撤坛次日,却又“阴雨竟日,夜间雨尤大”,曾国藩重又愁苦“麦稼既已无望,尤恐大水为灾”。曾、吴二人,早年结识于北京,多有酬唱赠答,吴敏树此行带来著述多种,曾国藩构思数日,挥笔写下这篇《喜吴南屏至》。

曾国藩领兵十余年,两度墨绖领军,征战江南江北,历尽艰难险阻,这才打败太平天国,但随后的追剿捻军,却是无功而返,先后遭受纠劾,令其不能安坐,怏怏回任两江总督之职。宦海风波之险,每每使其不寒而栗。即便是已经脱离战场,但身为封疆大臣,职责所系,一是民情顺服,治安稳定,二是风调雨顺,粮食稳产。身为两江地区最高军政负责人,对于境内农业收成、民生口粮,他当然更加切己关心。现在,从北方剿捻前线回任江督的第一个春耕季节,江南就一直淫雨不息,“春霖飒沓天如筵,大麦菸邑小麦摧”,曾国藩从担心有误麦田生长,到麦收既已无望,又怕大水成灾，如此忧愁不已，以致“愁颜弥月何曾破”；恰逢早年诗友从故乡一路游山玩水而来，“故人飞棹从天来”，句句都是真心大实话。于是，故人之淡泊潇洒，自身之忧谗畏讥，形成鲜明对照，诗人进而大发感慨，苍天易补，好怀难开，成为这首七言古风的诗眼所在。

十年之别，一朝相见，愁颜为之而扫，感慨继之而发，全诗十九韵，字字句句，既是诗史实录，更是长歌当哭：

当年京城一别，曾国藩是钦差江西乡试主考，那时吴敏树还作为“北漂”逗留在京，为此作诗送行，全是衣锦还乡的祝福与羡慕。曾国藩也是事先请假，准备在乡试结束后，顺道回湖南看望阔别十多年的父母，但出京南下，中途却接到母亲去世的讣告，只能改道回乡守孝。但没有想到，洪秀全率领太平军金田起义，冲出广西，横扫湖南、湖北，出江西、安徽，直至定都南京。曾国藩奉旨戴孝出征，率领湘军救援湖北、江西，吴敏树此时回到岳阳老家，在曾国藩率军路经洞庭湖时，匆匆相见而别。此一去，曾国藩在血雨腥风中与太平军十年搏杀，屡败屡战，九死一生，封侯拜相的荣耀，只有他自己心中明白，不过是镜花水月，那都是在“十事欲成九事乖”“英豪半藏蜀国血”的血肉搏斗中拼杀得来的。更有无辜老百姓的流离失所，尸骨遍野，“荒村”“狐貉”，惨不忍睹，“斗粟”“婴孩”，人间地狱。大乱初平，百废待举，身居高位，却“疮痍不救”，无力回天，愧对苍生，愧对故人。

走笔到此，诗人将目光从自身的愁苦，自然而然地转到来客的潇洒，高卧君山，泛舟洞庭，长吟极望，吞吐湖月。在这里，诗人展开想象的翅膀，想象友人时而招邀轩辕皇帝，畅谈钧天古乐；时而招魂三闾大夫，昭雪沉冤，祭奠英灵；还可以与三五知心朋友，谈经论道，饮酒斗诗，春日沉醉，无比酣畅。然后，从无边的想象回到眼前的现实，谢你一叶扁舟，翩然而至，你我劫后余生，白头相见，沧海桑田，对酒当歌，“苍天可补河可塞，只有好怀不易开”，惊人之句，脱口而出，神来之笔，油然而至。既然如此，百年不遇，千载难逢，那我们就干脆来个大醉千日，自从盘古开天地，高谈三皇五帝到如今吧！

创作这首七古长篇的前后，曾国藩重新整理《十八家诗钞》，每天都在温习黄庭坚的诗歌。二十多年前在北京做京官的时候，他就开始加入当时崇尚宋诗的文人圈子，尤其推崇黄庭坚诗歌的遒劲奇崛的风格，与何绍基、邵懿辰、龙瀚臣、彭旭等人志同道合，联吟作诗，大体都以宋诗为宗。曾国藩《题彭旭诗集后即送其南归》，还着意自述当时的诗学宗尚，称“杜韩去千年，摇落吾安放。涪叟差可人，风骚通肸蚃。造意追无垠，琢辞辨倔强。伸文揉作缩，直气摧为枉”，更以“自仆宗涪公，时流颇忻向。女复扬其波，拓兹疆宇广”来互相激赏。诗中的“涪叟”“涪公”，说的就是黄庭坚（贬官涪州别驾，自号“涪皤”）。现在，当年诗友千里相会，曾国藩感事伤怀，内心触动，发而为诗，也就诗思飞扬，把多日的满心愁苦，化作笔下的卓荦诗句，首句“簁”字，结韵“郈”字，都是仄韵险韵，中间“厖”“豼”“隤”等韵脚，也大多不便押韵。此外，更有字词瘦硬拗折，词句发唱惊挺，借用上引那句“造意追无垠，琢辞辨倔强”，通篇气格，确实不同凡响，早年在京“愈拗愈深”的诗风追求，在这里几乎到达完美体现，堪称是曾国藩诗集中的压卷之作。

此诗既成，一时间远近传诵，大江南北赓和者，竟达三百余人之多，海内盛传为“簁郈唱和诗”，金陵书局为此汇编刊刻，印行于世。

（王澧华）

题《青松红杏图》

原文

春花犹是昔年红，烂漫繁枝照碧空。
定惠道人无一事①，独依松下听清风。

注

① 定惠：即“定慧”，佛教术语，定学与慧学的合称。佛教以“戒律”“禅定”与“智慧”为三学，“戒”是防止言、行、思的过失，“定”是扫除杂念，专心观悟真谛，“慧”是摈除欲望和烦恼，获得解脱。

鉴赏

从曾国藩的诗文与日记中可知，他有过多次题图之作，最后一次，应该就是同治九年十月十三日(1870年11月5日)的《题〈青松红杏图〉》。在当天的日记上，曾国藩留下了如此记载：“阅看崇效寺老僧智朴《青松红杏》手卷，将作诗而不果……二更后作七绝一首，写于《青松红杏》卷子之上。”但是，这首七绝，当时可能没有存录底稿，因此，在他去世后，从清同治十三年(1874)长沙传忠书局首次编印的《曾文正公全集·诗集》，直到20世纪以来，所有各种版本的《曾国藩诗文集》，包括民国文人刘声木1929年辑刊的《曾文正公集外文》，都没有这首诗的踪影。崇效寺在1900年的“庚子事变”中遭到毁坏，《青松红杏图》流出寺外，一度去向不明。直到最近，我们才得以在首都博物馆所藏

《青松红杏图》的附卷上,得见这首散佚多年的题图之作。

除了“同治九年十月曾国藩”的亲笔落款,图卷上还钤盖着两方印章,阴文“国藩印信”,阳文“涤生”。左边更有小字一行:“甲寅三月十九游寺,得读先祖集外诗。曾广钧谨志。”曾广钧为曾国藩次子曾纪鸿之子,清末翰林,著名诗家,本轮甲寅为民国三年(1914),“得见先祖集外诗”,也就是说,这是一首未曾收入《曾集》的集外诗,连曾广钧都是在几十年后才第一次意外获见。而其机缘,则是春游佛寺,得见寺中藏图,因此特意在祖父手迹之旁,留下“到此一游”的笔迹。

两三百年间,崇效寺先后以枣花、丁香与黑牡丹享誉京城,春夏之际,文人士大夫结伴而游,赏花吟诗,而达官名流,更能受到寺内高僧出示珍藏画卷、恭请题笔留名的礼遇。掌故学家邓之诚的《骨董琐记》,收有一篇《宣南名迹》,其中说,“《青松红杏图》,为康熙庚午(1690)僧智朴自作像,立青松红杏间,寓意松山、杏山,智朴盖洪文襄部将,兵败为僧”。智朴落脚的盘谷寺,因为康熙、乾隆两帝的多次到来,连带青松红杏自画像,得到康熙皇子胤禧、皇太子胤礽之孙永儆的题跋。尤其是智朴晚年驻锡城内名花不绝的崇效寺,从而招致更多的名流追崇。从清初王士禛、朱彝尊等人题诗咏叹,到清末民初,名公政要慕名而来,一睹画卷,题咏留迹。

明清改朝换代之际决定性的松锦战役,明军主帅洪承畴松山战败被俘，明军杏山血战惨败，战争之惨烈，大势之已去，败局之已定，给明末遗民造成了极大的心理创伤。两三百年间，民间口耳相传，猜测和尚所画之青松红杏，就是暗指关外决战的松山与杏山，并且说智朴是洪承畴的部将，兵败后出家，以示不仕二朝。清廷官员限于“明清易代”与“满汉畛域”的双重高压，观画题笔，或者半吞半吐，来一两句“春来何处无松杏，不见弥天释道安”；或者避虚就实，写个“某年某月，偕谁谁谁，到寺一游”，有无寓意，随你想去。清朝覆灭，原有的忌讳随之烟消云散，崇效寺住持和尚，也将此多年秘传之事公开宣传。当代学者、著名诗人陈寅恪，其《甲午岭南春暮，忆燕京崇效寺牡丹及青松红杏卷子有作》第二首，显然是坚信“故国之恨”说而作：“红杏青松画已陈，兴亡遗恨尚如新。山河又送春归去，肠断看花旧日人。”

1870 年 6 月，“天津教案”爆发，法国驻天津领事官、翻译官以及十几名外国侨民被天津民众义愤击杀，直隶总督曾国藩奉旨赶赴天津，现场处理这一棘手外交大案，历时三月，内外交困。适因两江总督马新贻被刺身亡，清廷调派曾国藩回任两江。赴任前，曾国藩从天津赶赴北京，觐见慈禧皇太后，先后寓居贤良寺、法源寺。此时他的声望大受影响，他也深感“内疚神明，外惭清议”。偏是佛门之人不嫌多事，辗转拿来崇效寺所藏传世之图，而绘图之人，所绘之景，已经被人们传得煞有其事。曾国藩沉吟大半天，绝句题咏，看似淡然无奇，实则饶有深意。

“春花犹是昔年红”，第一句，与陈寅恪之“红杏青松画已陈”，初看是异曲同工，其实已经暗含机锋：《青松红杏图》，杏红，松青，犹如昔年，就是这么一幅平平淡淡的画图；所以，紧接着，继续写景，图上之景，完全实写：“烂漫繁枝照碧空”，简直就是一个不折不扣的“看图作文”，而陈诗的“兴亡遗恨尚如新”，却是单刀直入，而正是这扑面而来的故国之情，亡国之恨，才让我们看到曾诗的“烂漫繁枝照碧空”，作者是在如何纯熟地展示着“太极”身手。

前两句的“起”与“承”，已经是活脱脱的“太极云手”，第三句，诗人继续写景，继第二句写“图上之景”后，再来一个写“图上之人”：定惠道人，六根清净、一尘不染的大德高僧，那就肯定是心无一事的了，你怎么知道他在想“兴亡遗恨”？第四句，竟然再来一个“看图说话”：“独依松下听清风”，既然是和尚自画图，和尚俯身靠在松枝上，何必一口咬定是“肠断看花”呢？“松下听清风”不行吗？

总之，每句话都是就图题咏，对“明将”“决战”与“故国”各说，一如从来没有听说过。要知道，曾国藩以前可是在北京城生活了十五六年，当年租住的南横街千佛庵、达子营关侯庙以及绳匠胡同、碾儿胡同等处，每一处都与崇效寺相去不远的。滴水不漏的题咏技法，体现的是久经宦海的政治历练，更展现出驾轻就熟、游刃有余的诗艺造诣。

1992 年，当代学者王元化读到陈寅恪的《青松红杏图》

题诗，写下这么一段回忆：“抗战后，我曾随先父偕公严夫子出宣武门，游崇效寺，得见此图。图为寺所藏，裱成长卷。住持云庵称，作画者为明末武将，国破后出家。图中绘一僧人、一童子，一苍松、一红杏，以寄抗清忠奸不两立之志……曾国藩有七律（原文如此，当为误记）一首，我现已不能背诵，只记得大意是以‘红杏今已花繁满枝’来歌颂清廷。当时殊感气愤，曾作七绝一首以刺之：‘青松红杏两相持，公意渊深耐细思。权贵不解孤臣恨，千秋宝卷染瑕疵。’”

由此看来，宁信其有者，似不为空穴来风；闪烁其辞者，也难辞此地无银之嫌。而曾国藩与王元化，一个是当朝元老，睁眼闭眼只当“定惠道人无一事”；一个是地下党员，坚信确有其事，认定“公意渊深耐细思”，恰恰都是站在自己的政治立场，对这同一种传言，作出了完全相反的取舍。至于陈寅恪之诗，或是借他人酒杯，浇自家块垒了。

短短一首七绝，明明亲笔题写于名画之上，作者却没有留底备存之意，而从所题之图的复杂背景来看，他还似乎是有意不予录副。而这首诗的重现于世，让我们更能体会诗人的命意，尤其是他老到的立身之道与精妙的作诗之法。

（王澧华）

文

五　箴

原文

少不自立，荏苒遂洎今兹[①]。盖古人学成之年，而吾碌碌尚如斯也[②]，不其戚矣[③]！继是以往，人事日纷，德慧日损[④]，下流之赴[⑤]，抑又可知。夫疢疾所以益智[⑥]，逸豫所以亡身[⑦]，仆以中才而履安顺，将欲刻苦而自振拔，谅哉其难之欤[⑧]！作《五箴》以自创云[⑨]。

立志箴

煌煌先哲，彼不犹人？藐焉小子，亦父母之身。聪明福禄，予我者厚哉！弃天而佚[⑩]，是及凶灾。积悔累千，其终也已。往者不可追，请从今始。荷道以躬[⑪]，舆之以言。一息尚存，永矢弗谖[⑫]。

居敬箴

天地定位，二五胚胎[⑬]。鼎焉作配[⑭]，实曰三才[⑮]。俨恪斋明[⑯]，以凝女命[⑰]。女之不庄，伐生戕性。谁人可慢？何事可弛？弛事者无成，慢人者反尔。纵彼不反，亦长吾骄。人则下女[⑱]，天罚昭昭。

主静箴

斋宿日观[19]，天鸡一鸣。万籁俱息，但闻钟声。后有毒蛇，前有猛虎。神定不慑，谁敢予侮？岂伊避人，日对三军。我虑则一，彼纷不纷。驰骛半生，曾不自主。今其老矣，殆扰扰以终古。

谨言箴

巧语悦人，自扰其身。闲言送日，亦搅女神。解人不夸，夸者不解。道听途说，智笑愚骇。骇者终明，谓女贾欺[20]。笑者鄙女，虽矢犹疑[21]。尤悔既丛[22]，铭以自攻。铭而复蹈，嗟女既耄。

有恒箴

自吾识字，百历及兹[23]。二十有八载，则无一知。曩者所忻，阅时而鄙。故者既抛，新者旋徙。德业之不常，日为物迁。尔之再食[24]，曾未闻或愆。黍黍之增，久乃盈斗[25]。天君司命[26]，敢告马走[27]。

注

① 洎(jì)：至于。今兹：于今，现在。

② 碌(lù)碌：平庸无为的样子。
③ 戚：忧愁。
④ 德慧：品行与心智。
⑤ 下流：此处是“末流”“劣等”的意思。
⑥ 疢(chèn)疾：本义是疾病，此处引申为“忧患”“忧患意识”。《孟子·尽心上》：“人之有德慧术知者，恒存乎疢疾。独孤臣孽子，其操心也危，其虑患也深，故达。”
⑦ 逸豫：闲适安乐。欧阳修《新五代史·伶官传序》：“忧劳可以兴国，逸豫可以亡身，自然之理也。”
⑧ 谅：的确。
⑨ 自创：自我针砭，自我警醒。
⑩ 佚：安逸。
⑪ 躬：亲身。
⑫ 永矢弗谖(xuān)：永不忘记。语出《诗·卫风·考槃》：“独寐寤言，永矢弗谖。”矢，古同“誓”。谖，忘记。
⑬ 二五：天与地。《易·系辞》：“天数五，地数五。”
⑭ 鼎焉：盛大、显赫。
⑮ 三才：古人以天、地、人为三才。
⑯ 俨恪：庄严恭谨。斋明：谨肃严明。
⑰ 女：通“汝”。本篇“女”字皆然。
⑱ 下：轻视。
⑲ 斋宿：古人在祭祀或典礼前，先一日斋戒独宿，表示虔诚。日观：日观峰，在山东泰山。北魏郦道元《水经注·汶水》引汉代应劭《汉官仪》：“泰山东南山顶，名曰日观。日观者，鸡一鸣时，见日始欲出，长三丈许，故以名焉。”
⑳ 贾(gǔ)：买，卖。
㉑ 矢：即“誓”。
㉒ 尤悔：过失与悔恨。
㉓ 及兹：至今。
㉔ 再食：古人一天吃两餐。
㉕ “黍黍”两句：小米一粒粒地累积，积一万二千黍而成一升，十升而成一斗。黍、斗(dǒu)都是古代衡器的计量单位。
㉖ 司命：发号施令。

㉗ 敢告马走：马走是“牛马走卒”的省称。不敢直接对天君禀报，只能通过他使唤的走卒来传达。

鉴赏

清咸丰九年(1859)六月，身在皖南湘军大营的曾国藩，给远在湖南老家的长子曾纪泽写信，特意嘱咐：“余往年作《原才》一篇，去岁于尔案间见之，尔可抄一稿寄营。又甲辰年作《五箴》及《祭汤海秋文》，尔见稿否？亦可抄来也。”接着还有两句：“近思将历年所作古文清一稿本，虽无佳者，亦不忍听其零落耳。日内当写一目录至各处查出也。”

道光二十二年(1842)十月，曾国藩开始留心宋明理学，在几位理学师友的督促下，虔诚从事“诚心正意”的心性修炼。一年之后，师友的“外在夹持”，化为自我的“内在反省”，在道光二十四年新春到来之际，曾国藩写下《五箴》——《立志箴》《居敬箴》《主静箴》《谨言箴》与《有恒箴》。

序言虽然只有三四句，但句句都充满着自省、自责与自励。“少不自立”，山乡塾师之子，从小见闻有限，理学先贤的“居敬”之言，“主静”之说，几乎从未听闻。光阴荏苒，日月如梭，年过而立，“而吾碌碌尚如斯”。说过“从前种种”，接着便是“继是以往”，照此下去，无论是人格品德，还是聪明才智，必将落入“下等”与“末流”。怎么办？作者马上用了两个对句来回答：前一句，“疢疾所以益智，逸豫所以亡身”，化用《孟子》与欧阳修成句，说得干脆利落；后一句“仆以中才而履安顺，将欲刻苦而自振拔”，目标明确，音韵铿锵。当然，说起来容易做起来难，“谅哉其难之欤”！一句一个铺垫，一句一层推进，“作《五箴》以自创”，也就如同箭在弦上不得不发了。短短百字，文气字句，十分爽健。

序言的“少不自立”与将“自振拔”，都是指向自身的“志气”与“志向”，那么，“立志”显然当为箴铭之首。“煌煌”四句，两层对比：“煌煌先哲”与“藐焉小子”，高下悬殊，看似天壤之别；但他们不也是人吗？我们不也都是父母所生吗？如此就一下子拉近了距离，缩小了差距。如果说，这是从人的“生物属性”上立论，那么，接下来的六句，便是从一正一反来论证“立志为人”“立志有为”的必要性：上天给予我耳聪目明，让我有学识，有俸禄，如此恩德，如果心安理得地贪图安逸，则必将遭受凶灾报复；在此之前的碌碌无为，悔恨累积成千上万，现在到了终结的时候了。最后六句，推出结论：从现在开始，从现在做起，“荷道以躬，舆之以言”，亲身担负起圣哲给予的榜样、教导与责任，每时每刻，亲身实践，一息尚存，永远牢记。信誓旦旦，决不食言。

立志只是表示决心，《五箴》的后面四种自箴，才是立志行动的方向与具体的言行。“居敬”“主静”当然是宋儒理学的基本原则。对于“居敬”“主静”的写作构思，作者还是像《立志箴》的“煌煌先哲”一样,首先设置一个“高大上”的境界,然后从反面来辩驳警醒:《居敬箴》从“天地”如何“定位”,万物如何“作配”,然后引出“三才”中的“人”。与天地并生,而且是造物主庄严恭谨、谨肃严明所造之“人”,应该怎样“自我定位”?如果你逆天而行,为人不庄不敬,那岂不就是“伐生戕性”了吗?《主静箴》则把目光投向东岳泰山,先出以“斋宿”“天鸡”“万籁”这些庄严之词,然后出其不意来个“后有毒蛇,前有猛虎”这样的恐怖字眼。当然,作者仍然是要以此来营造“反差”:只要你做到主静,即“神定”而“不慑”,那么,哪怕是毒蛇猛虎,谁又敢来犯?如果反其道而行之,神不定而“驰骛”,“驰骛”已过“半生”,那岂不是将要这么浑浑噩噩过一辈子吗?《谨言箴》《有恒箴》不再铺设,直接从“反面”写起,如“巧语悦人”“道听途说”,如“故者既抛,新者旋徙”,自我揭露,然后再自我惩创:从“谨言”的反面,举证总是好说大话,导致“智笑愚骇”,受人鄙视,甚至连赌咒发誓都再也无法取信于人;从“有恒”的反面,举例吃饭从不耽误,做事却从未有恒;最后都是用咒语与誓词来结尾。箴的本义是针刺治病,作者作箴“自创”,就是要直刺病源,所以,这里才接连出现“天罚昭昭”“扰扰以终”这些刺眼的警戒之词。

作为一种文体,箴其实起源很早。南朝文学理论家刘勰在《文心雕龙·铭箴》中指出:“箴者,针也,所以攻疾防患,喻针石也。斯文之兴,盛于三代。”只是因为战国以后,

"弃德务功，铭辞代兴，箴文萎绝"。而从功用上看，"箴全御过，故文资确切"，"其取事也必核以辨，其摛文也必简而深"。曾国藩的这篇《五箴》，立意简明直接，态度诚恳坚决，除此之外，艺术构思也很见用心，下笔造句，错落有致。除了像"荷道以躬，舆之以言"这样的对比，其他还有"谁人可慢？何事可弛？弛事者无成，慢人者反尔"，连用反诘与递进；"后有毒蛇，前有猛虎。神定不慑，谁敢予侮"，连用比喻与反诘；还有"解人不夸，夸者不解"的顶针，"二十有八载，则无一知"的夸张，"黍黍之增，久乃盈斗"的比喻，甚至"尔之再食，曾未闻或愆"这样的自我挖苦，都是非常刺目惊心的措辞与行文。

在曾纪泽寄来《五箴》等旧文后不久，曾国藩回信指出，"凡箴以《虞箴》为最古"，"凡箴以官箴为本"，而韩愈《五箴》、程颐《四箴》，转而改为自箴自勉，已经属于变体。今查韩愈《五箴》，也是前有小序，但自警之外，还带有几分愤激，曾国藩的《五箴》，或有模仿追踪之意，而纯为反省与自励，则可能更加符合刘勰所指出的"箴惟德轨"的文体规范。

（王澧华）

原　才

原文

风俗之厚薄奚自乎[①]？自乎一二人之心之所向而已。民之生，庸弱者戢戢皆是也[②]。有一二贤且智者，则众人君之而受命焉，尤智者所君尤众焉。此一二人者之心向义，则众人与之赴义；一二人者之心向利，则众人与之赴利。众人所趋，势之所归，虽有大力，莫之敢逆。故曰："挠万物者莫疾乎风[③]。"

风俗之于人之心，始乎微，而终乎不可御者也。先王之治天下，使贤者皆当路在势，其风民也皆以义[④]，故道一而俗同。世教既衰，所谓一二人者，不尽在位，彼其心之所向，势不能不腾为口说，而播为声气。而众人者，势不能不听命，而蒸为习尚。于是乎徒党蔚起，而一时之人才出焉。有以仁义倡者，其徒党亦死仁义而不顾；有以功利倡者，其徒党亦死功利而不返。水流湿，火就燥，无感不雠[⑤]，所从来久矣。今之君子之在势者，辄曰："天下无才。"彼自尸于高明之地[⑥]，不克以己之所向，转移习俗而陶铸一世之人，而翻谢曰无才[⑦]，谓之不诬可乎？否也。十室之邑，有好义之士，其智足以移十人者，必能拔十人中之尤者而材之。其智足以移百人者，必能拔百人中之尤者而材之。

然则转移习俗而陶铸一世之人，非特处高明之地者然也。凡一命以上[8]，皆与有责焉者也。有国家者，得吾说而存之，则将慎择与共天位之人[9]；士大夫得吾说而存之，则将惴惴乎谨其心之所向，恐一不当，而坏风俗，而贼人才。循是为之，数十年之后，万有一收其效者乎，非所逆睹已。

注

① 奚自乎：从哪里来。
② 戢(jí)戢：聚集，密集。
③ 挠：使……弯曲。
④ 风民：教化民众，移风易俗。
⑤ 雠：对应，符合。
⑥ 自尸于：自居于。
⑦ 翻：却，反而。谢：推脱。
⑧ 一命以上：所有得到朝廷任命的官员。“命”即官阶，周朝官阶九命，一命为最低级。
⑨ 天位：上天赐予的官职官位。

鉴赏

查读曾国藩日记，咸丰九年(1859)八月初九记着：接家信，“附余甲辰所作《五箴》、丙午所作《原才》稿来，展读如逢故人”。据此可知，《原才》作于道光二十六年(1846)。十几年前的精心之作，重又自我展读，作者这才有“如逢故人”的欣慰之情。

这是一篇短小精悍的政论文，全篇不到五百字，立论明确，论证果断有力。

社会风俗的高低好坏来自哪里？来自一两位领袖人物的引导与示范。文章开头的第一句，就这样开门见山地提出了第一个论点。而其论证，更是直截了当，那就是，源于古代传统默认的一二“领导者”与群起“追随者”之别，“此一二人者之心向义，则众人与之赴义；一二人者之心向利，则众人与之赴利”，一如风起云涌，风驰草靡，“众人所趋，势之所归”，风气一旦形成，从此风行天下，“虽有大力，莫之敢逆”。

政论文，立论明确，这还只是基本要求，更重要的是，贵于立论高远，见识卓绝。在中华民族的文化传统中，移风易俗一直被视为正本清源的立国之本，社会风气，决定着精神追求的基本方向。是与非，邪与正，国家利益与一己私利，全都取决于人心的好尚。因此，尽管文章的题目是“原才”，作者却没有就事论事，而是在顶级层面上，出人意外地先提出一个“风俗之厚薄奚自乎”的重大命题。通常情况下，人们基本上都会认同，“风俗之厚薄”，基于“人心之邪正”。但是，作者却别具手眼地加上了那个“一二人”的限定，在作者的笔下，“奚自乎”？“自乎一二人之心之所向”。如此一个自问自答，毫不费力地将论证转向题目所包含的“人才”这一中心论点。

文章第二段，由此推进阐述：既然“风俗之于人之心，始乎微，而终乎不可御者”，那么，这具有如此影响力的“领袖人才”，又将从何而来呢？在这一段，作者阐述了第二个观点，凡是将一己之心之所向，“腾为口说，而播为声气”者，皆能“徒党蔚起”而“蒸为习尚”，如此之人，便是“一时之人才”。领袖人才，首先在于指引方向，引领风气，引领精神趋向。这种精神引领，取决于领导者的立身行己，以身作则，具有楷模、榜样的感染力与号召力，这样，自然便能众心所归，作者一言以蔽之，即“道一而俗同”。然后，文章排比举例，领导者“以仁义倡”，则“其徒党亦死仁义而不顾”；领导者“以功利倡”，则“其徒党亦死功利而不返”。两相对照，一正一反，着力压实“人才”与“风俗”的紧密关联。

行文至此，作者反手一笔，转而从反面展开论证：“今之君子之在势者”，明明在位，明明“在势”，不但自己无力无能去转移社会风俗，提升社会风习，反倒一口认定，“天下无才”。对此，作者尖锐质问：“谓之不诬可乎？”而且给予明确反驳。在他看来，问题的关键在于，此一二“一时之人才”，到底是“以仁义倡”，还是“以功利倡”？十步之泽，必有芳草；十室之邑，必有忠信，如此之人，提倡感染，累层识拔，一乡一邑，风俗于是乎成。

由此文章顺势进入第三段，进而提出第三个论点：既然“转移习俗而陶铸一世之人，非特处高明之地者”，那么，凡是担任国家公职，不管是基层官员，还是政府高官，谁都可以“有责”。作者甚至用了两个很鲜明的对比，大到国家与国君，可以“慎择与共天位之人”，小到乡绅士大夫，也可以慎修己德，行为世范。如此坚持数十年，成效即可显见。

这篇政论,题目《原才》,即“论人才”,“人才说”。作者围绕“人才”立论,前后三个论点,从“一二人才影响社会风俗”,到“转移人心者便是人才”,再到“有国家者慎择人才、有一命者从我做起”,高屋建瓴,层层推进,气势贯注,一往无前。如此精心之作,难怪曾国藩十几年后还对之念念不忘,特意在家书中嘱咐子弟寻查寄出。此外,曾国藩此时以钦差大臣统帅湘军,以《讨粤匪檄》大声疾呼,以“书生而帅乡农”,挺身而出捍卫国家政权,南北征战之际,特意回顾这篇《原才》,应该是别有深意的了。

十几年前,作文之时,曾国藩的官职还只是翰林院侍读学士,官位不过是从四品,与地方上的知府同级,属于中低级官员。二十多年之后,罢官回籍的郭嵩焘,在前往曾国藩家乡湘乡的湘江小船上,捧读《曾国藩文集》,对这篇《原才》写下亲笔批语:“公著此论时,名位尚未显,其后十年而以身亲收其效。读此,知公志业所就之有来也。”转移士风,陶铸人才,确为曾国藩一生两大功绩,郭嵩焘不愧是曾国藩的人生知己,文章知音。

(王澧华)

武会试录序

原文

道光二十有七年秋九月，武会试外围既毕事，兵部臣以内场考官请，上命臣国藩偕臣王庆云司其事。伏念臣楚南下士，至陋极愚，仰荷圣慈[1]，逾格由翰林洊陟卿陪[2]。负乘之占[3]，夙夜兢惕。复膺简命，承乏于兹[4]，益用廪廪[5]，如不克胜。谨偕臣庆云悉心核阅，取士如额[6]，恭缮试录，进呈御览。臣例得飏言简端[7]。

臣闻宋臣张舜民之言曰："自古守边选将，未必专以攻战为事，要在精神折冲而已[8]。"臣尝深绎其言。若廉、蔺在赵[9]，强秦不敢加兵；魏尚守云中，匈奴不敢南牧。及夫卫、霍、三明之徒[10]，亦威棱四际，所在立功。彼其名将之精神，足以震慑万里之外。而人主之求将，亦以精神感而召之，所谓战胜庙堂者也。自唐宋以后，招致将才，不可必得，乃按图而索骥。于是有武举之科，有武学之额，有赐及第出身之目。宋庆、皇间[11]，定武举以策为去留，弓马为高下。禄利之途一开，爪牙之士，稍稍骧首。元明以来，循是不废。然上以名求，下之人因袭是名而巧弋之。其以弓马得者，不过挽强引重，市井之粗材；而以策试中者，亦皆记录章句，琐琐无用之学。故论者谓人才之兴，不尽由于科目，理固然也。

我朝定鼎以来，威烊无外[12]。自虎贲宿卫[13]，八旗禁旅，往往有熊罴不二心之臣，肩比而鳞萃。而各行省山泽猛士，又罗之以科举，所以储采干城之选⑭，至周且当。顾循行既久，向之所谓市井挽强、记录无用者，多亦儳乎其中⑮。而臣之所职，又唯校此默写孙、吴之数行⑯，无由观其内志外体与其进退翔舞之节。而欲使韬钤之材之必入于此⑰，不遗于彼，臣诚不敢以自信。独念圣天子神武震烁，臣等凭借宠光，亦足增长刚气，而以精神与多士相感召，庶几廉、蔺、魏尚之辈或出于此。区区之忱，不胜至愿。《传》曰："同明相照，同气相求。"虽不能必，志之而已。

注

① 圣慈：皇上的仁慈关爱。
② 洊(jiàn)：同"荐"，即屡次。
③ 负乘之占：出自《易·解卦》："六三，负且乘，致寇至，贞吝。"意思是负载贩运货物的人却乘坐豪华的车驾，必将招来盗贼的祸害。后以"负乘之占"借指才德不能胜任职责而贻误大局，祸害自己。
④ 承乏：承接空缺的职位，自谦之词。
⑤ 廪廪：惊慌恐惧。
⑥ 士：此处是武士。
⑦ 飏(yáng)言：高声朗朗地讲话，多用于向君王陈述。
⑧ 要：纲要，要点。折冲：使敌军的战车后撤。冲，即冲车，战车。
⑨ 廉、蔺(lìn)：廉颇，战国时期赵国名将；蔺相如，战国时期赵国大臣。
⑩ 卫、霍、三明之徒：汉朝卫青、霍去病、皇甫规、张奂、段颎(jiǒng)等为国戍边的抗敌名将。皇甫规字威明，张奂字然明，段颎字纪明，三人皆生长于甘肃凉州，时人称为"凉州三明"。
⑪ 宋庆、皇间：宋朝庆历、皇祐年间(1041—1054)。
⑫ 威燀(chǎn)：威力显赫。

⑬ 虎贲(bēn):勇士。宿卫:宫廷警卫。

⑭ 干城:本义是盾牌与城墙,后借指卫国将士。

⑮ 儳(chàn):通“掺”。掺入,夹杂。

⑯ 校(jiào):核查检验。孙、吴:孙武、吴起,春秋战国时期的两位军事家。

⑰ 韬(tāo)钤(qián)之材:通晓军事学的人才。《六韬》《玉钤》都是古代军事论著,后世便以“韬钤”代指军事谋略。

鉴赏

明清两朝的科举,文武并行,武科也有童试、乡试与会试的国家考试,考试从地方到中央,考官从州县到部院大臣,直至皇宫殿试,皇帝亲临检阅。武会试先试外场,分技勇与箭技,再试内场。清道光二十七年(1847)的武会试,其内场正副主考,为内阁学士曾国藩、翰林院侍讲学士王庆云。依据清朝的典章制度,主持内场考试的正副考官,在考试结束后,需要各自上呈一篇《会试录序》,一来是向当朝皇帝复命,二来是对本科考试作出总结与评价。

从王庆云的《荆花馆日记》得知,道光二十八年二月,也就是在上一年的武会试结束五个月后,曾国藩与王庆云分别写出前序与后序。王序先出,送请好友何绍基阅看,何绍基直言不讳地批评“如账簿子”般琐碎而无新意;而王庆云一见曾序,则当即写信,劝阻归正:“捧读大作,如天马行空,脱去羁绊,俯视拙作,拘墟填砌,真不啻霄壤之分,诚信服无已。鄙意进呈文字,原不妨直抒胸臆,却不得不相题行文。若持论过于透辟,转觉于题未惬。狂瞽之论,不避唐突，高明以为何如?”这一段“先扬后抑”的评论，对我们理解曾国藩这篇“进呈”“御览”，进而归档保存的职务公文，带来了很大的帮助。它的“天马行空，脱去羁绊”，怎么就“过于透辟”，甚至是“于题未惬”了?

与王庆云以及其他各科主考“例行故事”的通行写法不同，曾序劈头就是一句“自古守边选将，未必专以攻战为事，要在精神折冲而已”。在他看来，自古名将“威棱四际，所在立功”，在于精神“足以震慑万里之外”，正因为如此，所以“人主之求将，亦以精神感而召之”；可惜的是，后世之人，精神沦丧，“招致将才，不可必得，乃按图而索骥，于是有武举之科，有武学之额”，“定武举以策为去留，弓马为高下”，由此则“禄利之途一开”，“下之人因袭是名而巧弋之，其以弓马得者，不过挽强引重，市井之粗材；而以策试中者，亦皆记录章句，琐琐无用之学”。一连串的指斥，说的好像只是唐宋元明那些“前朝”，但其实是在指桑骂槐，因为下文紧接着就摆明了说道“我朝”的武科，“循行既久，向之所谓市井挽强、记录无用者，多亦儳乎其中”。写到这里，还嫌不够，直至写下“而臣之所职，又唯校此默写孙、吴之数行”，“而欲使韬钤之材之必入于此，不遗于彼，臣诚不敢以自信”。身为钦派主考，曾国藩对这份武考差事，却大有块垒在胸、一吐为快之势。进呈“御览”之作，却对武科“国考”一而再、再而三地说这种很不中听的考评，的确少见。结合曾国藩《武会试闱中作，奉和王雁汀前辈》：“火冷灯青无个事，可怜闲杀爱才心。”我们似乎不难感受到曾国藩对武举的不屑与不情愿，王庆云当然心领神会，但他显然不能接受，私人吟唱的情绪，怎么能夹杂在进呈之作中呢？所以，王庆云急切规正，说“狂瞽之论，不避唐突”，第二天还在日记中自责，“不免交浅言深之病”。

不难看出，王庆云的归正与劝譬，完全是站在公文写作、“臣子进言”的角度，但从文学创作与散文欣赏上看，其实王庆云已经作出了高度评价，确实是天马行空，脱去羁绊，直抒胸臆，持论透彻，的确是一篇思想性与艺术性并重的力作，既不屑于做“账簿子”式的“拘墟填砌”，又不止步于点到为止、半吞半吐，而是大声疾呼，直言无隐。无论是从文章层次结构的一波三折，还是行文的一唱三叹，都大有古文家的气派与用心，一句“廉、蔺在赵，强秦不敢加兵”，已经是掷地有声；紧接着又是一句“魏尚守云中，匈奴不敢南牧”，一连两个“不敢”，而且是“强秦不敢”“匈奴不敢”，威武之气，凛然逼人；再添一笔“卫、霍、三明之徒，亦威棱四际，所在立功”，一气三句，步步紧逼，气势贯注。“文章以行气为第一义”，曾国藩甚至在例行的公文之中，也不自觉地显露了古文家的文笔锋芒。

这篇文章之后，不到六十年，被世界潮流裹挟进入二十世纪的清廷终于下诏：“武科一途，本因前明旧制，相沿既久，流弊滋多，而所习硬弓刀石及马步射，皆与兵事无涉，施之今日亦无所用，自应设法变通，力求实用。嗣后武生童考试及武科乡会试，著即一律永远停止。”与武科同时进入“历史博物馆”的，还有格式严密到僵化、内容单薄而陈腐的应试八股文。曾国藩这篇出格的“进呈文字”，对武举“市井蛮力挽强”“默写孙武数行”落后性的尖锐批判，大大早于洋务与维新人士之“武科改试洋枪”“裁废默写《武经》”的呼吁与实践。正是秉承“文以载道”的古文传统，曾国藩这才用高屋建瓴的古文气格，向着落后于时代的武科举，提前敲响了丧钟。

（王澧华）

讨粤匪檄[1]

原文

为传檄事。

逆贼洪秀全、杨秀清称乱以来[2]，于今五年矣。荼毒生灵数百余万，蹂躏州县五千余里。所过之境，船只无论大小，人民无论贫富，一概抢掠罄尽，寸草不留。其掳入贼中者，剥取衣服，搜刮银钱；银满五两而不献贼者，即行斩首。男子日给米一合[3]，驱之临阵向前，驱之筑城浚壕。妇人日给米一合，驱之登陴守夜[4]，驱之运米挑煤。妇女而不肯解脚者[5]，则立斩其足以示众妇；船户而阴谋逃归者，则倒抬其尸以示众船。粤匪自处于安富尊荣，而视我两湖三江被胁之人[6]，曾犬豕牛马之不若[7]。此其残忍惨酷，凡有血气者，未有闻之而不痛憾者也！

自唐虞三代以来[8]，历世圣人，扶持名教[9]，敦叙人伦，君臣父子，上下尊卑，秩然如冠履之不可倒置。粤匪窃外夷之绪[10]，崇天主之教，自其伪君伪相，下逮兵卒贱役，皆以兄弟称之。谓惟天可称父，此外凡民之父，皆兄弟也；凡民之母，皆姊妹也。农不能自耕以纳赋，而谓田皆天王之田；商不能自贾以取息，而谓货皆天王之货；士不能诵孔子之经，而别有所谓耶苏之说、《新约》之书。举中国数千年礼义人伦、诗书典则，一旦扫地荡尽。此岂独我大清之变，乃开辟以来名教之奇变，我孔子、孟子之所痛哭于九原[11]！凡读书识字者，又乌可袖手安坐，不思一为之所也！

自古生有功德，没则为神。王道治明，神道治幽。虽乱臣贼子、穷凶极丑，亦往往敬畏神祇。李自成至曲阜，不犯圣庙[12]；张献忠至梓潼，亦祭文昌[13]。粤匪焚郴州之学宫，毁宣圣之木主[14]，十哲两庑[15]，狼藉满地。嗣是所过郡县，先毁庙宇，即忠臣义士，如关帝、岳王之凛凛[16]，亦皆污其宫室，残其身首，以至佛寺道院、城隍社坛，无庙不焚，无像不灭。斯又鬼神所共愤怒，欲一雪此憾于冥冥之中者也！

本部堂奉天子命[17]，统师二万，水陆并进，誓将卧薪尝胆，殄此凶逆；救我被虏之船只，拔出被胁之民人。不特纾君父宵旰之勤劳[18]，而且慰孔孟人伦之隐痛；不特为百万生灵报枉杀之仇，而且为上下神祇雪被辱之憾。是用传檄远近，咸使闻知：

倘有血性男子，号召义旅，助我征剿者，本部堂引为心腹，酌给口粮；倘有抱道君子，痛天主教之横行中原，赫然奋怒，以卫吾道者，本部堂礼之幕府，待以宾师；倘有仗义仁人，捐银助饷者，千金以内给予实收部照[19]，千金以上专折奏请优叙[20]；倘有久陷贼中，自拔来归，杀其头目，以城来降者，本部堂收之帐下，奏授官爵；倘有被胁经年，发长数寸，临阵弃械，徒手归诚者，一概免死，资遣回籍。

在昔汉、唐、元、明之末，群盗如毛，皆由主昏政乱，莫能削平。今天子忧勤惕厉[21]，敬天恤民，田不加赋[22]，户不抽丁[23]。以列圣深厚之仁[24]，讨暴虐无赖之贼，无论迟速，终归灭亡，不待智者而明矣。若尔被胁之人，甘心从逆，抗拒天诛，大兵一压，玉石俱焚，亦不能更为分别也。本部堂德薄能鲜，独仗“忠信”二字为行军之本。上有日月，下有鬼神；明有浩浩长江之水，幽有前此殉难各忠臣烈士之魂，实鉴吾心，咸听吾言。

檄到如律令[25]，无忽！

注

① 粤匪：清朝官方对农民起义军太平军的污称，太平军领袖洪秀全等籍贯广东，1851 年在广西桂平县起义，而两广地区古称南越，“越”与“粤”通，故简称“粤”。

② 逆贼：封建社会，统治者把反叛朝廷者称为“逆贼”。洪秀全、杨秀清为中国近代农民起义领袖，领导太平军起义造反，国号太平天国，定都南京，洪秀全称“天王”，杨秀清称“东王”。称乱：发动武装叛乱。

③ 一合(gě)：古代计量单位，大约相当于现在的一百多克。

④ 陴(pí)：本义是城墙上的矮墙，后泛指城墙。

⑤ 解脚：放开裹脚布，不再裹脚。明清时代，妇女从小被包裹双脚，不使长大。

⑥ 两湖三江：指湖南、湖北、江西、安徽与江苏诸省。

⑦ 曾：竟然(连)、甚至(连)的意思。

⑧ 唐虞：远古传说中的尧帝、舜帝时期。尧受封于唐(今山西太原一带)，故称“唐尧”；舜帝号有虞氏，故称“虞舜”。三代：夏朝、商朝与周朝。

⑨ 名教：强调封建名分与等级观念的儒家礼教。

⑩ 外夷：外国。古代中国自称“华夏”，蔑视周边民族为“夷”或“夷狄”，即文明不开化之国。绪：此处是残余的意思。

⑪ 九原：九泉，地下。

⑫ 圣庙：孔子之庙。

⑬ 文昌：文昌帝君，道教之神，民间信仰以为掌管功名禄位。

⑭ 宣圣：孔子。西汉时期谥孔子为“褒成宣尼公”，后人称孔子为“宣圣”。木主：神灵牌位，在木块上写上死者姓名以供祭祀。

⑮ 十哲：孔子夸许弟子颜渊、闵子骞、冉伯牛、仲弓以德行著称，宰我、子贡以言语著称，冉有、季路以政事著称，子游、子夏以文学著称，后世称为“十哲”。两庑：本义是房屋的东西两厢，后特指孔庙中配享的历代儒家先贤的牌位。

⑯ 关帝：关羽，三国时期名将，道教尊之为“协天大帝”，民间尊称“关帝”。岳王：岳飞，宋朝爱国名将，追封“鄂王”，后世尊称为“岳王”。

⑰ 部堂：清代朝廷六部(吏部、户部、礼部、兵部、刑部、工部)的正职尚书、副职侍郎，合称六部堂官，简称部堂。

⑱ 宵旰(gàn)：“宵衣旰食”的省称，天不亮就起床穿衣处理国事，忙到天黑了才吃晚饭。后来也用来代指帝王。

⑲ 千金：此处是银钱一千两之意。部照：户部(国家财政机构)核发的收款凭证。

⑳ 专折：大臣专门上奏给朝廷的汇报请示公文。优叙：交付吏部，从优议叙，在官衔晋升与荣誉奖赏上优先考虑。

㉑ 忧勤惕厉：形容当政者勤于政务。惕厉，即朝夕戒惧，如临危险，不敢稍有懈怠。

㉒ 田不加赋：康熙五十一年(1712)，清廷宣布，从此以后，“滋生人丁，永不加赋”，每户人家，如增添人口，不再征收代役丁银。丁银被并入田赋，而田赋税照旧征收。

㉓ 户不抽丁：清朝实行世兵制，军户子弟世代参军，改变了此前的每户四丁(男儿)摊派一名兵役的传统。

㉔ 列圣：历代君王。

㉕ 律令：惩处犯罪行为的法律规章。

鉴赏

檄文是古代的一种声讨性文体，用来晓喻民众，征召军队，声讨叛逆。古往今来，不少檄文都以其强烈的义愤，昂扬的斗志，尤其是充沛的文气、回环激荡的文句而传诵于人口，如三国陈琳的《为袁绍檄豫州》，“有非常之人，然后有非常之事，有非常之事，然后立非常之功”“忠臣肝脑涂地之秋，烈士立功之会”，唐代骆宾王的《为徐敬业讨武曌檄》，“人神之所同嫉，天地之所不容”“请看今日之域中，竟是谁家之天下”，名章迥句，读之使人血脉偾张，鼓舞奋发。

1852 年 6 月，洪秀全、杨秀清领导的太平军冲出广西，攻入湖南之后，先后发布《奉天诛妖救世安民谕》《奉天讨胡檄布四方谕》，声讨清廷种种罪恶，号召穷苦百姓，反抗压迫剥削，武装造反起义。由此太平军日益强大，出湖南，破湖北，从江西、安徽、江苏一路而下，势如破竹，次年 3 月，攻克南京，建立太平天国的首都天京。曾国藩以在籍守孝的前礼部侍郎，奉旨组建湘军水师，于 1854 年 2 月，从水师基地衡阳，前往湖北战场。出发之际，曾国藩写下这篇《讨粤匪檄》。

檄文分为两个部分：

第一部分，着重“声讨”，三个段落，三个主旨：叛军“荼毒生灵”“残忍惨酷”，“凡有血气者，未有闻之而不痛憾”；圣贤“礼义人伦”被“扫地荡尽”，“凡读书识字者，又乌可袖手安坐”;因此,“鬼神所共愤怒,欲一雪此憾于冥冥之中”。声讨是否有力,在于举证是否切实,否则流于空洞。作者一登场,先用一句“荼毒生灵数百余万,蹂躏州县五千余里”作总括,“荼毒”而至“数百余万”,“蹂躏”而至“五千余里”,尽管本身极具感染力,但还需具体事例来证实其真实性。于是,就有了下文的“掳入贼中者”“银满五两而不献贼者”“妇女而不肯解脚者”“船户而阴谋逃归者”的对比举例,有“驱之临阵向前,驱之筑城浚壕”“驱之登陴守夜,驱之运米挑煤”的排比行文,而“即行斩首”“立斩其足”“倒抬其尸”,怵目惊心的词句,几乎比比皆是,对比、比喻、夸张、排比等修辞手法,开门见山、纲举目张、渲染形容等写作技巧,交叉叠现,不过二百字,却一下子就先声夺人,令读者几乎猝不及防。

第二部分,专注于“号召”,也是三段文章,三层用心。先用一段过渡,以“本部堂奉天子命”“殄此凶逆”承上,分别用“救我被虏之船只,拔出被胁之民人”“纾君父宵旰之勤劳”“慰孔孟人伦之隐痛”“为百万生灵报枉杀之仇”“为上下神祇雪被辱之憾”三句,逐一对应前三段的三个侧面,再用“是用传檄远近,咸使闻知”启下。第二段,一连用五个“倘有”,号召“血性男子”“助我征剿”,“抱道君子”投笔从戎,“仗义仁人”踊跃捐款,反戈一击者报请升官,临阵投降者免死回乡。最后一段,历举“汉、唐、元、明”之暴,反衬当今君王之仁;以“大兵一压,玉石俱焚”作威胁,以“日月”

“鬼神”“长江”“幽魂”作感发,以“实鉴吾心,咸听吾言”作宣传鼓动。

声讨敌方的罪恶,伸张己方的正义,从来都是檄文的不变套路,“或述此休明,或叙彼苛虐”,刘勰《文心雕龙·檄移》已经指出它“虽本国信,实参兵诈”,所以,“谲诡以驰旨,炜晔以腾说”,几乎是所有檄文作者概莫能外的招数,“故其植义扬辞,务在刚健”,“不可使辞缓”,“不可使义隐”,“必事昭而理辨,气盛而辞断”。与太平军檄文的粗浅白话(如“天父皇上帝当初六日,造成天地山海人物”“皇上帝是神爷”“爷爷无所不知”)不同,古文家出身的前礼部侍郎曾国藩的这篇檄文,更加注重“声如冲风所击,气似欃枪所扫”的雄奇文风。既有“情感牌”,如“视我两湖三江被胁之人,曾犬豕牛马之不若”,“我孔子、孟子之所痛哭于九原”,又高举“是非观”,如“历世圣人,扶持名教”,“君臣父子,上下尊卑”,“佛寺道院、城隍社坛,无庙不焚,无像不灭”,一正一反,极有力量,极有气势。文采之丰富,声韵之铿锵,对偶句套排比句,夸张修辞加层递手法,几乎随处可见,如第四段的“不特”“而且”迭次出现,第五段的“倘有”“倘有”一连五用,“上有”“下有”“明有”“幽有”层层铺排,其他段落,如“船只无论大小,人民无论贫富”,如“生有功德,没则为神。王道治明,神道治幽”,以及“忧勤惕厉,敬天恤民,田不加赋,户不抽丁”,等等,更是句式整齐,干净利落,朗朗上口,文句爽健,文气也当然更加充沛。如此强烈的艺术感染力，一半在于“炜晔以腾说”，另一半，则确实来于“谲诡以驰旨”。

这篇檄文，在篇章结构上，还有一个特点，那就是形式感上的平面对称，思路层次上的清晰简洁。前半声讨，后半号召，这是第一层面。“声讨”三段，分别从“人性与人情”“人伦与名教”“天理与神明”作排比铺垫；“号召”三段，“奉天子命”“传檄远近”张大其正义，五个“倘有”显示其仁义，“实鉴吾心，咸听吾言”落实到宣言，这是第二层面。前半声讨对方的“不义”之“非”，后半声张己方的“正义”之“是”，前面的铺垫越充分，后面的结论也就越鲜明。这是第三层面。而且，几乎是每一段的末尾，都有一句结论性的收束句，并且选用“凡有”“斯又”“是用”等关联词承接，最后来上一句“檄到如律令，无忽”，结束全篇，文气一气呵成，推进畅通无阻。

（王澧华）

求阙斋记

原文

国藩读《易》至"临"而喟然叹曰[1]：刚侵而长矣，至于八月有凶，消亦不久也[2]，可畏也哉！天地之气，阳至矣，则退而生阴；阴至矣，则进而生阳。一损一益者，自然之理也。

物生而有耆欲[3]，好盈而忘阙[4]。是故体安车驾，则金舆鏓衡不足于乘[5]；目辨五色[6]，则黼黻文章不足于服[7]，由是八音繁会不足于耳[8]，庶羞珍膳不足于味[9]。穷巷瓮牖之夫[10]，骤膺金紫[11]，物以移其体，习以荡其志，向所扼捥而不得者[12]，渐乃厌鄙而不屑御[13]。旁观者以为固然，不足訾议[14]。故曰：位不期骄，禄不期侈。彼为象箸，必为玉杯。[15]积渐之势然也。而好奇之士，巧取曲营，不逐众之所争，独汲汲于所谓名者。道不同不相为谋，或贵富以饱其欲，或声誉以厌其情[16]，其于志盈一也。夫名者，先王所以驱一世于轨物也[17]。中人以下，蹈道不实，于是爵禄以显驭之，名以阴驱之，使之践其迹，不必明其意。若君子人者，深知乎道德之意，方惧名之既加，则得于内者日浮，将耻之矣，而浅者哗然骛之，不亦悲乎！

国藩不肖，备员东宫之末[18]，世之所谓清秩[19]。家承余荫[20]，自王父母以下[21]，并康强安顺。孟子称"父母俱存，兄弟无故”，抑又过之。《洪范》曰：“凡厥庶民，有猷有为有守，不协于极，不罹于咎，女则锡之福。”[22]若国藩者，无为无猷，而多罹于咎，而或锡之福，所谓不称其服者欤[23]？于是名其所居曰“求阙斋”。凡外至之荣，耳目百体之耆，皆使留其缺陷。礼主减而乐主盈[24]，乐不可极，以礼节之，庶以制吾性焉，防吾淫焉[25]。若夫令问广誉[26]，尤造物所靳予者[27]，实至而归之，所取已贪矣，况以无实者攘之乎？行非圣人而有完名者，殆不能无所矜饰于其间也。吾亦将守吾阙者焉。

注

① 《易》：即《周易》，也叫《易经》，本为远古占卜之书，通过卦象预测吉凶成败，为中国古代哲学源头。“临”：临卦，《周易》六十四卦的第十九卦，主吉利，但也说“至于八月，有凶”。

② “刚侵”三句：出自“临卦”的彖词，即对它的解释：阳刚之气逐渐生长，可喜，但到了八月，阴气逐渐上升，阳气就开始下降，但也不久（将有再次交替）。

③ 耆欲：即“嗜欲”。“耆”通“嗜”。

④ 阙（quē）：空乏，缺少。

⑤ 金舆：帝王乘坐的车轿。鏓（cōng）衡：嵌有金饰的车辕横木。

⑥ 五色：古称青、黄、赤、白、黑为五色，后泛指五彩缤纷之色。

⑦ 黼（fǔ）黻（fú）：古代君臣礼服上绣织的花纹，泛指华美鲜艳的色彩。文章：此处是花纹之意。《周礼·考工记》：“青与赤谓之文，赤与白谓之章，白与黑谓之黼，黑与青谓之黻。”

⑧ 八音：从金、石、丝、竹、匏、土、革、木八类乐器奏出的声音，泛指悦耳的乐声。

⑨ 庶羞：滋味齐备的美食。庶即众多，“羞”同“馐”，即美味的食品。

⑩ 瓮（wèng）牖（yǒu）：用破烂的陶缸做窗户，意指住房十分简陋，泛指

贫穷人家。

⑪ 膺金紫：膺，受。金紫，金印和紫绶，秦汉时相国、丞相、太尉、大司空、列侯等皆金印紫绶。

⑫ 扼捥(wàn)：即扼腕，握住手腕，用以表示激动、悲愤或者惋惜。

⑬ 御：使用。

⑭ 訾(zǐ)议：非议，批评、责怪。

⑮ 位不期骄，禄不期侈：形容富贵很容易使人骄傲奢侈。语出《尚书·周官》，汉代学者孔安国注解为："贵不与骄期而骄自至，富不与侈期而侈自来。"彼为象箸，必为玉杯：形容人的贪欲很难自我控制。语出《韩非子·喻老》："昔者纣为象箸而箕子怖。以为象箸必不加于土硎，必将犀玉之杯；象箸玉杯必不羹菽藿，则必旄象豹胎；旄象豹胎必不衣裋褐而食于茅屋之下，则锦衣九重，广室高台。吾畏其卒，故怖其始。"

⑯ 厌：满足。

⑰ 轨物：规范，准则。

⑱ 备员：凑数，自谦之词。东宫：本为太子所居之地，清朝废除预立太子之制，以詹事府官员作为皇子名义上的文学侍从。

⑲ 清秩：高贵显要而清闲的官职。

⑳ 余荫：本指树木枝叶的庇荫，比喻前辈惠及子孙的恩泽。

㉑ 王父母：祖父母。

㉒ "《洪范》"等句：据传是商纣王的叔父箕子告诫周武王治国之道。《洪范》是《尚书》中的篇名。有猷，有计谋。有为，有作为。有守，有操守。不协于极，不符合美善。不罹于咎，不严厉惩处。"女"同"汝"。"锡"通"赐"。

㉓ 不称其服：不适合他的地位。《诗·曹风·候人》："彼其之子，不称其服。"汉代学者郑玄注解为："不称者，言德薄而服尊。"

㉔ 礼主减而乐主盈：语出《礼记·乐记》："乐也者，动于内者也。礼也者，动于外者也。故礼主其减，乐主其盈。礼减而进，以进为文；乐盈而反，以反为文。"此处"文"即"善"，"反"即返，翻。

㉕ 淫：过度。

㉖ 令问：美好的名声。

㉗ 造物：造物者，天地的主宰。靳(jìn)予：吝啬，不想给予。

鉴赏

《求阙斋记》是曾国藩很重要的一篇文章,人们甚至以“求阙斋”代指曾国藩其人,如其幕僚王定安所编《求阙斋弟子记》,同乡后辈王启原所编《求阙斋日记类钞》。曾氏的文集,也曾被冠名为《求阙斋文钞》。在这里,既是因古人有以书斋指代主人的风习,更是由于曾国藩以谦恭自守、以盈满为戒的道德修养,几乎成为其立身处世、功成不居的人生标签。

只是这篇文章,并不像曾国藩的其他古文名作那样,多以气象阳刚、文句跌宕而具感染力,而是文理略显深奥,词气也相对平实。追寻它的写作背景,或将有助于我们加深对文章的思想主旨、文理脉络的理解与把握。

“求全”一词很常见,符合人们的普遍心理;“求阙”的“阙”,其实就是“缺”,而“求缺”之词便很少见。偏偏有人“名其所居曰‘求阙斋’”,不免令人好奇。于是作者有此《求阙斋记》以明其意,以明己志。作者自称“备员东宫”,可见作于道光二十五年(1845)夏秋担任詹事府右庶子、左庶子的那段时间,九月则晋升为翰林院侍讲学士了。不过,据曾国藩此前一年家书可知,他在更前一年就已经开始自立“求缺斋课程”,其中列于“熟读书”之首的,正是《易经》。也就是说,“读《易》至‘临’而喟然叹”,其所感悟的“一损一益者,自然之理也”,早已蕴蓄于胸怀,并已命名于住所。

大体说来，文人学士为居室命名，大多立意高远雅洁，进而作记为文，则描写客观环境者略多，纯从主观立论者较少，前者可以托物言志，借景抒怀，后者既然无意于写景抒情，那就只能立足于别具标格的意志与器识了。

恰恰就是这个“名其所居曰‘求阙斋’”，本身就不同凡响，别具标格。我们暂时不管作者为什么要“求阙”，我们不妨先去探究，他想“求”的，是哪方面的“阙”。对此，文章最后一段已经自我揭示，一是“不肖”而“备员东宫”，也就是升官晋级了，自己“无为无猷”而“锡之福”，所以深感“不称其服”；二是“令问广誉”，这更是“造物所靳予者”，哪怕是“实至而归之”，也已经是“所取已贪”，何况以“无实者攘之乎”？根据作者家书附录的“癸卯孟夏”所立“求缺斋课程”（当时所写还是“求缺”而非“求阙”），则命名不晚于当年四月，而正是此前一月，曾国藩在朝廷的翰詹官员大考中，名列二等第一，几天后就奉旨以翰林院侍讲升用，七月实授，品级连升四级。而文中“令问广誉”与“无实者攘之”，也不像是凭空出现，这是因为，从道光二十一年七月开始，曾国藩师从理学家唐鉴，稍后更与倭仁、吴廷栋等一批理学师友密切往来，进行切实的身心性理修炼，随之声誉渐起，俨然理学新秀。例如，就在曾国藩自立“求缺斋课程”的当年，湖南籍翰苑前辈、贵州巡抚贺长龄，就曾来信表扬鼓励，而曾国藩回信，就正有“国藩以无本之学，寻声逐响，自从镜海先生游，乃稍识指归”，“乃甫涉向道之藩，遽钓过情之誉”等句，就是他声誉渐起的例证。因此，名声与官职，骤然集于一身，更有“读《易》至‘临’”的悚然警醒，于是，继两年前命名之后，曾国藩进而以“求阙”作文明志。

如果说，文章的末段揭示了作者所求之阙为何物，那么，文章的中心部分第二段，就是正面阐述为何要“求阙”，这也正是作者写作本文的核心所在。

在第二段中，作者的论证，分为两个层面。

第一层面，侧重于揭示人情嗜欲的物质享受，无不“好盈而忘阙”。既然是人情物理莫不如此，相关例证即不难一一列举，作者化繁为简，分为三个类别，次第展开：一类泛论世人的普遍表现，一连两组对比，四个“不足于”，既形象生动，而又高度概括；二类特别选取出身贫寒的平民百姓，如何忘本奢华，“扼腕而不得”一语，尤其辛辣；三类则是旁观之人的习见不怪，“以为固然，不足訾议”，正话反说，更有事半功倍之效。短短百余字，浓缩三个层次，世情“好盈而忘阙”的举证力度，锋芒毕现。例证之后，作者迭用两句古语，即《尚书》中的“位不期骄，禄不期侈”，与韩非笔下的“彼为象箸，必为玉杯”，一方面，作为对上述三类人的概括，另一方面，顺势作出“积渐之势然也”的推论，更是对“好盈而忘阙”恶习的有力批驳。

第二层面，则转入对美名声誉的奢望之求的揭露与批判。作者先是接连用“巧取曲营”“汲汲于所谓名者”的不屑与鄙薄用词，来表明自身的立场与取舍，接着，用“或贵富以饱其欲，或声誉以厌其情”的对比，来显示所谓“好奇之士”的嗜名，与上文所举嗜利之辈，其实并无二致，都在一个“盈”字。然后，作者抓住这个“名声”做文章，将它抬到先王圣贤治国理政的高度：对于中等以下之辈，不可与他论及天道人心，于是，以官爵去明地里驾驭他，用声誉去暗地里驱使他。只有深明道德实质的君子，唯恐内心沉迷于浮名，这才以求名为耻。最后一句，叠用“浅者”“哗然”，“骛之”“悲乎”，如此措辞，表现出对“好盈而忘阙”强烈的批判立场。

对别人行为趋向的批判结束，下一段，当然就是作者自己的人生取向了，那就是篇末的最后一句话，“吾亦将守吾阙者焉”，态度如此决绝，是因为它的前面已经有了很充分的铺垫：官居清贵而显要的东宫五品，祖父母、父母康强健在，兄弟姐妹俱全无恙，而自己并非“有猷有为有守”之人，现在的所得，已经有“不称其服”之势。态度如此诚恳，语气如此剀切，则“名其所居曰‘求阙斋’”，也就水到渠成，顺理成章。至于“凡外至之荣，耳目百体之耆，皆使留其缺陷”，“吾亦将守吾阙者焉”，也全都有了让人信服的基础。

纵观这篇“斋记”之文，不写山，不写水，而是借由《易经》“刚侵而长”“八月有凶”之说，引发人世感悟，直揭阴阳损益之理，批驳世人“好盈而忘阙”，最后归于“求阙”“守阙”，“庶以制吾性焉，防吾淫焉”，几乎就是一篇道学家言。

其实,这也确实是曾国藩潜心宋儒性理之学三五年,奠定其一生功名志节的根基,能够以"修齐治平"成为理学名臣,在文学作品中一次难得的自我吐露心迹。哪怕是夹有一些道学家气息,但作者以"为斋作记"的作文体式,运用拿手的古文语篇,不仅议论风生,而且不乏文采,尤其是言之有物,持之有故,所以能够切中情理,让读者产生较为认同的心理共鸣。作斋记而论天道,据天道而明志向,却并不使人隔膜,靠的就是古文家的谋篇布局与措辞行文。

(王澧华)

湘乡县宾兴堂记

原文

自古开国之主，以武功戡定祸乱[①]，而继体蒙业之君[②]，恒以文德致太平。如汉，如魏，如宋，如陈，如拓拔魏[③]，如高齐[④]，如唐，如明，其第二世嗣为帝者，皆谥曰"文"。我朝龙兴辽沈，太祖以神武肇基，其制造国书、右文布化、郊庙斋戒诸大典[⑤]，多成于太宗文皇帝之世[⑥]。盖武以开之，文以守之；干戈方兴，未遑雅教。非其智有不逮，亦其时会有不得兼焉者也[⑦]。

咸丰二年，粤贼洪、杨之徒既已逾岭而北，由湖湘而犯江汉，长驱东下，入金陵而据之。遂北寇河朔[⑧]，东躏瀛碣[⑨]，西扰汾晋，中原糜沸[⑩]。我湘乡实始兴义旅，转战于两湖、江西、广西、广东、河南、安徽诸行省，所在破敌克城，声威烜然[⑪]，号曰"湘勇"，"湘勇"之名闻天下。一时宿将，如罗忠节公、王壮武公、李君续宾兄弟、萧君启江、赵君焕联、刘君腾鸿、蒋君益澧，及余弟国荃辈，皆以仁勇为士卒所亲附，历久而不渝。盖武功之懋，非他州县所可望而及。秦汉称山西出将，考之安定、天水、陇西诸郡，曾不能敌今日之一县，可谓盛矣。其官斯土者，则有朱侯孙诒、唐侯逢辰、黄侯醇熙、赖侯史直[⑫]，又皆一方贤俊，有循良之绩。与邦人士讲求吏治将略，互相称美，䜣合无间[⑬]。同明相照[⑭]，同气相求[⑮]，何其翕应者与[16]！

咸丰癸丑，唐侯临莅兹邑，倡捐助饷，练勇防堵。越二年，申详大宪[17]，奏请增广文武学额[18]，圣恩加增[19]，永为定额。人争颂唐侯之功不衰。是年天下士会试于礼部，湘乡独无人赴部应试。唐侯喟然曰："湘乡之武，非无文也。今或无一士与于春官之试[20]，岂余之不德，不足以兴文教欤？抑军兴久而生事绌[21]，公车之欲北者[22]，不足于资欤？"于是捐金若干，买七都田六十三亩[23]，为宾兴公费[24]。又劝谕士民，捐买田宅若干，以子午卯酉年租入为会试旅费[25]，寅申巳亥年租入为乡试途费，辰戌丑未年租入为岁科试卷费。置宾兴堂，择廉正者经纪之。立条明约，既简既坚，以期久远。

自唐世长吏设宾主，陈俎豆[26]，备管弦，行乡饮酒礼[27]，歌《鹿鸣》之诗以饯士[28]，差具前古兴贤之义[29]，今犹略存其法，独不得与计吏偕[30]。士或起白屋[31]，无所资藉，则刓廉捐义[32]，偷为一切[33]，苟以集事，无匮乏。枉吾尺以求一日之直[34]，彼有所迫而然也。湘乡山邑，多狷介自守之士。唐侯礼贤惠众，所以爱士者甚重，则士之所以自待者，愈不得轻。入无仰事俯蓄之累[35]，出无金尽裘敝可怜之色，抟心壹志[36]，以道于君子之道，而委蛇以隐射乎有司者之程度[37]，境裕而神暇，事半而功倍。然犹有失焉者，盖什而不能以一二耳。

方今大难削平，弓矢载櫜[38]，湘中子弟忠义之气，雄毅不可遏抑之风，郁而发之于文，道德之宏，文章之富，将必有震耀寰区[39]，称乎今日之武功[40]，而又将倍焉蓰焉者[41]。余虽衰钝，尚庶几操左券于此，请以右券责之。

注

① 戡(kān)定：平定，战胜。“戡”通“戡”。

② 继体：嫡生之子继承帝位，也泛指继位。蒙业：继承先人基业。

③ 拓拔魏：即南北朝时期的北魏，鲜卑族拓跋氏所建，后世称“拓跋魏”以区别于三国时期的曹魏。

④ 高齐：南北朝时期的北齐，高洋所建，后世称“高齐”以区别于此前的南齐（萧道成所建）。

⑤ 右文：治国者崇尚文化教育。布化：施行教化。郊庙：皇帝举行祭天地的典礼为“郊”，在宗庙祭祀历代君王为“庙”。斋戒：祭祀之前沐浴更衣等诚心正意的行为。

⑥ 太宗文皇帝：即清太祖努尔哈赤之子皇太极（1592—1643），后金第二位大汗，崇德元年（1636）称帝，改国号“大清”。太宗是其庙号，文皇帝是其谥号。

⑦ 时会：时机，机会。

⑧ 寇：侵犯。河朔：黄河以北地区。

⑨ 躏(lìn)：蹂躏，伤害。瀛碣：河北省东北部滨海一带。

⑩ 糜沸：糜烂，鼎沸，形容战乱造成的社会灾难。

⑪ 烜(xuǎn)然：显赫的样子。

⑫ 侯：即邑侯，对县令的尊称。

⑬ 䜣(xī)合：和合融洽。

⑭ 同明相照：相同的光芒相互映照，比喻杰出人才的互相影响。

⑮ 同气相求：语出《周易·乾卦》：“同声相应，同气相求。”后世用以比喻志趣相同的人团结合作。

⑯ 翕(xī)应：鸟的两翼叫作“翕”，鸟飞则两个翅膀互相配合照应，故以“翕应”比喻人的互相响应。

⑰ 申详：上呈公文请示汇报。下属向上级领导请示汇报的公文，叫作“详”或“详文”。大宪：清代地方官员对总督或巡抚的称谓。

⑱ 学额：明清时代，朝廷依据各府县的人口与赋税，核定给予文武科举录取的定额。

⑲ 圣恩：皇恩。古代称皇帝为圣人。

⑳ 春官：古代官名，据《周礼》，春官的管理职责为祭祀、历法等事务，后世作为礼部的代称。宋明以后，科举归于礼部掌管，“春官之试(礼部试)”即科举考试的最高一级，会试。

㉑ 生事：生计，生活保障。

㉒ 公车：汉代曾用官家车马接送应举的人才以示尊敬，后世泛指进京应试的举人。

㉓ 都：旧时在一县之下的行政区划单位。

㉔ 宾兴：周朝的一种举贤之法，即乡大夫从本地学校向国家学校选拔推荐贤能之士，行前设宴而以宾客之礼待之。

㉕ 子午卯酉年：中国古代以干支纪年，即十天干与十二地支按顺序交叉相配，每六十年循环一轮。“子午卯酉年”即每一次轮回中带有“子”“午”“卯”“酉”的年份。下文“寅申巳亥年”“辰戌丑未年”以此类推。

㉖ 俎(zǔ)豆：俎和豆是古代祭祀时盛放食物的两种礼器。后泛指各种礼器。

㉗ 乡饮酒礼：周朝的乡学，三年学满大考，向诸侯推荐德行道艺优异者。行前由乡大夫设宴宾礼，称为“乡饮酒礼”。后世沿用，并特指地方官按时在儒学举行的一种敬老仪式。

㉘ “歌《鹿鸣》”句：《诗・小雅・鹿鸣》有“呦呦鹿鸣，食野之苹。我有嘉宾，鼓瑟吹笙。吹笙鼓簧，承筐是将。人之好我，示我周行”等三章，主人宴客，称颂嘉宾美德。唐朝以后历代沿用，设宴招待科举及第者。

㉙ 差具：大体具备。

㉚ 计吏：古代州县掌管财政会计账本并负责上报统计的官吏。

㉛ 白屋：平民的住房，因不能饰有彩色装潢，故称。

㉜ 刓(wán)廉捐义：舍弃廉耻与仁义。刓，用刀刻削。

㉝ 偷：此处是“苟且地不管不顾去做”的意思。

㉞ “枉吾尺”句：《孟子・滕文公下》：“枉尺而直寻，宜若可为也。”弯曲起来只有一尺，伸展开来却有一寻(八尺)，比喻舍小得大。此处指贫苦读书人限于财力，为获取眼前利益而不得不有所苟且。

㉟ 仰事俯蓄：维持一家老少的生活保障。《孟子·梁惠王上》："是故明君制民之产，必使仰足以事父母，俯足以畜妻子。"

㊱ 抟(tuán)心壹志：专心致志。抟，捏聚成团之义。

㊲ "委蛇(yí)"句：指科举应试者遵照考官录取标准写出婉转曲折的考卷。

㊳ 弓矢载櫜(gāo)：收起武器，偃武修文。语出《诗·周颂·时迈》："明昭有周，式序在位。载戢干戈，载櫜弓矢。"櫜是古代盛铠甲或弓箭的皮囊，此处用作动词，即装进袋子。载，语气助词。

㊴ 寰(huán)区：天下，人间。

㊵ 称：此处是对比的意思。

㊶ 倍焉蓰(xǐ)焉：即倍蓰，多几倍。"蓰"同"蓰"，五倍。

鉴赏

明清时代，一些重视文教事业的州县长官及地方绅士，往往集资修建接待本地科举人员的楼堂馆所，借用周朝"宾兴"之义，号称"宾兴堂"或"宾兴馆"。除此之外，一般还买田置业，以其收入来补助应试的贫困童生、秀才与举人。现存曾国藩手稿，本篇之末，有"咸丰八年五月曾国藩记"的落款，由此可知，这篇文章，是曾国藩在湖南家乡所作，当时还是在他为父亲守丧期间。不久，因为前线军情紧急，清廷下诏，曾国藩不待守孝期满，就再次统帅湘军追击太平军去了。因此，这篇《湘乡县宾兴堂记》，就成为他少有的平和家居期间的静心创作。

三年前的国家会试大典，湘乡县竟然无一人赴京应试，为此，时任知县有感于"今或无一士与于春官之试，岂余之不德，不足以兴文教欤？抑军兴久而生事绌，公车之欲北者,不足于资欤”,因此慨然捐献官俸,号召绅民,集资兴建宾兴堂。身为本县的第一个当朝礼部侍郎,为自己的家乡新近落成的宾兴堂作记赞颂,离职居家的曾国藩当然是不二人选,更何况,他还是当今劲旅湖南湘军的创建者与统帅。面对这样一个万众瞩目的文教盛典,这篇文章,又是如何立意、如何谋篇布局的呢?

全文五段,初看之下,占全篇之半的前两段,似乎与题目毫不相干,第一段,叙述历朝开国之君与继位之君的文治武功,与“湘乡县”相去千里万里;第二段,历数湘勇之起、湘军之盛与“一时宿将”之数不胜数,又与“宾兴堂”显然背道而驰。但作者的用心正在于此,看似南辕北辙,实则相辅相成:第一段,“武功戡定祸乱”,“文德致太平”,其实是为文章的后半打下伏笔,为宾兴堂“偃武修文”而张目;第二段,湘乡“武功之懋,非他州县所可望而及”,则借第三段知县之口,声称“湘乡之武,非无文也”,关键在于当政者的谋划、指引与支持,为当地文教事业提供良好的社会环境,不仅以发奋读书、积极应试为荣,而且通过宾兴堂的田租收入,接待士子往来就读,资助公车外出应试;然后,第三段的“置宾兴堂,择廉正者经纪之”,第四段的“入无仰事俯蓄之累,出无金尽裘敝可怜之色”,如此则前后呼应,一脉相承。看似闲笔,实则舒缓有致,起承转合,一气呵成,契合无垠。

文章的后半,当然转入正题。第三段,叙述湘乡县宾兴堂的兴建缘由及其过程,这当然是为“堂”作“记”的题中应有之义,否则,“堂记”便无所归依,那将于义不全,于理不合。文中知县唐侯“捐金若干”,士民“捐买田宅若干”,尽管是一语带过,但文贵精练,于义已足,文理清晰。但“以子午卯酉年租入为会试旅费,寅申巳亥年租入为乡试途费,辰戌丑未年租入为岁科试卷费”,包括后面的几句,却又不惜笔墨,大有郑重其事之意。而这正是作者文笔老到之处,当简则简,而关乎文脉紧要节点,则马上浓墨重彩,不如此则宾兴堂的管理条约,哪里称得上“既简既坚,以期久远”?如此逐条写明,既见得宾兴堂的职责严明,管理有序,更显示作记之人的切实督责,殷切期待。

作者在最后两段,将文章的立意再加升华。作为本地人,从家乡山村走出的秀才、举人与进士,作为翰林编修、侍讲学士、礼部侍郎,曾国藩正色立言,昂然宣称:我“湘乡山邑,多狷介自守之士”,现在,既然“唐侯礼贤惠众,所以爱士者甚重,则士之所以自待者,愈不得轻”,以此期待读书士子,不负众望,发愤图强,将“忠义之气”“发之于文”。宾兴堂既然是为科举应考而建,作者当然要落笔到对科举功名的热情祝愿,如此则“文章之富”“震耀寰区”,如此则“称乎今日之武功”“倍焉簁焉”,颂赞之句,络绎奔会,更有“操左券于此,请以右券责之”,信誓旦旦,祝愿之忱,不能不令人为之感奋。

礼部侍郎,回乡作文,而且是对应宾兴堂这样的文教典礼,除了上述谋篇布局、精心立意,作者还在文句修辞、提炼打磨上，留下许多可圈可点之笔。查对曾国藩亲笔手稿，留有多处修改，体现出他作为桐城派古文名家在“义理”“考据”与“词章”上的着意用心。

例如，在第一段之末，“非其智有不逮，亦其时会有不得兼焉者也”之前，增添“盖武以开之，文以守之；干戈方兴，未遑雅教”一笔，则句式更加整饬，文气更加充沛。第二段之首，初稿为“北寇河朔、太行左右”，为了对应“北寇河朔”的句式，作者将略显冗散的“河朔、太行左右”的单行散句，改为“北寇河朔，东躏瀛碣，西扰汾晋，中原糜沸”的整齐对称，将“树立功绩”，改为“破敌克城，声威烜然”，两相对比，后者明显增添了雄厚的气力。而在第五段之首，作者则又反其道行之，原本整齐对偶的“忠义之气，雄毅之风”，特地将其后句破开，改为“雄毅不可遏抑之风”，紧接前句，则顿见错落有致、卓荦不凡之声腔。篇末最后一句，初稿作“余虽衰老，尚庶几躬及其盛”，定稿则是“余虽衰钝，尚庶几操左券于此，请以右券责之”。前后相比，“衰老”与“衰钝”，一字之别，词义大异，“衰老”一词用于篇末，不免影响整篇气势，改为“衰钝”，既有自谦，又有激励来者的寓意；初稿以“躬及其盛”四字结尾，词气略显仓促，改为“操左券于此，请以右券责之”后，则文气既舒展而又有波折，尤其是心态上的满怀信心，热切期望，由此鼓荡之笔，在内容与形式上，将文章的气度与气象，同时推向高潮。

（王澧华）

湖口县楚军水师昭忠祠记

原文

咸丰八年七月，国藩将有事于浙江[①]。道出湖口，广东惠潮嘉道彭君雪琴[②]，方庀局鸠工[③]，建昭忠祠于石钟山，祀楚军水师之死事者，告余具疏上闻[④]。八月疏入，报可。

明年七月，国藩将有事于四川，再过湖口，则祠工已毕。祀营官萧节愍公捷三以下若干人，后楹祀勇丁若干人。其东为浣香别墅，前曰听涛眺雨之轩，后曰芸芍斋。斋后傅以小亭[⑤]，曰且闲亭，亭下有小池。度梁而南，穿石洞东出，曰梅坞。迤西少陟山[⑥]，曰锁江亭。其西绝高，曰观音阁。阁外曰魁星楼，僧徒居之。又西曰坡仙楼[⑦]，刻苏氏《石钟山记》其上。凭高望远，吐纳万景，一草一石，焕然增新矣。

当楚军水师之初立也，造舟始于衡阳，大战始于湘潭。其后克岳州，下武昌，大破田家镇。今福建提督杨君厚庵与雪琴暨诸君子，喋血于狂风巨浪之中，燔逆舟以万计[⑧]，转战无前，可谓至顺。其后官军深入彭蠡之内[⑨]，贼乘水涸[⑩]，大塞湖口，遏我舟使不得出。于是水师有外江内湖之分，内者守江西，外者援湖北，辖然若割肝胆而判为楚越[⑪]，终古不得合并。至咸丰七年九月，攻克湖口，两军复合。盖相持三年之久，死伤数千人之多，仅乃举之。

方其战争之际，炮震肉飞，血瀑石壁。士饥将困，窘若拘囚；群疑众侮，积泪涨江，以求夺此一关而不可得，何其苦也！及夫祠成之后，祼荐鼓钟[12]，士女瞻拜；名花异卉，旖旎啾玱[13]；江色湖光，呼吸万里，旷然若不复知兵革之未息者[14]，又何乐也！时乎安乐，虽贤者不能作无事之颦蹙[15]；时乎困苦，虽达者不能作违众之欢欣。人心之喜戚，夫岂不以境哉！

吾因是而思，夫豪杰用兵，或敝一生之力[16]，掷千万人之性命，以争尺寸之土，不得则郁郁以死者，宁皆忧斯民哉！亦将以境有所迫，而势有所劫者然也。若夫喜戚一主于己[17]，不迁于境，虽处富贵贱贫，死生成败而不少移易[18]，非君子人者，而能庶几乎[19]？余昔久困彭蠡之内，盖几几不能自克[20]。感彭君新构此祠，有登临览观之美，粗为发其凡焉[21]。

注

① 有事于浙江：受命征讨浙江叛逆。此处似化用《宋人轶事汇编》所载曹彬征服南唐，得胜回朝，回奏仅称“奉敕江南勾当公事回”以见持重谦谨。

② 惠潮嘉道彭君雪琴：指当时担任惠潮嘉道道员职务的彭玉麟（1816—1890），字雪琴，湘军水师将领，后官至兵部尚书。惠潮嘉道下辖惠州府、潮州府与嘉应直隶州。

③ 庀（pǐ）局：设局开建工程。庀，备具，治理。鸠（jiū）工：聚集工匠。

④ 具疏：高级官员向朝廷奏报军政公文。上闻：上报，使皇上得知。

⑤ 傅：通“附”，即附着。

⑥ 迤(yǐ)西：向西曲折而去。少：稍稍，稍微。陟(zhì)山：登山。
⑦ 坡仙：宋代文学家苏轼，自号东坡居士、玉堂仙，后世以“坡仙”称之。
⑧ 燔(fán)：焚烧，烧烤。逆舟：敌船。逆，即叛逆者。
⑨ 彭蠡(lǐ)：即江西彭蠡湖，鄱阳湖的别称。
⑩ 贼：叛敌，这里指太平军。封建时代称反叛朝廷者为“乱臣贼子”。
⑪ 騞(huō)然：形容物体破裂的声音。楚越：楚国与越国，比喻相距遥远。
⑫ 祼(guàn)荐：以酒浇地，以熟食献祭的礼仪。祼指灌祭。鼓钟：奏乐。
⑬ 旖(yǐ)旎(nǐ)：柔和美好的样子。啾(jiū)玱(qiāng)：“啾”是鸟叫声，“玱”是敲击玉块的声音，此处形容山石花卉间的鸟鸣声。
⑭ 兵革：兵器与盔甲，后泛指武器装备与战争。
⑮ 颦(pín)蹙(cù)：皱着眉头，形容忧愁苦闷。
⑯ 敝：疲惫，衰败。
⑰ 喜戚：欢喜与忧愁。
⑱ 不少：即不稍，一点都不。
⑲ 庶几：接近，差不多。
⑳ 几几：即几乎。
㉑ 凡：概要，主旨。

鉴赏

查读曾国藩日记，知本文作于清咸丰九年(1859)八月初八、初九两天。而初九日记，曾国藩有一段论述作文之道的心得体会，对我们领会他的作文用心，尤其是欣赏他这两天创作的这篇《湖口县楚军水师昭忠祠记》，将会大有帮助：“是日，思古文之道，谋篇布势是一段最大工夫。《书经》《左传》，每一篇空处较多，实处较少；旁面较多，正面较少。精神注于眉宇目光，不可周身皆眉、到处皆目也。线索要如蛛丝马迹，丝不可过粗，迹不可太密也。”初看之下，意思似乎有些笼统，不过，一旦对照这篇《湖口县楚军水师昭忠祠记》，曾国藩的“古文之道”也就一目了然了。

在欣赏本文之前，我们先了解一下这个“楚军水师”及其“湖口昭忠祠”。这个“楚军”，就是通常所说的由曾国藩统领的湘军。因为洪秀全领导的太平军占领清朝半壁江山，清廷诏令各地兴办地方民兵，即所谓“团练”，礼部侍郎曾国藩因为母亲去世，离职回籍守孝，由此成为帮办湖南团练大臣。而太平天国占据南京，号称“天京”，长江天堑，清廷绿营的骑兵与步兵，不能施展其长处，曾国藩便在出征之前，在湖南创建水师，出洞庭，下长江，挺进湖北与江西。为了区别由湘乡县籍的将领们招募的步兵队伍即“湘勇”“湘军”，曾国藩等便把这支水师称为“楚军”。而江西湖口，则是这支水师的生死鏖战之地，危急时刻，曾国藩的大帅座船都被太平军攻破，曾国藩愤急投水，被水师将士驾小船拼死救出，而水师将领萧捷三等千百名官兵则先后战死于此。三年之后，水师重新收复湖口，曾国藩、彭玉麟为此上奏清廷，在湖口石钟山兴建水师昭忠祠。曾国藩的幕友李元度，还受彭玉麟之托，代笔作有《敕建湖口石钟山楚军水师昭忠祠记》。李元度之记，收入其《天岳山馆文钞》，借彭玉麟之口，对水师的初建出征、转战湖北，到激战江西、争夺湖口，铺叙刻画，历历如绘。曾国藩本篇后出，而篇幅不及其一半。

第一段，简述昭忠祠“敕建”之由来；第二段，介绍昭忠祠内外所见，重在描绘山川风光；第三段勾勒水师历年战事与湖口争夺；第四、五段，感叹生死成败的喜乐哀愁，以及由此生发的人生感悟。回到曾国藩作文当天的那段“古文之道”，其“空处较多，实处较少”“旁面较多，正面较少”之说，应该就体现在这篇文章的“战事少说”与“战功少说”，“风景较多”与“感发较多”。

让我们先来对比文章的前两段，“敕建”湖口水师昭忠祠，如此重大而隆重的一项工程，曾国藩仅用三五句话六十余字一笔带过。对于昭忠祠这一工程本身，第二段仍只用到了两行字，即“祠工已毕”，祭祀营官“若干人”“勇丁若干人”；相反，却把祠堂内外的东西南北、上下左右逐一写到，令人浑然忘其为昭忠祠记，恍然置身柳宗元山水之游的“永州八记”之中。而作者兴高采烈之余，还不忘加上一句“凭高望远，吐纳万景，一草一石，焕然增新矣”。显而易见，这应该就是曾国藩由经史百家古文感悟而出的“空处”当多写，“实处”当少写。在一般人看来，昭忠祠记，“实处”显然应该是对战死忠魂的哀祭与赞颂，如李元度之记，即用两千数百字铺叙水师百战艰难及其出色战绩，仅在篇末缀上一句“祠在山之椒，凡数十盈，别置田产，岁取所入，供香火修葺资”。至于祠堂所在的山水风景、花鸟虫鱼，无疑属于“空处”。完全不同于李文的所详所略，本篇的笔墨不落在“实处”，反而花在“空处”，非别出心裁者，不会行此

“出格”之事。

接着，我们比较文章的三、四两段。第三段，叙说水师战事，历数将士战功，按理当属于文章主体，应该重点展开，但现在我们看到的，却是高度凝练，高度概括：初立，“造舟始于衡阳，大战始于湘潭”，草创、大战之经过，一概不提；其后，“克岳州，下武昌，大破田家镇”，水师最为辉煌的战绩，仅用“喋血于狂风巨浪之中，燔逆舟以万计，转战无前”一语概括；又其后，彭蠡挫败，水师一分为二，一则悬隔外江，一则困守内湖，文章还是只用“相持三年之久，死伤数千人之多”点到为止。而接下去的第四段，作者却用“方其战争之际”，与“及夫祠成之后”，一前一后，分开铺写，前此如何“炮震肉飞，血瀑石壁”，如何“士饥将困”“群疑众侮”，总之，“何其苦也”；及今如何“裸荐鼓钟，士女瞻拜”，如何“名花异卉”“江色湖光”，总之，“又何乐也”。两段文字，两种写法，一简一繁，不言而喻，这就是作者别有会心、有意为之的“正面”不妨少写，“旁面”尽可多写。

除了一、二段的对比，三、四段的对比，更有揭示全篇主旨之第五段的感发议论。本段先是承接上段之末“时乎安乐”“时乎困苦”，故“人心之喜戚，夫岂不以境”而来，然后用“吾因是而思”，笔端一扬，纵论“豪杰用兵”，“掷千万人之性命，以争尺寸之土”，倘若不得则“郁郁以死”，如此之辈，并非全都是忧国忧民，也实在是为势所迫，不能自主。相反，倘若“喜戚一主于己，不迁于境”，反不失为坦荡君子。对照自身,“余昔久困彭蠡之内,盖几几不能自克”,现在登临观览,豁然开朗,达到虽“死生成败而不少移易”的境界,这才是本次作文的人生启示。至此,一篇昭忠祠记,重点不在讴歌战功、缅怀烈士,而在“登临观览”之美,“因是而思”之论。联系到作者当天日记所说的“精神注于眉宇目光”,那么,篇末这句“感彭君新构此祠,有登临览观之美,粗为发其凡焉”,正是作者“精神注于眉宇目光”的切近事例。

由此可知,在曾国藩看来,古文之道,何者为“空处”,何者为“实处”,何者为“旁面”,何者为“正面”,如何才是“精神注于眉宇目光”,而非“周身皆眉、到处皆目”,这才是古文家“谋篇布势”的“一段最大工夫”。

欣赏这篇《湖口县楚军水师昭忠祠记》,除了文章结构上的谋篇布局,我们还可以体会作者在措辞造句方面的精彩之笔。如第二段,语气从容舒缓,句式错落有致,“其东为浣香别墅,前曰听涛眺雨之轩,后曰芸芍斋。斋后傅以小亭,曰且闲亭,亭下有小池。度梁而南,穿石洞东出,曰梅坞。迤西少陟山,曰锁江亭。其西绝高,曰观音阁。阁外曰魁星楼,僧徒居之。又西曰坡仙楼,刻苏氏《石钟山记》其上”,如同山水长卷,次第展开,又如影视长镜头,一摇到底,读者如同身临其境,移步换景,美不胜收。而前举“方其战争之际”与“及夫祠成之后”,一则金戈铁马,一则湖光山色;写战况,风云惨淡,有“炮震肉飞,血瀑石壁”的怵目惊心，有“窘若拘囚”“积泪涨江”的不忍卒读，更有密集的比喻与夸张，令人为之动容，感激而悲；写登临，则是云开日出，“名花异卉，旖旎啾玱；江色湖光，呼吸万里”，其喜洋洋，何其乐也。而这两段对比，更令人联想到范仲淹《岳阳楼记》的“若夫淫雨霏霏”与“至若春和景明”的悲喜对比。紧随其后的“时乎安乐，虽贤者不能作无事之颦蹙”一大段，则句式卓荦倔强，声调铿锵有力，一气读来，字字作金石之响，句句皆掷地有声。曾国藩曾经给彭玉麟写信指导，称“仆观作古文者，例有傲骨”，“皆刚介倔强”，“以写胸中磊块不平之气”。《湖口县楚军水师昭忠祠记》篇末这一段慷慨激昂的议论，应该就是“傲骨”与“磊块不平之气”在措辞行文上的切实体现吧。

（王澧华）

箴言书院记

原文

国藩以道光戊戌通籍于朝[①]，湘人官京师者，多同时辈流。其射策先朝[②]，耆年宿望，凋散略尽，而少詹事益阳胡云阁先生[③]，独为老师祭酒[④]。乡之人，就而考德稽疑，如幽得烛，众以无陨，而哲嗣润之[⑤]，亦以编修趾美名父[⑥]，回翔馆阁[⑦]。今兵部侍郎、湖北巡抚，海内称为宫保胡公者是也[⑧]。少詹君晚而纂《弟子箴言》十四卷，国藩实尝受而读之。自洒扫应对以暨天地经纶，百家学术，靡不毕具。甄录古人嘉言，衷以己意[⑨]，辞浅而指深[⑩]，要使学者自幼而端所习，随其材之小大，董劝渐摩[⑪]，徐底于成而已[⑫]。

窃尝究观夫天之生斯人也，上智者不常，下愚者亦不常，扰扰万众[⑬]，大率皆中材耳。中材者，导之东而东，导之西而西；习于善而善，习于恶而恶。其始瞳焉无所知识[⑭]，未几而骋耆欲[⑮]，逐众好，渐长渐贯而成自然[⑯]。由一二人以达于通都[⑰]，渐流渐广而成风俗。风之为物，控之若无有，鳍之若易靡[⑱]；及其既成，发大木[⑲]，拔大屋，一动而万里应，穷天人之力，而莫之能御。先王鉴于此，欲民生蚤慎所习[⑳]，于是设为学校以教之：琴瑟鼓钟以习其耳，俎豆登降以习其目[㉑]，诗书讽诵以习其口，射御投壶以习其筋力[㉒]，书升以作其能而郊遂以作其耻[23]。故其高材则道足济天下而智周万汇，其次亦不失为圭璧自饬之士[24]。贾生有言[25]：“习与正人居之，不能毋正。犹生长于齐，不能不齐言也。”其不然欤？

侍郎自开府湖北以来[26]，即以移风易俗为己任。自部曲之长、郡县之吏暨百执事[27]，片善微长，不敢自褋而褒许随之，曰：“尔之发见者微[28]，而善端宏大，不可量也。”或有过差，方图盖覆，谴亦及之，曰：“此犹小眚[29]，过是，诛罚重矣。”与其新[30]，不苛其旧；表其独，不遗其同。上下兢兢，日有课，月有举。当世推湖北人才极盛，侍郎则曰：“吾先人箴言中，育才之法如此。吾讵能继述，直什一耳[31]。”

咸丰十年，侍郎治鄂六载矣，功成而化洽[32]。又以一湖之隔，吾教成于北，而反遗吾父母之邦，其谓我何？于是建箴言书院，将萃益阳之士而大淑之。置良田以廪生徒[33]，储典籍以馈孤陋。宽其涂辙[34]，而严其教条[35]。崇实而黜华，贱通而尚介[36]。循是不废，岂惟一邑之幸，即汉之十三家法[37]，宋之洛闽渊源[38]，于是乎在。后有名世者出[39]，观于胡氏父子仍世育才[40]，肫肫之意[41]，与余小子慎其所习之说，可以兴矣。

注

① 通籍：本指姓名、身份记录于官府与朝廷，后来泛指入职为官。

② 射策：原为汉代的选官考试方式，将试题书写在简策上，按难易分科，应试者取策作答，主考者依其优劣授与相应官职。后世泛指科

举考试。

③ 少詹事：詹事府的次官，明朝设詹事府，辅导东宫太子，清朝因不设太子，詹事与少詹事皆为文学侍从之官。

④ 老师：学问上的师长、前辈。祭酒：古代官名，汉代有博士祭酒，西晋改设国子祭酒，隋唐以后称国子监祭酒，掌管文化教育。后泛指有较高文化修养与声望的学者。

⑤ 哲嗣：敬称他人之子。润之：胡林翼(1812—1861)，字贶生，号润之，时任湖北巡抚。

⑥ 编修：此处指翰林院编修。趾美：踵美的意思，追随并发扬光大。

⑦ 回翔馆阁：回翔在馆阁之间，意思是在朝廷辗转任职。

⑧ 宫保：太子太保、太子少保的统称。胡林翼以湖北巡抚加太子少保衔，故称宫保。

⑨ 衷以己意：以自己内心体会来判断选取。

⑩ 指：即旨，要旨。

⑪ 董劝渐摩：督导劝说，逐渐感化。

⑫ 底于：至于，达到。

⑬ 扰扰万众：芸芸众生。

⑭ 瞳焉：瞪着眼睛直视而无所知的样子。

⑮ 耆欲：即嗜欲，“耆”通“嗜”。

⑯ 贯：积累。

⑰ 通都：交通便利的都会城市。

⑱ 鰌(qiū)：蹴踏、逼迫，这里有跟从的意思。靡：风靡。

⑲ 大木：大树。

⑳ 蚤：通“早”，幼年。

㉑ 俎(zǔ)豆：古代祭祀、宴飨时盛食物的礼器，后引申为祭祀崇拜之意。

㉒ 投壶：古代一种以矢代箭、以壶代靶的具有射礼色彩的体育游戏。

㉓ 郊遂：郊野。《三国志·魏志·李典传》：“征戍未息，宜实郊遂之内，以制四方。”

㉔ 圭璧：名贵的玉器，后指古代帝王、诸侯祭祀或朝聘时所用的一种玉器。

㉕ 贾生：指贾谊，西汉著名学者，世称“贾生”。古人称某人为“生”即“先生”，以表敬意。

㉖ 开府：原指高级官员（如三公、大将军、将军等）成立府署并自行选任僚属，明清以后多指省级以上封疆大臣到任官职。
㉗ 部曲：部属、部下。百执事：大小众多官员。
㉘ 发见：即出现、表现。
㉙ 眚（shěng）：本义是眼睛有病，引申为些小的过错。
㉚ 与：此处是奖励、激励的意思。
㉛ 什一：十分之一。
㉜ 化：教化。
㉝ 廪（lǐn）：通"稟"，由官府供给粮食。
㉞ 涂辙："涂"通"途"，宽其途辙，即给予较好的生活保障之意。
㉟ 教条：纪律与规章。
㊱ 通：通脱，随便，不拘小节。介：言行严整有规范。
㊲ 汉之十三家法：汉朝儒生研习先秦经典，对于字词解释与学术思想，师徒传授，谨守不变，各有家法，其中影响较大者，大约十三四家。
㊳ 宋之洛闽渊源：宋代理学的学术源流，洛阳程颢、程颐兄弟所传为"洛学"，朱熹在福建讲学传道，人称"闽学"。
㊴ 名世：有赫赫大名传颂于世。
㊵ 仍世：历代，一代又一代。
㊶ 肫（zhūn）肫：诚恳，认真。

鉴赏

本文是曾国藩为胡林翼兴建的箴言书院所作序言。箴言书院坐落于湖南省益阳市志溪河畔的瑶华山。

胡林翼（1812—1861），字贶生，号润之，湖南益阳人。其父胡达源，字清甫，号云阁，嘉庆二十四年（1819）殿试一甲第三名进士，授翰林院编修，历任詹事府少詹事、贵州学政。胡林翼继起，于道光十六年（1836）中进士，授编修，因其父去世而离职。太平军兴，胡林翼由贵州知府率部救援湖北，积功升至湖北巡抚。在此期间，胡林翼举全省之力，切实支持曾国藩统帅的湘军各部。稍后胡林翼回乡葬母，同时为其父修建祠堂，并在祠堂旁修建书院，以其父《弟子箴言》而命名为箴言书院，为此托请曾国藩作文，为书院生色。此时胡林翼已经病势沉重，为了不辜负胡林翼的深情厚谊，曾国藩冒着酷暑与自身患病，挥笔作文，数易其稿。此文写好一个多月，1861 年 9 月，胡林翼因病呕血死于军中，该序也成为曾国藩与胡林翼深厚友情的见证。此后曾国藩又亲自为箴言书院筹资，在书院修造资金的最后缺口，他承担了近三分之一的费用。1864 年书院落成，次年开始招生。

现在，让我们回到这篇文章本身。从艺术欣赏的角度而言，该文立意高远而又文情并茂，层次清晰而又波折婉转，确实是一篇纪念老辈、慰藉好友的用心之作。

文章第一段，围绕书院的创建、命名与意义来写作，但读者读来，却并没有一点枯燥的感觉。这是因为，作者起笔先从自己亲身见闻写起，进京之初，“湘人官京师者，多同时辈流”，而“射策先朝，耆年宿望”，只有“益阳胡云阁先生”，鲁殿灵光，巍然独存。于是，同乡晚辈，当然包括作者本人，也就经常拜谒请教，往往都能“如幽得烛”，茅塞顿开。如此善于启发诱导，这就已经为下文的“培育人才”打下了基础，而且以胡氏父子先后进入翰林院任职，作为相应的陪衬，同时也为胡林翼修建书院埋下了伏笔。接着，作者又把笔端非常灵巧地引入到书院的命名，即胡父作有《弟子箴言》十四卷，都是启迪后辈的阅历之见，警示良言，与后文所引胡林翼“吾先人箴言中，育才之法如此”，前后呼应之笔，就来自这里。此外作者特别写明，“国藩实尝受而读之”，并且简要概括该书的内容、特点与价值，归于“辞浅而指深”，“使学者自幼而端所习，随其材之小大，董劝渐摩，徐底于成”，而正是这几笔“端所习”“劝渐摩”与“底于成”，成为下文作者的主旨立论、胡林翼的治省才略的直接依据。短短一段文字，处处显示作者运笔的简洁、精致与灵动。

第二段文章，显然是作者的重点所在，即从上段“随其材之小大”等句，先是阐论“中材者，导之东而东，导之西而西；习于善而善，习于恶而恶”，进而推衍出“由一二人以达于通都，渐流渐广而成风俗”，并直接抓住“风俗”的“风”字大做文章：“风之为物，控之若无有，鰌之若易靡；及其既成，发大木，拔大屋，一动而万里应，穷天人之力，而莫之能御”，句式变化多端，文理一气贯注，笔力非常遒劲。紧随其后的那几句，“琴瑟鼓钟以习其耳，俎豆登降以习其目，诗书讽诵以习其口，射御投壶以习其筋力，书升以作其能而郊遂以作其耻”，一气五句，对比、递进与排比，多种修辞手法，叠加呈现，令人目不暇接，美不胜收。然后，借助于一句先王“设为学校以教之”，暗暗切合题目的“书院”，更是紧扣为书院作记的写作目的。

第三段，文章再次生出一段波澜，主角换成胡林翼治鄂，“以移风易俗为己任”，一再举例，一再引用胡氏原话，来充实胡林翼在培养人才上的功绩，以致“当世推湖北人才极盛”。至于措辞造句之“与其新，不苛其旧；表其独，不遗其同。上下兢兢，日有课，月有举”，更是朗朗上口，铿锵有力。

文章最后一段，从湖北“功成而化洽”，转入“一湖之隔”的湖南家乡，“于是建箴言书院”，作者顺势将书院的规制等方面也略加介绍，并且将它上推到“汉之十三家法，宋之洛闽渊源”的高度，进而预设出“后有名世者出”，来盛赞“胡氏父子仍世育才，肫肫之意”，文章也就在这一嘹亮的赞美、衷心的祝福声中，圆满结束。

（唐朝晖）

湘乡昭忠祠记

原文

咸丰二年十月，粤贼围攻湖南省城。既解严[①]，巡抚张公亮基檄调湘乡团丁千人至长沙[②]，备防守。罗忠节公泽南、王壮武公鑫等[③]，以诸生率千人者以往[④]。维时国藩方以母忧归里[⑤]，奉命治团练于长沙[⑥]。因奏言：团练保卫乡里，法当由本团醵金养之[⑦]，不食于官，缓急终不可恃，不若募团丁为官勇，粮饷取诸公家，请就现调之千人，略仿戚元敬氏成法[⑧]，束伍练技，以备不时之卫。由是吾邑团卒，号曰"湘勇"。

三年春，平土寇于衡山，破逆党于桂东。其夏，粤贼围江西省城。国藩募湘勇二千、楚勇千人，罗忠节公辈率之东援。初战失利，营官谢邦翰、易良幹等殉难。湘勇之越境剿贼，将领之力战捐躯，实始于此。余闻而悼之，议立忠义祠于县城，祀湘人与于南昌之难者。其冬，余奉命筹备舟师，乃募湘勇水陆万人。明年，率之东讨。岳州之役，陆兵败挫，虽旋有湘潭之捷，而湘士中熸[⑨]。既而整军再出，罗公暨李忠武公续宾率湘勇以从。于是大隽于岳州[⑩]，克武汉，下蕲、黄[⑪]，破田家镇，复江西弋阳、信州、宁州[⑫]。又以其间由江还鄂，扫荡枝县，再克武昌省会。咸丰五、六年间，罗、李湘勇之名震天下，而王壮武公与刘武烈公腾鸿、萧壮果公启江暨巡抚蒋公益澧，皆提湘勇征战湖北、江西、广西、广东等省，所在有声[13]。然罗公、王公、刘公遂以六七年间先后徂谢[14]，而将士伤亡者滋益多。前所议建之忠义祠，规制隘庳[15]，不足以严典祀。咸丰八年秋，国藩乃与李公具疏会奏，请立昭忠祠于湘乡，令有司春秋致祭，天子许之。吾邑军士，没有余荣已[16]。

未几而舒城、三河之难作，李公殉节，部下死者殆六千人。国藩私忧，以谓湘中士气恐不复振。其后李公之弟勇毅公续宜重辑部曲[17]，转战皖北，张忠毅公运兰及唐总戎义训辈之师，转战皖南，而吾弟国荃遂以湘士克复安庆、金陵两省[18]，蒋公暨杨公昌濬亦用湘人平浙江，伐福建，张忠毅公亦战没于闽。东南数省，莫不有湘军之旌旗，中外皆叹异焉。

其西北诸道，则提督刘君松山追逐捻匪于河南、山东、直隶[19]，征叛回于陕西、甘肃[20]，而按察使陈君湜防守山西。其西南诸道，则萧壮果公率师入蜀，而巡抚刘公蓉屡平蜀寇，总督刘公岳昭暨诸湘军又自蜀而南入黔，西入滇。一县之人，征伐遍于十八行省[21]，近古未尝有也。

当其负羽远征[22]，乖离骨肉，或苦战而授命，或邂逅而戕生，残骸暴于荒原，凶问迟而不审[23]，老母寡妇，望祭宵哭[24]，可谓极人世之至悲。然而前者覆亡，后者继往，蹈百死而不辞，困厄无所遇而不悔者，何哉？岂皆迫于生事，逐风尘而不返与？亦由前此死义数君子者为之倡，忠诚所感，气机鼓动，而不能自已也。

君子之道，莫大乎以忠诚为天下倡。世之乱也，上下纵于亡等之欲[25]，奸伪相吞，变诈相角，自图其安而予人以至危，畏难避害，曾不肯捐丝粟之力以拯天下[26]。得忠诚者起而矫之，克己而爱人，去伪而崇拙，躬履诸艰而不责人以同患；浩然捐生[27]，如远游之还乡而无所顾悸。由是众人效其所为，亦皆以苟活为羞，以避事为耻。呜呼！吾乡数君子所以鼓舞群伦，历九州而戡大乱[28]，非拙且诚者之效与？亦岂始事时所及料哉！

今海宇粗安[29]，昭忠祠落成有年，而邑中壮士效命疆场者，尚不乏人。能常葆此拙且诚者，出而济世，入而表里[30]，群材之兴也，不可量矣！又岂仅以武节彪炳寰区也乎[31]？

注

① 解严：解除非常时期的戒严状态。

② 巡抚：明清两代官职，为省级政府长官。团丁：地方民团的士兵。

③ 罗忠节公泽南：罗泽南(1808—1856)，湖南湘乡人，参与组建湘军，征战太平军，战死于湖北，清廷予谥“忠节”。王壮武公鑫(zhēn)：王鑫(1825—1857)，湖南湘乡人，湘军将领，病卒于江西，清廷予谥“壮武”。“鑫”同“珍”。下文李忠武公续宾、刘武烈公腾鸿、萧壮果公启江等，皆以谥号与本名连称，不再逐一出注。

④ 诸生：明清两代称考取秀才入学的生员为诸生，因为生员有廪生、附生、增生等类别，统称诸生。

⑤ 维时：当时。母忧：古代礼制，子女为父母办理丧事，守孝三年，叫

作“丁忧”。此处“母忧”即“丁母忧”。里：古代五家为邻，五邻为里。此处指乡里、故乡。

⑥ 团练：明清时期的地方保安队伍，一般因战事而设，战后即解散。

⑦ 醵(jù)金：集资。醵即凑钱。

⑧ 戚元敬氏：即戚继光(1528—1588)，字元敬，明朝抗倭名将。

⑨ 中熸(jiān)：中途溃败。熸，火熄灭。

⑩ 大隽：获取大胜。隽，古时以小鸟为射箭的目标靶，射中为隽，科举时代借以表示应试被取。

⑪ 下：攻克。蕲(qí)、黄：蕲州、黄州，今为湖北黄冈。

⑫ 复：克复，收复失地。

⑬ 有声：有声望。

⑭ 徂(cú)谢：沦丧，去世。“徂”同“殂”，死亡。

⑮ 隘庳(bì)：低矮狭小。庳，低下。

⑯ 没(mò)：同“殁”，死。

⑰ 部曲：部与曲本为古代军队的编制单位，后借指军队、部下。

⑱ 安庆、金陵两省：安庆、南京两个省会。安庆在清朝曾为安徽的省会，金陵是南京的旧名，为江苏省会。

⑲ 捻匪：安徽、河南、山东一带的农民起义军。封建时代，统治者称反叛官府者为“匪”。

⑳ 叛回：西北回民起义军。

㉑ 十八行省：行省是清代的省级行政区划，清初全国有十八行省，后增至二十二行省。

㉒ 负羽：背负武器。古代兵器为刀矛弓箭，箭尾有羽毛，称为“羽箭”，故以“负羽”代指携带武器。

㉓ 凶问：噩耗，死讯。问即音讯。不审：不明，不详。审，详知，明悉。

㉔ 望祭：遥望而祭。

㉕ 亡(wú)等：无等。“亡”通“无”。

㉖ 丝粟之力：微薄之力。一丝一粟，形容微小。

㉗ 捐生：捐躯，献出生命。

㉘ 九州：《尚书·禹贡》称“禹敷土，随山刊木，奠高山大川”，将天下分为冀、兖、青、徐、扬、荆、豫、梁、雍九州。后世以“九州”指全中国。戡(kān)：用武力平定暴乱。

㉙ 海宇：海内，天下。

㉚ 表里：此处是在家乡作表率的意思。

㉛ 武节：本义是古代将帅统领军队征战的符节，后引申出武德、尚武、军功之意。寰(huán)区：寰宇，天下。

鉴赏

这篇《湘乡昭忠祠记》，作于清同治八年(1869)九月。据曾国藩日记，作文当天，他久久不能下笔。当时，曾国藩官居武英殿大学士、直隶总督。此时中国近代最大的农民运动太平天国，已经在六年前被曾国藩统帅的湘军覆灭，曾氏兄弟加官晋爵，封侯拜相，而一将功成万骨枯，家乡政府为历年战死者重新兴建的湘军昭忠祠，也已经落成经年。保定总督府内，曾国藩一连数日，公务之余，为昭忠祠之文构思沉吟，这才感到，这篇纪功招魂之作，竟是如此难于落笔。

现在我们看到的，文章前半，叙述湘勇之初设、初战之殉难、忠义祠之初建，以及四五年间，湘军出省征战，将士捐躯者逐年增多，此前所建忠义祠规模，不足容纳成批增加的亡魂灵牌，于是，不得已奏请朝廷，重建湘乡昭忠祠，“天子许之”，而“吾邑军士”从此得以死有余荣。一连几段，作者笔下都是这种“平铺直叙”的客观而简短介绍，笔调很是冷静，情绪很是克制。然而，从中幅开始，气象迥然不同：三河之战，湘军主将李续宾，曾国藩胞弟曾国华，以及部下近六千人，全部战死，但是，屡败屡战，湘军士气反而越战越勇，各部“转战皖北”，“转战皖南”，直至“克复安庆、金陵两省”,进而“平浙江,伐福建”,以至“东南数省,莫不有湘军之旌旗,中外皆叹异”。

走笔至此,作者似乎再也按捺不住心中的情感,大笔挥洒,写下如此浓墨重彩的篇章:“其西北诸道,则提督刘君松山追逐捻匪于河南、山东、直隶,征叛回于陕西、甘肃,而按察使陈君湜防守山西。其西南诸道,则萧壮果公率师入蜀,而巡抚刘公蓉屡平蜀寇,总督刘公岳昭暨诸湘军又自蜀而南入黔,西入滇。一县之人,征伐遍于十八行省,近古未尝有也。”从现存手稿来看,这一节基本没有涂改,作者几乎是一气贯注,一气呵成。昭忠祠本身就是为战场捐躯的烈士而供奉祭祀,祠记之文,当然需要颂扬将士们的军功与忠烈,只有这样的文字,才能祭奠为国赴难的忠魂毅魄。

紧随其后,作者又一气写下“当其负羽远征,乖离骨肉”这一大段饱含深情的感人文句。昭忠祠记是活下来的人写的,而死去的人却只剩下幽幽亡灵供奉在祠堂殿宇之间,其中还有曾国藩战死在阵前的胞弟曾国华、病死在军中的胞弟曾国葆。所以,曾国藩真情激荡,这才给读者留下情真意切的倾诉之词,“或苦战而授命,或邂逅而戕生,残骸暴于荒原,凶问迟而不审,老母寡妇,望祭宵哭”,如此“极人世之至悲”,确实是惊心动魄,令人动容。但是,作者随即就结束了这段悲情倾吐,毕竟,昭忠祠记不是单纯的哀祭之文,它需要振奋人心,需要弘扬正气,需要激励来者。

因此，作者笔锋一转，发出尖锐一问："然而前者覆亡，后者继往，蹈百死而不辞，困厄无所遇而不悔者，何哉?"谁不爱惜生命，谁无家人老小，为什么要前赴后继，为什么会百死而不辞，九死而不悔？紧随其后，更有咄咄逼问，"岂皆迫于生事，逐风尘而不返"？谁能相信，谁能信服？而作者的答案也随之而出，无他，乃在"前此死义数君子者为之倡，忠诚所感，气机鼓动，而不能自已也"。昭忠祠之"昭"，昭忠祠之"忠"，顾名思义，它彰显的须是"忠义"与"志节"，至此，作者将全篇主旨，以"忠诚"二字，作昭然揭示。

不同于前半的平缓语气与平缓节奏，文章后半，气机越来越紧凑，声调越来越激昂，"君子之道"一段，就是直接上段的"君子之倡"与"忠诚所感"，然后顺势加以生发，即"君子之道，莫大乎以忠诚为天下倡"。乱世之际，上下左右，人们大多贪生怕死，有些人甚至连一丝一毫的救助之力都舍不得拿出。而只要"得忠诚者起而矫之"，那么，就会有人"克己而爱人，去伪而崇拙"，直至舍生取义，"浩然捐生"。有如此忠义君子倡导于前，就能形成强大的社会风气与精神力量，就会有"众人效其所为，亦皆以苟活为羞，以避事为耻"。作者以亲身经历与亲眼目睹，昭告天下，昭示世人，"吾乡数君子所以鼓舞群伦，历九州而戡大乱"，难道不是"拙且诚"的显著证明吗？继"忠诚"之后，作者不惜自改一字，赫然标举"拙诚"一词，而且在末段再次重复申明，大乱虽然已经戡定，但"邑中壮士效命疆场者，尚不乏人”,因此,作者呼吁,若能“常葆此拙且诚者”,进而为国家效力驰驱,为家乡示范正气,那么,我们家乡的人才,必将更加兴旺,为国家,为百姓,作出更大的贡献。

正如我们所见,文章的开头与前半,似乎平淡无奇,而文章后半与结尾,却是波澜壮阔,声情激越,如惊涛拍岸,一浪高过一浪。由此可知,情之所在,下笔如有神助;意气贯注,文采不期而至。作者的不期然而然的深情缅怀,更能引发读者一阵高过一阵的内心共鸣。古文家注重“文以载道”,桐城派更是“义理”当先,昭忠祠记,如若立足于战事之惨,满足于战功之烈,那也就很容易落入俗套,流于世俗功利的歌功颂德。这篇《湘乡昭忠祠记》,在有意浓缩的篇幅之内,拿出后半部的两大段,感发志意,高扬“忠诚”乃至“拙诚”,落笔到“出而济世,入而表里”,寄希望于“群材之兴”,“彪炳寰区”,无论是思想上还是艺术上,都有节节攀升不可遏止的气势,从而对读者产生巨大的感染力。

这种强大而深远的艺术感染力,除了来自作者南北征战的真情实感,来自作者纵横自如的大笔挥洒,更来自作者精熟艺文的神机文心。试看,在“东南数省,莫不有湘军之旌旗”一段的颂扬之后,甚至更有一段“一县之人,征伐遍于十八行省,近古未尝有”的昂扬之声,随后文章突然旌旗变色,来上一段“乖离骨肉”“苦战授命”的死难画面,更有“老母寡妇,望祭宵哭”的凄厉之声。南朝文学家丘迟《与陈伯之书》,在一片刀光剑影之中,忽然生出一段“暮春三月,江南草长,杂花生树,群莺乱飞”,如此手眼章法,令后世之人击节赞赏。而《湘乡昭忠祠记》这一手法,不是也有异曲同工之妙吗?

(王澧华)

书何母陈恭人事[①]

原文

恭人陈氏，道州何文安公之第三子妇[②]，吾友子敬同年绍祺之配也[③]。文安公家训谨严，内外执业，各有常程。箕帚槃盂[④]，皆有定位。闺门之内，肃若朝廷。廖夫人刻励俭勤，终身不御纨绮。恒豆之奉，觳薄等于寒门。[⑤]凡醯醢菹脯、酒饵浆醷之属[⑥]，皆率妇辈躬自治之。手营而口授，不征诸市，不假诸仆妇。然诸妇或出外州华族[⑦]，往往不中程度。独陈恭人道州旧姻，椎髻布裙[⑧]，为之益勤，其德益善。舅姑亦益愉怿[⑨]，以谓巨室而不失儒士之风[⑩]，即家之祥也。

道光二十三年，子敬以举人就职知县，援例选云南广通县，旋改江苏同知[⑪]。又以知府调归浙江，补台州府，保升道员，署粮储道[⑫]。咸丰十年二月，粤贼入浙围杭州[⑬]。子敬时方奉使至江苏，眷属寓清泰门。先是，恭人生子辄不育，有女子子三人。子敬既以仲兄子庆治为嗣，诸妾又生子庆鉎、庆熙、庆全。城破，恭人乃属家人而诏之曰[⑭]："主人远出，吾遭此变，何氏名门，男女长幼，义不可为贼辱。"遂先缚二子沉于池。外孙女二岁，扼吭毙之[⑮]。旋引一绳，与外姻朱孺人同时自经。无几何，援兵四至，贼众惊遁。老仆柳春自外归，见庆治脑后被斫六创，其妻邢氏被割两耳，而皆未死。诸妾避入民舍得免。所沉二子庆鉎、庆熙者，池中水浅，亦俱无恙。两自经者，朱孺人气绝，而恭人解救得生，盖缢二时许而不殊。自言有两红灯前导，忽见天日而醒，略无所苦。由是远近叹异。或曰："恭人半生长斋[16]，诵经礼佛，兹其效也。"或曰："孝友之门，祸将撄而常解。坚确之德，遻物不慴[17]。庄生所谓'骨节与人同而犯害与人异，其神全也'[18]。"

杭州寇退，子敬返自江苏。外而征缮以佐军府[19]，内而补苴以宁稚弱[20]。旦而劬[21]，宵而不休；夏而疾，秋而不瘳[22]。于是引病投劾[23]，挈家还湘，卜居于长沙之东乡[24]，艺稻而豢鱼[25]，善邻而训子。恭人亦菲食敝衣，相与拮据以保迟暮。子敬既逝，恭人则兼综内外，宾祭之供，耕读之业，囊箧锱铢之故[26]，造次纷乘而不眩[27]，齿逾七十而不知疲[28]。乡之人以是服其恪也[29]。同治十年九月，无疾而终。去杭州城陷之时，十有二年矣。

军兴以来，横死者多矣[30]，临难而幸脱者，亦恒有之。独何氏一门慷慨就义，而俱获生全，陈恭人事尤近于神异。恭人之夫之兄子贞先生告余以状，因为述其梗概，其他懿行不备论云[31]。

注

① 恭人：封建时代官员之妻称为"命妇"，即得到朝廷诰封之妇，恭人是中级官员之妻的封号，后来也作为对一般官员之妻的尊称。

② 何文安公：即何凌汉（1772—1840），字云门，湖南道州（今道县）人，

清朝中期官员，官至户部尚书，去世后谥“文安”。下文提及的何绍基（字子贞）为其长子，何绍祺为第三子。妇：媳妇。

③ 子敬同年绍祺：即何绍祺（1801—1868），字子敬。同年，科举年代，同年考取者互称“同年”。配：配偶，妻子。

④ 箕帚槃盂：泛指家庭清洁和饮食用具。槃（pán），本指承盘，特指承水盘。

⑤ 恒豆之奉：祭祀之事。觳（què）薄：俭薄，简陋。等于：等同于。

⑥ 醯（xī）醢（hǎi）：醯即醋，醢为鱼、肉做成的酱。泛指佐餐调料。菹（zū）脯（fǔ）：菹，腌制过的食用酱菜；脯，干肉或蜜渍的干果。酒饵：酒食。浆醷（yì）：浆，水；醷，梅汁或酪干。

⑦ 华族：贵族，官宦富贵人家。

⑧ 椎（chuí）髻（jì）：头发简单盘扎，其形如椎。与后文“布裙”泛指妇女服饰朴素。

⑨ 舅姑：古时女子称丈夫的父母为“舅姑”，即今“公公”“婆婆”。

⑩ 巨室：世家大族，富贵人家。

⑪ 同知：明清两朝官职，知府的副职，五品官。

⑫ 署：署理，代理。粮储道：清朝负责一省粮食征集与储运的中高级官员，与掌管府州县的道员（三品或四品）大体同级。

⑬ 粤贼：广东、广西地区古称“越”，“粤”与“越”通，太平军领导人洪秀全为广东花县（今广州市花都区）人，于广西桂平县发动武装起义，所以清朝官府称太平军为“粤贼”。

⑭ 属（zhǔ）：召集。诏：教导，告诫。

⑮ 扼吭（háng）：掐喉咙。吭，喉咙。

⑯ 长斋：信佛之人终年吃素。

⑰ 遻（è）：意外遇到。慴（shè）：同“慑”，恐惧，害怕。

⑱ “庄生”句：《庄子·达生》：“夫醉者之坠车，虽疾不死。骨节与人同而犯害与人异，其神全也，乘亦不知也，坠亦不知也，死生惊惧不入乎其胸中，是故迕物而不慴。”

⑲ 征缮：征收赋税，修治甲兵。

⑳ 补苴（jū）：缝补，弥补。

㉑ 劬（qú）：劳累，辛苦。

㉒ 瘳（chōu）：病愈。

㉓ 引病投劾：称病而主动辞去官职。

㉔ 卜居：择地居住。
㉕ 艺稻：种稻谷。豢(huàn)鱼：养鱼。
㉖ 锱(zī)铢(zhū)：很少的钱，或很小的事情。
㉗ 造次：匆忙。纷乘：纷起。
㉘ 齿：年齿，年岁。
㉙ 恪(kè)：谨慎，恭敬。
㉚ 横死：意外死亡。
㉛ 懿行：善行。

鉴赏

文章的主人公“何母陈恭人”，是曾国藩早年同乡友人何绍祺的妻子，因为何绍祺早在几年前就已去世，题目便从何氏夫妇的子女而称作“何母”。文章作于1871年2月，是曾国藩最后一篇成文之作，一个月后为湘军将帅刘松山所作的墓志铭，只有数百字，未成而逝。促使曾国藩衰年执笔，写下这篇感念之作，一是因为曾国藩与何绍祺乡试同年中举，进京之初，更与绍基、绍祺兄弟切磋诗艺，情意绸缪；二是陈恭人日常居家的立身行事，尤其是临难不苟而舍生取义的事迹，让曾国藩为之感佩。

文章第一段，主要写陈恭人日常情境中的品德魅力。开篇“恭人陈氏，道州何文安公之第三子妇，吾友子敬同年绍祺之配也”，直接点名陈恭人的身份；“吾友子敬同年绍祺”的奇崛表述，看似叠床架屋，但将朋友与同年、子敬与绍祺有意互文并举，足见曾国藩与何绍祺的深厚情谊。但下文没有直写陈恭人妇德如何，与通常所见的写作方法不同，而是先写其公公何凌汉“家训谨严”，婆婆廖夫人“刻励俭勤”，为下文做好铺垫；又写“诸妇或出外州华族，往往不中程度”，将诸位妯娌作为衬托；然后以“独”字切入，标举陈恭人作为世家大族，并未因身份尊贵而忘本，反而以“椎髻布裙”的朴素作风，操持更加勤勉，品德更加完善，公婆更加愉悦。文章连用“益勤”“益善”“益愉怿”，三个“益”字层层推进，既赞美了陈恭人的品德与行为，也展现了陈恭人在家庭中的独特魅力与高尚风范。最后以“巨室而不失儒士之风，即家之祥也”作结，强调显赫家族保持儒家风范是家族的吉兆，反映了儒家文化在创建家族和睦幸福中的重要作用。

书事是一种兼有叙事与议论的综合文体，叙述是行文布局的基础。“凡醯醢菹脯、酒饵浆醴之属”至“舅姑亦益愉怿”一段，笔墨细微，刻画生动。当年在北京，曾国藩与何氏兄弟的官俸都很微薄，都是清苦度日，而何家的酱制腌菜，则每每令湘籍京官啧啧称赞，曾国藩为此一再求取不休，甚至还得意中带点自嘲，写下《琐琐行，戏简何子敬乞腌菜》的长诗。开篇即称“琐琐复琐琐，谋道谋食无一可”“惶惶百计营齑盐，世间龌龊谁似我”，而“君家腌菜天下知，忍不乞我赈朝饥”，结论当然是，“炯炯予心天所许，堂堂此理君莫疑”。巧手制作何家下饭腌菜的，自然是子敬之妻陈恭人。三十年后，身在南京的大学士曾国藩，写到何家主妇陈恭人擅作腌菜这一节时，或许是情不自禁地回想起了当年的京华时光吧。

文章第二段，主要写陈恭人特殊情境下的节义精神。在“杭州城破”和丈夫缺席的情况下，陈恭人果敢坚毅，亲率一家慷慨就义：“先缚二子（指庆鉎、庆熙）沉于池。外孙女二岁，扼吭毙之。旋引一绳，与外姻朱孺人同时自经。”又借助老仆柳春视角，补叙“庆治脑后被斫六创”，“邢氏被割两耳”。事极悲壮，但不渲染。陈恭人一家神奇生还之后，作者没有立即现身加以评论，却是借助他人之言，从而更让人信服。由于“恭人半生长斋，诵经礼佛”以及“孝友之门”，而得以神灵护佑保全，与首段呼应，再次赞颂了陈恭人的行为和品德。

文章第三段，主要写陈恭人特定情境下的治家才能。在还湘定居、家庭条件恶化的情况下，陈恭人带头节俭，“菲食敝衣，相与拮据”。丈夫去世后，陈恭人主持门户，“兼综内外，宾祭之供，耕读之业，囊箧锱铢之故，造次纷乘而不眩，齿逾七十而不知疲”，陈恭人不仅负责家庭内部的各项事务，还涉及外部的社会交往和祭祀活动，既体现了恭人的勤勉操劳，又体现了她的管理能力。陈恭人获得内外赞誉，而且“无疾而终”，属于善终福报。文章点出陈恭人去世时间为“去杭州城陷之时，十有二年矣”，又是对第二段的呼应，加强了“大难不死必有后福”的叙事逻辑。

文章第四段，为作者直接感叹，又是对第二段的呼应。以“独”字领起，何氏一门，面对生死，毅然选择忠义，这份气节令人肃然起敬。虽赴死志坚,却最终俱获生全,强化了陈恭人事迹的神异色彩,也等于提升文章本身的叙异感染力。“恭人之夫之兄子贞先生告余以状,因为述其梗概”,补写信息来源,强调记事的真实性和权威性。“其他懿行不备论云”,则再次强调陈恭人的事迹和品德的重点,从而见出作者行文剪裁的精审和文笔雅洁的功力。

(向志柱)

欧阳生文集序

原文

乾隆之末，桐城姚姬传先生鼐[①]，善为古文辞，慕效其乡先辈方望溪侍郎之所为，而受法于刘君大櫆及其世父编修君范[②]。三子既通儒硕望[③]，姚先生治其术益精。历城周书昌永年，为之语曰："天下之文章，其在桐城乎！"由是学者多归向桐城，号"桐城派"，犹前世所称"江西诗派"者也[④]。

姚先生晚而主钟山书院讲席。门下著籍者[⑤]，上元有管同异之、梅曾亮伯言，桐城有方东树植之、姚莹石甫。四人者，称为高第弟子，各以所得，传授徒友，往往不绝。在桐城者，有戴钧衡存庄，事植之久[⑥]，尤精力过绝人，自以为守其邑先正之法[⑦]，禮之后进[⑧]，义无所让也。其不列弟子籍，同时服膺，有新城鲁仕骥挈非、宜兴吴德旋仲伦。挈非之甥为陈用光硕士，硕士既师其舅，又亲受业姚先生之门。乡人化之，多好文章。硕士之群从[⑨]，有陈学受艺叔、陈溥广敷，而南丰又有吴嘉宾子序，皆承挈非之风，私淑于姚先生[⑩]。由是江西建昌有桐城之学。

仲伦与永福吕璜月沧交友，月沧之乡人，有临桂朱琦伯韩、龙启瑞翰臣、马平王锡振定甫，皆步趋吴氏、吕氏[⑪]，而益求广其术于梅伯言。由是桐城宗派流衍于广西矣。

昔者，国藩尝怪姚先生典试湖南[12]，而吾乡出其门者，未闻相从以学文为事。既而得巴陵吴敏树南屏，称述其术，笃好而不厌。而武陵杨彝珍性农、善化孙鼎臣芝房、湘阴郭嵩焘伯琛、溆浦舒焘伯鲁，亦以姚氏文家正轨，违此则又何求？最后得湘潭欧阳生。生，吾友欧阳兆熊小岑之子，而受法于巴陵吴君、湘阴郭君，亦师事新城二陈。其渐染者多，其志趋嗜好，举天下之美，无以易乎桐城姚氏者也。

当乾隆中叶，海内魁儒畸士[13]，崇尚鸿博，繁称旁证，考核一字，累数千言不能休。别立帜志，名曰"汉学"，深摈有宋诸子义理之说[14]，以为不足复存，其为文尤芜杂寡要。姚先生独排众议，以为义理、考据、词章，三者不可偏废。必以义理为质，而后文有所附，考据有所归。一编之内，惟此尤兢兢。当时孤立无助，传之五六十年。近世学子，稍稍诵其文，承用其说。道之废兴，亦各有时，其命也欤哉！

自洪杨倡乱[15]，东南荼毒，钟山、石城[16]，昔时姚先生撰杖都讲之所[17]，今为犬羊窟宅[18]，深固而不可拔。桐城沦为异域[19]，既克而复失。戴钧衡全家殉难，身亦欧血死矣[20]！

余来建昌，问新城、南丰，兵燹之余[21]，百物荡尽，田荒不治，蓬蒿没人[22]。一二文士，转徙无所。而广西用兵九载，群盗犹汹汹，骤不可爬梳[23]。龙君翰臣又物故[24]。独吾乡少安，二三君子尚得优游文学，曲折以求合桐城之辙，而舒焘前卒，欧阳生亦以瘵死[25]。老者牵于人事，或遭乱不得竟其学；少者或中道夭殂。四方多故，求如姚先生之聪明早达，太平寿考，从容以跻于古之作者，卒不可得。然则业之成否，又得谓之非命也耶？

欧阳生名勋，字子和，没于咸丰五年三月[26]，年二十有几。其文若诗[27]，清缜喜往复，亦时有乱离之慨。庄周云："逃空虚者，闻人足音，跫然而喜[28]。"而况昆弟亲戚之謦欬其侧者乎[29]？余之不闻桐城诸老之謦欬也久矣！观生之为，则岂直足音而已！故为之序，以塞小岑之悲，亦以见文章与世变相因，俾后之人得以考览焉。

注

① 姚姬传先生鼐(nài)：姚鼐(1732—1815)，字姬传，安徽桐城人，清代文学家。古人用称呼他人的字号来表示尊敬，如果需要出示全名，则先称姓与字，再出其名。此处姚姬传先生鼐以及下文周书昌永年、管同异之及陈用光硕士皆是。

② 方望溪：方苞(1668—1749)，字灵皋，晚年号望溪，桐城人，清代文学家，被认为是桐城派的重要代表。刘大櫆(1698—1779)，字才甫，号海峰，桐城人，清代文学家，桐城派主要人物。世父：伯父。

③ 通儒：指学问渊博、见识鸿通的学者。硕望：名望很大的人。

④ 江西诗派：宋代著名的诗歌流派，以江西诗人黄庭坚的诗歌理论为旗帜，以吕本中撰《江西诗社宗派图》而得名。

⑤ 门下：投奔师门之下的学生。著籍：此处是指列名于学者门徒之内。

⑥ 事：师事，此处是追随问学之意。

⑦ 邑：县。先正：学问道德过人的先贤。
⑧ 禫(chán)：通“禅”，传授。
⑨ 群从：堂兄弟与侄儿辈。
⑩ 私淑：指没有得到对方面授，而又敬仰他的学问并尊之为师。
⑪ 步趋：跟随学习。
⑫ 典试：古代指主持科举考试。
⑬ 魁儒畸士：学识渊博的儒家与不拘常规的异人。
⑭ 义理之说：特指讲求儒家经义与性理的理学思想。
⑮ 洪杨倡乱：指洪秀全、杨秀清等人发动的太平天国农民起义。
⑯ 钟山、石城：代指南京，因南京城内外有钟山、石头城。
⑰ 撰杖：持杖，拄着拐杖。都讲：聚徒讲学。
⑱ 犬羊：此处是对太平天国农民起义军的诬称。
⑲ 异域：此处特指被太平军占领的地区。
⑳ 欧血：吐血。“欧”通“呕”。
㉑ 兵燹(xiǎn)：战火，战乱，即战争造成的灾难。
㉒ 没(mò)：遮没掩盖。
㉓ 爬梳：整理，整顿恢复。
㉔ 物故：去世。
㉕ 瘵(zhài)死：病死，多指得痨病而死。
㉖ 没(mò)：通“殁”，去世。
㉗ 文若诗：文与诗。
㉘ 跫(qióng)然：欢喜的样子。
㉙ 謦(qǐng)欬(kài)：咳嗽声，借指谈论。

鉴赏

这篇文章，是曾国藩在咸丰八年(1858)十二月为欧阳勋文集所作的序言，重点推崇桐城派的文坛地位，更可以当作桐城派发展简史。当时正是军务紧张之际，一般说来，曾国藩应该难有闲情为一个家乡青年文人的文集作序。而欧阳勋乃曾国藩同乡好友欧阳兆熊之子，酷爱文学，所作诗文为人推许，不幸年仅二十多岁就去世了。欧阳兆熊将其遗稿编刊为《秋声馆遗集》，刻印之前，托请曾国藩作序。

通常情况下，这篇序文，题目应该就是《秋声馆遗集序》，或者《欧阳子和遗集序》，称“欧阳生”，则已经是前辈与师长的口吻。还有一个原因，便是韩愈写过《欧阳生哀辞》，而曾国藩的诗歌与古文的题目，有好几篇都是与《韩昌黎文集》相对应，而他正是酷爱韩愈诗文的。

了解过上述背景，这样，我们也就可以理解，一篇故人之子的遗集序言，作者为什么花去接近四分之三的篇幅，去描写桐城文派来龙去脉的发展过程。只要故人之子与桐城派的统绪接上渊源，那么，遗集的作者与作品也就在文学史上具有了相应的地位。这就是《欧阳生文集序》的用心所在，文章的谋篇布局也正是由此展开。

第一段，第一句，“乾隆之末，桐城姚姬传先生鼐，善为古文辞，慕效其乡先辈方望溪侍郎之所为，而受法于刘君大櫆及其世父编修君范”，一上来就拉开了“从头说起”“听我道来”的阵势；然后，一句“历城周书昌永年，为之语曰：‘天下之文章，其在桐城乎’”，一句“由是学者多归向桐城，号‘桐城派’，犹前世所称‘江西诗派’者也”，文章的主旨，即“桐城文脉师承”，也就此确立，全篇的框架也由此展开。

开篇既然已经高屋建瓴，接下来要做的就是纲举目张了，所以，第二、第三、第四段，作者以时间为经，以地域为纬,放言纵论桐城派的发展历程。先用一句“姚先生晚而主钟山书院讲席”,将笔墨转移到“门下著籍者”,然后逐一铺陈叙述,不厌其详：东到江苏,有梅曾亮、管同、吴德旋等;安徽有桐城姚莹、方东树、戴钧衡;江西有陈用光、鲁仕骥、陈学受、陈溥、吴嘉宾;南传广西,有吕璜、龙启瑞、朱琦、王拯等。作者既然是把目光横扫东南与西南,而且结论是“由是江西建昌有桐城之学”“由是桐城宗派流衍于广西”,那么湖南呢？本文的主人公欧阳勋可是湖南湘潭人呢。于是,作者兵分两路,第一路,“昔者,国藩尝怪姚先生典试湖南,而吾乡出其门者,未闻相从以学文”,那么,他的桐城渊源是怎样流入湖南的呢？这就来到第二路,湖南有人私淑姚先生,计有吴敏树、杨彝珍、孙鼎臣、郭嵩焘、舒焘等人,或“称述其术”,或“以姚氏文家正轨”,由此一路追索,“最后得湘潭欧阳生”,他不仅“受法于巴陵吴君、湘阴郭君”,而且“亦师事新城二陈”。至此,桐城传人的身份,在欧阳勋的身上得到证实,使之得以置于湖南人士对姚鼐古文的继承之中。

在第五段,作者笔端一翻,再次生出一段波澜,即回顾乾隆中叶以来汉学对桐城古文的影响和冲击,旗帜鲜明地站在桐城派立场,捍卫桐城古文的正统地位。序中称“当乾隆中叶,海内魁儒畸士,崇尚鸿博,繁称旁证,考核一字,累数千言不能休。别立帜志,名曰‘汉学’,深摈有宋诸子义理之说,以为不足复存,其为文尤芜杂寡要。姚先生独排众议，以为义理、考据、词章，三者不可偏废。必以义理为质，而后文有所附，考据有所归。一编之内，惟此尤兢兢”，在这里，作者显然是在宣示桐城派的正宗地位。在《圣哲画像记》中，他以姚鼐与周公、孔子等并列为“圣哲”，而且声称“国藩之粗解文章，由姚先生启之”。正是这一点，使得这篇“文派论”带有难以抹去的宗派色彩。

自第六段始又是另外一种写法，有感于战乱年代社会秩序的巨大破坏，作者笔下特意描绘了相关人士人命危贱的苦难情形，如“东南荼毒”“沦为异域”，甚至“百物荡尽，田荒不治，蓬蒿没人”；至于湖南，则“老者牵于人事，或遭乱不得竟其学”，这显然是在暗指作者及吴敏树、杨彝珍等同辈友人，但仅一笔带过，及时打住，并非常灵巧地从“老者”一词引出“少者”，即“少者或中道夭殂”。由此笔端自然而然转到欧阳生的身上，“欧阳生名勋，字子和，没于咸丰五年三月，年二十有几”。在行文即将结束之时，不失其时地来上一句“其文若诗，清缜喜往复，亦时有乱离之慨”，终于让读者看到了对《秋声馆遗集》的肯定之词，而这当然是一篇文集序言的题中应有之义，不仅是对逝者的尊重与惋惜，而且给好友欧阳兆熊送去了丧子之痛后的精神慰藉。

（唐朝晖）

《王船山遗书》序

原文

王船山先生遗书，同治四年十月刻竣，凡三百二十二卷。国藩校阅者，《礼记章句》四十九卷，《张子正蒙注》九卷，《读通鉴论》三十卷，《宋论》十五卷，《四书》《易》《诗》《春秋》诸经稗疏考异十四卷[1]，订正讹脱百七十余事。军中鲜暇，不克细紬全编[2]。乃为序曰：

昔仲尼好语求仁，而雅言执礼[3]，孟氏亦仁礼并称[4]，盖圣王所以平物我之情，而息天下之争，内之莫大于仁，外之莫急于礼。自孔孟在时，老庄已鄙弃礼教[5]。杨墨之指不同[6]，而同于贼仁[7]。厥后众流歧出，载籍焚烧，微言中绝[8]，人纪紊焉[9]。汉儒掇拾遗经，小戴氏乃作《记》[10]，以存礼于什一[11]。又千余年，宋儒远承坠绪，横渠张氏乃作《正蒙》[12]，以讨论为仁之方。船山先生注《正蒙》数万言，注《礼记》数十万言，幽以究民物之同原[13]，显以纲维万事[14]，弭世乱于未形[15]。其于古昔明体达用、盈科后进之旨[16]，往往近之。

先生名夫之，字而农，以崇祯十五年举于乡[17]。目睹是时朝政，刻核无亲[18]，而士大夫又驰骛声气[19]，东林、复社之徒[20]，树党伐仇[21]，颓俗日蔽。故其书中黜申韩之术[22]，嫉朋党之风，长言三叹而未有已。既一仕桂藩为行人司[23]，知事终不可为，乃匿迹永、郴、衡、邵之间，终老于湘西之石船山。

圣清大定[24]，访求隐逸，鸿博之士，次第登进，虽顾亭林、李二曲辈之艰贞[25]，征聘尚不绝于庐。独先生深閟固藏[26]，邈焉无与[27]。平生痛诋党人标谤之习，不欲身隐而文著，来反唇之讪笑。用是，其身长遁，其名寂寂，其学亦竟不显于世。荒山敝榻，终岁孳孳[28]，以求所谓育物之仁，经邦之礼。穷探极论，千变而不离其宗；旷百世不见知，而无所于悔。先生没后[29]，巨儒迭兴，或攻良知捷获之说，或辨《易》图之凿，或详考名物、训诂、音韵，正《诗集传》之疏，或修补《三礼》“时享”之仪[30]，号为卓绝。先生皆已发之于前，与后贤若合符契。虽其著述大繁，醇驳互见，然固可谓博文约礼[31]，命世独立之君子已[32]。

道光十九年，先生裔孙世全始刊刻百五十卷[33]。新化邓显鹤湘皋实主其事[34]。湘潭欧阳兆熊晓晴赞成之[35]。咸丰四年，寇犯湘潭，板毁于火。同治初元，吾弟国荃乃谋重刻，而增益百七十二卷，仍以欧阳君董其役[36]，南汇张文虎啸山、仪征刘毓嵩伯山等，分任校雠。庀局于安庆[37]，蒇事于金陵[38]。先生之书，于是粗备。后之学者，有能秉心敬恕，综贯本末，将亦不释乎此也。

注

① 稗疏：对历史典籍的注解与疏通。稗的本义是田间杂草，由此引申

出微小、琐碎之义。

② 紬(chōu)：本义是织布时理出线头，引申为推理、探究。

③ 仲尼：孔丘，字仲尼，世人尊称孔子，春秋时期儒家思想的创立者。执礼：本义是赞礼，亦指推行礼仪、礼义。

④ 孟氏：孟轲，世人尊称孟子，战国时期儒家的重要代表。

⑤ 老庄：老子与庄子，春秋战国时期的道家创始人。

⑥ 杨墨：指战国时的杨朱与墨翟，分别是道家与墨家的重要代表。指：即旨，学说。

⑦ 贼：伤害。

⑧ 微言中绝：孔子的微言大义断绝了，指儒家思想中断。

⑨ 人纪：纲纪，封建时代的礼制规范。

⑩ 小戴氏：即西汉经学家戴圣，与其叔父戴德皆精于《礼记》，后人称为“小戴”“大戴”。戴圣编纂的《小戴礼记》即今本《礼记》。

⑪ 什一：十分之一。

⑫ 横渠张氏：即北宋思想家张载(1020—1077)，字子厚，世称横渠先生，尊称张子。

⑬ 民物：芸芸众生与世间万物。同原：即同源。

⑭ 纲维：纲纪与法度，此处用作动词。

⑮ 弭(mǐ)：平息，削除。

⑯ 盈科后进：本义是泉水遇到坑洼，必将之充满才继续向前，比喻要务实打好基础。语出《孟子・离娄下》：“原泉混混，不舍昼夜，盈科而后进，放乎四海。”

⑰ 举于乡：在科举考试中，通过乡试考试，获得举人的身份。

⑱ 刻核无亲：刻薄寡恩，不讲亲情。

⑲ 驰骛：奔走，追求名利。

⑳ 东林、复社：明代后期的文人群体与政治派别。

㉑ 树党伐仇：拉帮结派，打击对方。

㉒ 申韩：申不害与韩非，战国时期的法家代表。

㉓ 桂藩：指当时广西桂王朱聿键。行人司：明代官职名，掌管传旨、册封等事。

㉔ 圣清：即清朝，封建时代称本朝为“圣朝”。

㉕ 顾亭林：即顾炎武(1613—1682)，字宁人，江苏昆山人，避居亭林镇，人称“亭林先生”，明末清初思想家、学者。李二曲：即李颙

(1627—1705),字中孚,号二曲,陕西盩厔(今周至)人,明末清初学者。

㉖ 深閟(bì)固藏:杜绝与外界的人事交往。

㉗ 邈焉无与:超然物外,毫不参与。

㉘ 孳(zī)孳:通"孜孜",意思是勤奋刻苦。

㉙ 没(mò):通"殁",去世。

㉚ 三礼:儒家经典《仪礼》《周礼》《礼记》的合称。时享:古代一年四季祭祀太庙之礼。《周礼·春官·大宗伯》:"以祠,春享先王;以禴,夏享先王;以尝,秋享先王;以烝,冬享先王。"

㉛ 博文约礼:广博钻研学问,恪守行为规范。语出《论语·雍也》:"君子博学于文,约之以礼,亦可以弗畔矣夫!"

㉜ 命世:古代称顺应天命而降生的治国之才。

㉝ 裔孙:远代子孙,即隔了好些代的子孙。

㉞ 邓显鹤(1777—1851),字子立,一字湘皋,湖南新化人,晚清诗人、文献学家。

㉟ 欧阳兆熊:字晓岑,一作晓晴,湖南湘潭人,曾国藩旧友。

㊱ 董:管理督促。

㊲ 庀(pǐ):治理,开设。

㊳ 蒇(chǎn)事:事情已经完成,解决。

鉴赏

王夫之(1619—1692),字而农,号姜斋,湖南衡阳人,晚年居衡阳石船山,世称"船山先生"。明清之际思想家。明亡,举兵起义抗清,失败后,隐伏深山,研究、著述垂四十年。本文是曾国藩为金陵书局刊刻的《王船山遗书》所作的序言,也是曾氏思想与学术的重要代表作之一,黎庶昌《曾国藩年谱》曾特别指出,"公之为学,其大纲宗略见于所作《王船山遗书序》,而备见于《圣哲画像记》",可见其重要思想价值。

序文开篇即交代《王船山遗书》的刊刻背景和经过，接着对王船山的学术成就和著作进行高度评价。文章通过列举王船山的主要著作和学术贡献，用以论证王船山在中华文化史上的重要地位。第二段是该序的核心，也是曾国藩“内之莫大于仁，外之莫急于礼”思想的集中体现。他将王船山的学术思想与孔孟之道、老庄哲学等进行比较和联系，“昔仲尼好语求仁，而雅言执礼……又千余年，宋儒远承坠绪，横渠张氏乃作《正蒙》，以讨论为仁之方”，以跨越千年的学术思想梳理，对比论证王船山思想的独特性和深远影响。曾国藩此前一直认为，唯有张载的《正蒙》“醇厚正大，邈焉寡俦”，后来逐渐感受到，可能是王夫之的《正蒙注》以及全部《船山遗书》，才更符合他的理学思想，即理学与致用高度结合，从而避免学术的空疏浮泛。此外，这一段还将王船山置于孔孟之道与宋儒张载等儒家道统中，因此刊刻《船山遗书》，其目的在于通过“求所谓育物之仁，经邦之礼”，实现匡时救世、御侮图存的远大理想。

从艺术角度来欣赏这篇文章，也颇有可圈可点之笔。

首先来说，整体的篇章结构，分合自如，不疾不徐而变化多端。一头一尾，叙述《船山遗书》的编订、校勘与刊刻，要言不烦，语篇平实。王夫之乃明清之际湖湘大儒，遗书得以全集出版，作者作为后学，以当朝高官之位，亲任校勘之役，逐一写出书名卷数，为的是显示对著作者的尊敬，对校勘工作的认真负责，而且，也为后面的议论与评价打下基础。末段回顾遗书的几次刊刻过程、编刊者姓名与编刊地点,这当然是一篇书序的必要环节,尽管是简单几句,一笔带过,却不可或缺。末句出以“先生之书,于是粗备”,而且是“后之学者,有能秉心敬恕,综贯本末,将亦不释乎此”,更是将文气推向高潮,全文也到此完美收篇。

中间三段,先是因前文的“国藩校阅”“订正讹脱”而评述船山论著的价值,“幽以究民物之同原,显以纲维万事,弭世乱于未形”,结论与措辞都高度凝练;忽然掉转笔头,插叙刻画船山的生平志节;然后又将笔端收回,出以极意感叹之词,在“用是,其身长遁,其名寂寂,其学亦竟不显于世”之后,紧接又是“荒山敝榻,终岁孳孳”,叙其晚年生活。从结构上看,两次穿插王夫之的生平,却又丝毫不见其散乱。作者采用夹叙夹议的笔法,于叙事中饱含感情,如“知事终不可为,乃匿迹永、郴、衡、邵之间,终老于湘西之石船山”,如“长言三叹而未有已”“其身长遁,其名寂寂”,目的就是着意刻画其荒山野老的人格形象;而论及其“求所谓育物之仁,经邦之礼”,则出以“穷探极论,千变而不离其宗;旷百世不见知,而无所于悔”的高度评价,照应前面所举《船山全书》各类著述的“博文约礼”,再给予“命世独立之君子”的赞叹。

本篇行文运笔,力求精警,如指斥时弊,则有“刻核无亲”“驰骛声气”“树党伐仇”,笔如刀枪,寒光闪闪;论赞船山志节,则有“深閟固藏,邈焉无与”“荒山敝榻,终岁孳孳”，与他人之“次第登进”“征聘尚不绝于庐”，对比鲜明，传神毕肖，体现出晚辈后学对湖湘先贤的高度崇敬之情。这种强烈的情感色彩，使得序文不仅是一篇体现学术思想价值的序言，更是一篇充满人格与艺术感召力的传记佳作。

（唐朝晖）

《湖南文征》序

原文

吾友湘潭罗君研生以所编撰《湖南文征》百九十卷示余，而属为序其端[①]。国藩陋甚，齿又益衰[②]，奚足以语文事？

窃闻古之文，初无所谓法也。《易》《书》《诗》《仪礼》《春秋》诸经，其体势声色，曾无一字相袭[③]。即周秦诸子，亦各自成体。持此衡彼，画然若金玉与卉木之不同类[④]，是乌有所谓法者？后人本不能文，强取古人所造而摹拟之，于是有合有离，而法不法名焉。

若其不俟摹拟，人心各具自然之文，约有二端：曰理，曰情。二者人人之所固有。就吾所知之理而笔诸书，而传诸世，称吾爱恶悲愉之情而缀辞以达之[⑤]，若剖肺肝而陈诸简策，使吾缱绻之怀的然呈露[⑥]，斯皆自然之文。性情敦厚者，类能为之。而浅深工拙，则相去十百千万而未始有极。自群经而外，百家著述，率有偏胜。以理胜者，多阐幽造极之语，而其弊或激宕失中；以情胜者，多悱恻感人之言，而其弊常丰缛而寡实。

自东汉至隋，文人秀士[⑦]，大抵义不孤行，辞多俪语。即议大政，考大礼，亦每缀以排比之句，间以婀娜之声，历唐代而不改。虽韩、李锐志复古[⑧]，而不能革举世骈体之风[⑨]。此皆习于情韵者类也。宋兴既久，欧、苏、曾、王之徒崇奉韩公[10]，以为不迁之宗[11]。适会其时，大儒迭起，相与上探邹鲁[12]，研讨微言[13]。群士慕效，类皆法韩氏之气体以阐明性道。自元、明至圣朝康、雍之间，风会略同[14]，非是不足与于斯文之末。此皆习于义理者类也。乾隆以来，鸿生硕彦[15]，稍厌旧闻，别启途轨，远搜汉儒之学，因有所谓考据之文。一字之音训，一物之制度，辨论动至数千言。曩所称义理之文，淡远简朴者，或屏弃之[16]，以为空疏不足道。此又习俗趋向之一变已。

湖南之为邦，北枕大江，南薄五岭[17]，西接黔蜀，群苗所萃[18]，盖亦山国荒僻之亚[19]。然周之末，屈原出于其间，《离骚》诸篇，为后世言情韵者所祖。逮乎宋世，周子复生于斯[20]，作《太极图说》《通书》，为后世言义理者所祖。两贤者，皆前无师承，创立高文，上与《诗经》《周易》同风，下而百代逸才，举莫能越其范围，而况湖湘后进沾被流风者乎？兹编所录，精于理者盖十之六，善言情者约十之四，而骈体亦颇有甄采，不言法而法未始或紊。惟考据之文搜集极少，前哲之倡导不宏，后世之欣慕亦寡。研生之学，稽《说文》以究达诂，笺《禹贡》以晰地志，固亦深明考据家之说。而论文但崇体要，不尚繁称博引，取其长而不溺其偏，其犹君子慎于择术之道欤？

注

① 属：通“嘱”。
② 齿：年齿，年岁。
③ 曾：竟然，甚至。
④ 画然：判然，显然。
⑤ 称：相称，比得上。
⑥ 缱（qiǎn）绻（quǎn）：深厚而缠绵的感情。的然：非常明确。
⑦ 秀士：德艺才能出众之人。
⑧ 韩、李：韩愈、李翱，均为唐代著名文学家，古文运动代表人物。
⑨ 骈体：即骈体文，又称骈文、四六文，全篇以双句（偶句、俪句）为主，多用四字句、六字句，特别讲究对偶、声律与用典。
⑩ 欧、苏、曾、王：宋代文学家欧阳修、苏轼、曾巩、王安石。
⑪ 不迁：不能更改的。
⑫ 邹鲁：春秋战国时期的鲁国、邹国是孔子、孟子的故乡，后人用“邹鲁”代指孔孟，或文化昌盛的礼仪之邦。
⑬ 微言：精深奥妙之言。
⑭ 风会：风气，好尚。
⑮ 鸿生硕彦：饱学之士，才智超群之人，泛指有专业造诣的著名文士。
⑯ 屏弃：抛弃。
⑰ 五岭：五座横亘在湖南、江西与两广之间的大小山脉的总称，即萌渚岭、大庾岭、越城岭、都庞岭与骑田岭。
⑱ 群苗：泛指南方少数民族。
⑲ 亚：次一等的。之亚，相当于“之类”。
⑳ 周子：宋代理学家周敦颐（1017—1073），“周子”是后世学者对他的尊称。

鉴赏

这篇文章最为世人重视的，是作者在篇中提出的几个重要文论：“人心各具自然之文，约有二端：曰理，曰情”，而“百家著述，率有偏胜”，“以理胜者，多阐幽造极之语，而其弊或激宕失中;以情胜者,多悱恻感人之言,而其弊常丰缛而寡实”,进而对历代“习于情韵者”“习于义理者”的得失,作出概要评述。这些已经为众人所熟知,我们现在从文学创作的角度,来欣赏这篇文章,它最大的特色,应当是作者别出心裁的谋篇布局。

应友人之求而为其著作作序,一般是围绕编著者及其所编著之书来着笔,但曾国藩这篇《湖南文征》序,却把主要篇幅集中在自己的文章见解之上,初读之下,可能有人会产生一些诧异。而这也正是作者的用心所在,围绕编著者及其所编著之书来写,固然不难,可也容易落入俗套,流于一般。当然,其中还有一个很重要的原因,那就是文章开头所说,这套历代文集汇编有“百九十卷”之多,作者也事先申明自己“陋甚,齿又益衰,奚足以语文事”。“陋甚”“奚足以语”属于自谦,而“齿又益衰”正好表明,自己没有太多精力去评述编者用心及其成就。本文作于同治十年(1871),曾国藩已经年过六十,长期的军政重任确实已经压垮了他的身体,八个多月之后,他就去世在两江总督的职位上了。他之所以在位高权重、军政繁重而且年老体衰的情况下,还为这个大部头的总集作序,原因很多,其中最主要的,是因为这是家乡湖南的第一部文章总汇,编者是家乡众多文人学者,主编更是早年旧友,而且还是自己建军初期的亲信秘书罗萱的父亲,此时罗萱已不幸战死贵州,自己刚给他写过墓志铭。

于是，我们在曾国藩日记中看到，接书后的半个月，他反复翻阅，并将书中“其名之最著者略开一单”，对自己较为重视的篇章连日翻阅。等到即将动笔作文，却又“构思不成，且姑置之”，几天后，又是“将作《湖南文征》序，而久不能下笔”。直到当天下午，他才一气写了三百字，感觉“若有佳境”，“夜又作《序文》百余字”。从现在可以看到的作者亲笔初稿，这三四百字，就是本文的第一、第三两段，即借着“奚足以语文事”翻转一笔，从“窃闻古文之道，厥有二端，曰理，曰情”一路纵论，全篇的重点，就此体现。也就是说，当他连日沉吟却又“构思不成”的时候，宁可暂时放下，也绝不轻易动笔，而一旦找到灵感，进入“佳境”，就立即纵笔写去，全篇的构架也就此确立。

为一套文章总集作序言，作者却先来一大段议论，从“窃闻古之文，初无所谓法也”，到“于是有合有离，而法不法名焉”，似乎与题目并无多少相干，但作者事先已经埋下一个伏笔，即有人“强取古人所造而摹拟之”，那么，相反，肯定就有不去“摹拟”的，这样，就引出了下一句，即“若其不俟摹拟”，则“人心各具自然之文”，一“曰情”，一“曰理”，而“二者人人之所固有”，这样一来，笔端自然就朝着“文征”上写去了。下面的“就吾所知之理而笔诸书，而传诸世”的另一段议论，“以理胜者”是怎样，“以情胜者”又是怎样，也就可以从容不迫地对称写来了。

对于“序”这样一种文体，明代徐师曾《文体明辨序说》

有过一个比较简明的考述:"《尔雅》云:'序,绪也。'字亦作'叙',言其善叙事理,次第有序,若丝之绪也。""其为体有二,一曰议论,二曰叙事。"由此可见,作序之法,大体就是两种,即议论与叙事。只不过,叙述可以就事论事,介绍著述动机、过程及其得失,而议论则更考验作序之人的才器与见识。

曾国藩受多年老友之托,其书又是家乡众多名家通力合作,收录从元明至清同治六百余年间湖南传世之文四千余篇,分为疏、策、议、解、说、论、记、序等三十多类,涉及"耆旧"作者八百余人。关于汇编是否精当无失,身为当朝大学士,他不可能投入太多的时间与精力去从容考究;而且偏偏是寄来之书,据曾国藩日记所说,"惜无凡例、序述及小传等",即客观条件,也促使本文的构思,不太可能从"叙事"上立意。而从主观上来看,出身桐城文派的古文高手,出将入相的湖湘后学,曾国藩为第一部"湖湘文库"作序,他正好有历览古今名家名作、纵论"情理"偏胜偏失的"桐城义法"的自身优势。所以,他一面谦称"陋甚""奚足以语文事",一面又大笔纵横,从"群经"到"百家",从"东汉至隋"、唐宋元明直到"乾隆以来",历数"习俗趋向之一变",大有指点江山、意气风发之气概。

与曾国藩同时受邀为《湖南文征》作序的,还有时任湖广总督的李瀚章。当他还在湖南巡抚任上时,就一直支持该书的整理汇编。他的序文显然是站在"叙事"的角度,从

“大湖以南，地广袤二千五百余里”而人才辈出，可是总集汇编，仅有近年编刊的《沅湘耆旧集》，却又专取诗集，如此一路写来，由此归结出《文征》的价值与意义，“诚楚南文献一巨观”，“藉以考见山川风俗掌故暨学术政理之源流得失，尤为经国之大业”，“俾读者想见衡岳之高、洞庭之深，其光焰所发，如金如玉，如珊瑚木难”，为此“序其缘起，所以志斯文之幸也”。作为当地最高军政长官，如此立言，当然是相当得体得法的。

与李序相比，曾国藩的这篇序文，既然没有条件“序其缘起”，而且是纵论“文事”与“文法”，那么，它到底又如何与题目上的“湖南”二字关联起来呢？毕竟这套“文征”是“湖南”的。由此我们更能看出作者的手眼与文心。他借由上文重点议论的“情韵”与“文理”，十分巧妙地把它们勾连到创作《离骚》的屈原、著有《通书》与《太极图说》的周敦颐，然后指出“两贤者，皆前无师承，创立高文，上与《诗经》《周易》同风，下而百代逸才，举莫能越其范围”，从而把这套总集的所有收录，全都归纳到“湖湘后进沾被流风者”中去，如此过渡，妙手天成，妙合无垠。

还有一点，既然是应人之求而作序，即便是“议论”立意，也不可能一点不关涉到编者身上。于是，从前文的“词章”“义理”，顺势拉出桐城文法三足鼎立的那个“考据”。湖南学者长于考据者不算太多，所以《文征》中“惟考据之文搜集极少”，但恰恰是主编之人长于考据之学。于是，作者纵笔写道,“研生之学,稽《说文》以究达诂,笺《禹贡》以晰地志,固亦深明考据家之说。而论文但崇体要,不尚繁称博引,取其长而不溺其偏,其犹君子慎于择术之道欤”,既囊括到了“兹编所录”的作家作品,又揄扬到了编者的个人才学与突出成就。“但崇体要”以下三句,措辞精准,精简有力,与篇头的“吾友湘潭罗君研生”“编撰《湖南文征》”前后呼应,一气呵成。

另外,从曾国藩日记可知,初稿写成之后,他曾经一再修改,如“改数十字”“改数百字”。其中既有整段改写,如“窃闻古之文,初无所谓法也”一大段,即修改时增添;又有字词推敲,如“若金玉与卉木之不同类”,原为“水火不同类”,改为“金玉与卉木”,“百代之士”改为“百代逸才”,诸如此类的修改,则不仅文采焕然,而且文气也从而提升。如“其犹君子慎于择术之道欤”,初稿为“犹君子择术之道欤”,后将“犹”字改为“岂非”,“择术”前加“慎于”,最后在第三次的誊正稿上,作者又亲笔将“岂非”改回“其犹”。如同篇首的“友人”改为“吾友”一样,一字之变易,一词之反复,如此均可看出作者的文心之所在。

(李鸿渊)

送郭筠仙南归序

原文

凡物之骤为之而遽成焉者，其器小也；物之一览而易尽者，其中无有也。郭君筠仙与余友九年矣，即之也温[①]，挹之常不尽[②]。道光甲辰、乙巳两试于礼部[③]，留京师，主于余[④]，促膝而语者四百余日，乃得尽窥其藏。甚哉，人不易知也！将别，于是为道其深，附于回、路赠言之义[⑤]，而以吾之忠效焉。

盖天之生材，或相千万，要于成器以适世用而已。材之小者，视尤小者则优矣；苟尤小者，琢之成器，而小者不利于用，则君子取其尤小者焉。材之大者，视尤大者则绌矣；苟尤大者不利于用，而大者琢之成器，则君子取其大者焉。天赋大始，人作成物[⑥]。传曰："人不天不因，天不人不成[⑦]。"不极扩充追琢之能，虽有周公之材[⑧]，终弃而已矣。

余所友天下贤士，或以德称，或以艺显，类有以自成者。而若筠仙躬绝异之姿，退然深贬[⑨]，语其德若无可名；学古人之文章，入焉既深，而其外犹若鉏铻而不安[⑩]，其无所成者与？匠石斫方寸之木[⑪]，斤之削之[⑫]，不移瞬而成物矣；及乎裁径尺之材以为榱桷[⑬]，不阅日而成矣[⑭]；及至伐连抱之楩柟[⑮]，为天子营总章、太室之梁栋[⑯]，经旬累月而不得成焉。其器俞大[⑰]，就之俞艰[⑱]。浅者欲以一概律之[⑲]，难矣。且所号为贤者，谓其绝拘挛之见[⑳]，旷观于广大之区，而不以尺寸绳人者也。若夫逢世之技[21]，智足以与时物相发，力足以与机势相会，此则众人之所共睹者矣。君子则不然，赴势甚钝，取道甚迂，德不苟成，业不苟名，艰勤错迕，迟久而后进，铢而积[22]，寸而累，既其纯熟，则圣人之徒。其力造焉而无扞格[23]，则亦不失于令名；造之不力，歧出无范，虽有瑰质，终亦无用。

孟子曰："五谷不熟，不如荑稗[24]。"诚哉斯言也！筠仙勖哉！去其所谓扞格者，以蕲至于纯熟[25]，则几矣[26]。人亦病不为耳[27]。若夫自揣既熟，而或不达于时轨[28]，是则非余之所敢知也。

注

① 即之也温：接近时感到温和可亲。即，靠近。语出《论语·子张》："子夏曰：'君子有三变：望之俨然，即之也温，听其言也厉。'"

② 挹(yì)：舀。

③ "道光"句：道光甲辰为 1844 年，乙巳为 1845 年。礼部试，明清会试均由礼部负责，故称礼部试。

④ 主于余：寄住在我家。

⑤ 回、路赠言：孔子弟子仲由(字子路)离开鲁国之际，颜回(字子渊，亦称颜渊)、子路相互赠言。典出《礼记·檀弓下》：子路去鲁，谓颜渊曰："何以赠我？"曰："吾闻之也：去国，则哭于墓而后行；返其国，不哭，展墓而入。"谓子路曰："何以处我？"子路曰："吾闻之也：过墓则轼，过祀则下。"

⑥ "天赋"两句：天赋是万物起始的基础，人的努力是使事物得以成就的关键。语出《易·系辞上》："乾知大始，坤作成物。"孔颖达疏："乾知大始者，以乾是天阳之气，万物皆始在于气，故云知其大始也。""大"同"太"。

⑦ "天不人"两句：出自扬雄《法言·重黎》。天意不会无缘无故地发

生,而是需要人的参与和配合;人的努力和行动也需要顺应天意,才能取得成功或实现目标。

⑧ 周公,名姬旦,西周初年的政治家、思想家,周文王之子,周武王之弟,因其封地在周(今陕西岐山北),故称。

⑨ 退然:谦逊、低调的态度。深贬:自我贬抑。

⑩ 鉏(jǔ)铻(wú):不相合。

⑪ 匠石:名叫"石"的巧匠。《庄子·徐无鬼》载匠石运斤的故事。后世常泛称能工巧匠或擅长写作的人。斫(zhuó):砍,削。

⑫ 斤:斧头。削:曲刀。此处皆作动词用。

⑬ 榱(cuī)桷(jué):屋椽。

⑭ 不阅日:不到一天。

⑮ 连抱:多人连臂合抱。楩(pián):楩树。枏(nán):同"楠"。楩木与楠木一般是用作栋梁之材。

⑯ 总章、太室:古代天子明堂有九室,中央一室为太庙太室,正西室名总章太庙。此处指皇宫中的核心建筑。

⑰ 俞:同"愈"。

⑱ 就:成就,完成。

⑲ 概:标准,准则。律:衡量,要求。

⑳ 拘挛:拘谨,拘束,不开通。

㉑ 逢世:与世相适应。技:工匠。

㉒ 铢:古代重量单位,二十四铢为一两。

㉓ 力造:经过努力而达到。扞(hàn)格:相抵触,格格不入。

㉔ 五谷:通常指稻、黍、稷、麦、菽等五种谷物。荑(tí)稗(bài):稻田里的杂草。

㉕ 蕲(qí):通"祈"。祈求。

㉖ 几(jī):接近,达到。

㉗ 病:担心,忧患。为:作为。

㉘ 时轨:世轨,社会公认的规矩与法度。

鉴赏

赠序之作,一般是用于叙友情,述主张,议时事,咏怀抱。这篇《送郭筠仙南归序》,是曾国藩因良友郭嵩焘南归特意而作,却直击其富于学问而短于磨砺的缺点,劝诫针砭多于揄扬褒奖,此非好友不能为之,无真性情者也不能为之。

郭嵩焘(1818—1891),字伯琛,号筠仙,晚号玉池老人,湖南湘阴人。道光十六年(1836)经刘蓉介绍,游学岳麓的郭嵩焘与会试下第的曾国藩相识于长沙,三人同居一室,纵谈五十余日。道光十七年郭嵩焘乡试中举,次年与曾国藩同入礼闱,曾国藩以三甲进士幸入翰苑,而郭嵩焘却榜上无名。秋间曾国藩请假出都,与郭嵩焘结伴南返,道光十九年底离家北上,入都供职,郭嵩焘又随同北上,游处半年,于次年九月间聘入浙江学政罗文俊幕中。道光二十四年郭嵩焘入京会试,曾国藩为之提供宿食方便,榜发,郭嵩焘落第,仍留京师,次年恩科又未得中。郭嵩焘离京南归前夕,曾氏援引颜回、子路互相赠言的前贤旧例,撰写这篇赠序慰勉郭嵩焘。

文章首段交代行文目的。先从日常生活导入:“凡物之骤为之而遽成焉者,其器小也;物之一览而易尽者,其中无有也。”立论果决斩绝,以立意警策先声夺人。随后切入作者与受序者的关系,“相识九年矣”,言交往时间之长;“即之也温”写品德,语出《论语·子张》篇,属于君子“三变”之一,暗含郭氏有“君子”之风;“挹之常不尽”句写才华,喻其高深未测;“促膝而语者四百余日”,言交往之密和相知之深；“乃得尽窥其藏”，暗含郭氏之“浅”，但出语纯挚，没有冷嘲热讽，为下文“慰勉”埋下伏笔。接续一句“甚哉，人不易知也！”强调知人之难，下笔自留余地。

文章第二段，开门见山，亮出观点：“盖天生之材，或相千万，要于成器以适世用而已。”即天赋材质需要经过后天的精心培养和雕琢，才能成为有用的器物，笔触简洁有力。随后承“或相千万”进行铺衍，对材之大小者，分别展开对照论述，在“小者”中区分出“尤小者”，在“大者”中区分出“尤大者”，用语陌生化，峭拔雄直。以“琢之成器”（要于成器）和“利于用”作为君子取舍的前提和标准，突出强调了后天的努力，一正一反，醒目豁然。继之征引古语“天赋大始，人作成物”和“人不天不因，天不人不成”，在天（赋）人（为）关系中，再次突出人（为）的重要性，并且指出即使像周公一样天赋异禀，但也需要后天的努力才能成为有用之才，进一步从反面论证人（为）的重要性。如此环环相扣，层层推进，很有说服力。

文章第三段，进一步指出不同人才类型的“成器”路径。先以“余所友天下贤士”宕开一笔，再自然论及郭氏才性，显得收放自如，文笔摇曳多姿。“或以德称，或以艺显，类有以自成者”，接续第一段的逻辑，从德、艺（业）两个角度次第展开。先写友人“德行”的一面：“绝异之姿，退然深贬，语其德若无可名”，以“绝异之姿”写其超凡脱俗、与众不同的卓越才能，以“退然深贬”写其谦逊低调，甚至故意自贬，以致让人觉得他的品德似乎无法用言语来表达。再写“艺”的一面：“学古人之文章，入焉既深，而其外犹若鉏铻而不安，其无所成者与？”郭氏学习古人的文章，虽然深入其中，但外表上还是粗糙，好像没有成熟。指出郭氏富于学而短于历练，在揄扬中略作贬抑，自然为下文“慰勉”张目。随后以巧匠建造器物为喻，通过对比不同材质和器物的成器过程，设喻论证“其器俞大，就之俞艰”，分别从“方寸之木”到“径尺之材”的“榱桷”，再到“连抱之梗枏”的“梁栋”的器物大小维度，从“不移瞬而成物”到“不阅日而成”，再到“经旬累月而不得成”的时间长短维度，以排山倒海之势，层层递进，呈现出磅礴迸发的逻辑力量。

值得指出的是，文章借用“材”“器”的语义双关，既指建造器物愈大愈难，亦可指人成器愈大愈难，从自然转到人文，过渡巧妙。孔子指出“人有五仪”：庸人、士人、君子、贤人、圣人，作者则按浅者、众人、君子、贤者、圣人等多个层次，分类指出人才成器的路径。浅者（约等同于庸人），“欲以一概（简单、统一的标准或方法）律之”；贤者，“绝拘挛之见，旷观于广大之区，而不以尺寸绳人”；众人（约等同于士人），“逢世之技，智足以与时物相发，力足以与机势相会”；重点标举君子的不同：“赴势甚钝，取道甚迂”，“德不苟成，业不苟名”，再次以德业并举，两两相对，与上文德、艺呼应。面对艰难困苦和挫折障碍，始终坚持而后有所进步，“铢积寸累”，由小而大，达至德行和学识纯熟的地步，最终成为“圣人”一类的人。君子不走捷径，不图虚名，锱铢积累，艰难前进。君子成功也许比别人晚，但一旦成功，就是大成功。如果“造之不力，歧出无范”，那么，即使是“虽有瑰质”，也将“终亦无用”，一事无成。对仗、骈偶等多种修辞叠加出现，语言铿锵有力，富有感染力。

最后一段，作者出以对离别友人的慰勉。首先引用孟子名言“五谷不熟，不如荑稗”，并以“诚哉斯言也”明确赞同，从而顺势提出“筠仙勖哉”，“去其所谓扞格者”，从而符合君子标准，成长为圣人一类。然后翻出一层波澜，再次导入常理，“人亦病不为耳”，同时反向论述，如果“自揣既熟，而或不达于时轨，是则非余之所敢知也”，语气看似委婉，实则决绝，否定意味跃然纸上。而从结构而言，首段“人不易知”到结尾的“不敢知”，再次呼应。

文章集中体现了曾国藩散文的三个特点：一是随处征引，体现出学问广博，二是气盛理充，析理透彻，体现出见识弘通，三是章法严谨，文气酣畅，体现出凌越古今、百川归海的雄直。曾国藩屡言“平生好雄直瑰玮之文”，追求“刚健雄厚”，推崇笔势雄健，气象峥嵘，议论纵横，本篇于此多有体现，在曾氏散文中属于上乘之作。

道光二十七年，郭嵩焘再次进京会试，终获成功，由翰林院编修历官江苏盐运使，广东巡抚，出使英国、法国大臣与兵部侍郎，成为开眼看世界的洋务派代表人物。

（向志柱）

朱心垣先生五十六寿序

原文

于余为兄弟行[①]，结交最少[②]，久而弥挚者，屈指无几人也，则有若朱啸山富春。于余为父执[③]，又早器余，余爱慕而不敢侮者，亦无几人也，则有若姻伯心垣先生。啸山为先生冢嗣[④]，其交余也，先生实令之也。先是，先生与家严君同学[⑤]，互相掖重，两家世好既笃[⑥]，重之以婚姻，故余知先生特详。

前岁丙申，先生年五十，啸山谋称觞[⑦]，乞余以言侑爵[⑧]。先生曰："是何为者？传曰'恒言不称老[⑨]'，今吾方托堂上之荫[⑩]，将不以礼处我乎？抑以谀词诬我乎？且古者下寿六十[⑪]，今吾犹未也。"固请不获。又数年，啸山举于乡[⑫]，偕余北上，从容谓曰："吾父所以固辞颂祷者，善则归亲，义不得专也。今吾欲丐子文，为寒门作家庆图，使吾父上有以承祖父母欢，下有以自娱，而即以为吾父寿，可乎？"余曰："可。昔董召南隐居孝义，昌黎韩子为诗记其事[⑬]；姚氏三瑞堂，世以孝称，东坡亦作诗美之。今君欲以娱重闱者娱其亲[⑭]，是孝子等而上之之义也。贤哉！吾不能以诗寿先生，请觍陈君家天伦之乐[⑮]，以娱先生之志。"

今夫科名宦达，岂以宠身，亦借为显扬之资也[⑯]。先生以第一人补弟子员[⑰]，再踬场屋，遂弃举业[⑱]，其天怀恬淡，视青紫不值一映耳[19]。乃其督课子侄，则锐意进取，惟恐后时。讨论史事，旁及制艺书学[20]，皆得窾郤而勖以法度[21]。在先生岂徒欲弋取时荣哉？不过欲博膝下之欢[22]，使老人闻之曰："阿孙才，今试已列前茅矣；阿孙能，可以与贤书选矣[23]。"因而鼓舞后进，怡然忘老。此其可娱者一也。

君家田园足以自给，先生周视原野物土之宜，稻粱之外，杂莳嘉蔬。种秫二顷，获以酿酒，名曰"延龄"，杀鸡佐之。但以奉亲，不以劝客，有余则庋置焉[24]。门外方塘，广可百亩，旁置小艇，宜钓宜网。当春种鱼，秋则取之，以强半供甘旨[25]，其他则请所与子姓醉饱[26]，波及群下[27]。其可娱者又一也。

君家早岁颇有外侮，自先生综家政，敬宗收族[28]，袒免以下[29]，一视同仁。闾里细民[30]，强梗者锄之，不肖者劝之，贫无告者周恤之[31]，竭力之所胜而不德焉。比来一境怗然[32]，曩时箕舌之怨、雀角之争，皆以潜消[33]，而高堂暮齿亦得晏安无患[34]。其可娱者又一也。

抑闻之，夫妻好合，兄弟既翕[35]，父母其顺矣。先生早占炊臼[36]，续以鸾胶[37]，不闻有遇虐后母之事，非刑于之道乎[38]？方凤台先生之以计偕入都也[39]，先生曰："予弟行役[40]，不可以劳门闾之望[41]。丈夫何惮万里哉！"乃杖策送弟北征[42]，而卫以俱返，不贤而能之乎？迩年以来，弟侄能文者，先生为之延师课读；肄武者，为之料量鱼服竹闭之具[43]，使之皆得成名。以故床第之间秩如也[44]，昆弟翼翼如也[45]，寝门之内䜣䜣如也[46]。此甚可娱者一也。

又先生熟于形家之言[47]，往为大母卜佳城[48]，备极劳瘁，终乃永臧[49]。今腰脚尚健，暇则陟层岭，披蒙茸[50]，裹粮而从一奚[51]。游览既审，归而告于堂上曰："某水某山，大人所经历也，有佳兆，当贵至彻侯[52]。某宅某田，大人所钓弋之所也，居之后必昌。"因与指画形势，兼诵《撼龙》《疑龙》之经[53]，而堂上亦倾听不倦，或佯诺之，微笑其幻渺。此亦可娱之一端也。

夫天伦之乐，岂有形哉？日用优游之地，行之而不著，习矣而不察，道路传为盛谈，或油然兴感。而当境者行其心之所安，视为固有而不足怪。以先生之德之遇，凡所谓可以自娱，即以娱亲者，皆已自得之而自忘之。不知此中真乐，虽三公不足以易也[54]。却老延年之道，有进于此乎？啸山归述吾言，酌而祝焉可也。

啸山拜曰："善。"

遂书以为之序。

注

① 兄弟行(háng)：兄弟辈。"行"即"排行"。

② 最少(shào)：最小。

③ 父执：父亲的朋友。"执"即"至交好友"。语出《礼记·曲礼上》："见父之执，不谓之进，不敢进；不谓之退，不敢退；不问，不敢对。"

④ 冢嗣：嫡长子。
⑤ 严君：父母，也特指父亲。家严君，即我父亲之意。
⑥ 世好：世代交好，几辈人都有交情。
⑦ 称觞：举杯祝酒，此处代指祝寿。
⑧ 侑(yòu)爵：劝酒，或饮酒时歌舞助兴。爵是古代用青铜制成的酒盏。
⑨ 传(zhuàn)：对儒家经籍的解释。恒言不称老：语出《礼记·曲礼》："为人子之礼，冬温而夏凊，昏定而晨省……恒言不称老。"即父母在世的时候，子女平时与人交谈，不可自称年老。
⑩ 堂上：居室的正厅，家长居住之室，因而用以代指父母。
⑪ 下寿：古人以百岁为上寿，八十岁为中寿，六十岁为下寿。
⑫ 举于乡：乡试中举。
⑬ 昌黎韩子：唐代文学家韩愈，籍贯河南，但自称郡望昌黎(今辽宁义县，一说河北昌黎)。韩子是对韩愈的尊称。
⑭ 重闱：古人以"庭闱"代指父母，"重闱"即祖父母。
⑮ 覼(luó)陈：详细地陈述。
⑯ 显扬：称扬，表彰。
⑰ 补弟子员：考取为府学或县学的生员，俗称"中秀才"。
⑱ 踬(zhì)：本义是跌倒，引申为挫折、失败。场屋：科举考场。
⑲ 青紫：黑色、紫色的官服。古人以服装的颜色与图案区别等级身份。不值一吷(xuè)：不值一提，不值一笑。吷，撮口吹气的样子。
⑳ 制艺：科举考试，按题作文，格式严格，故称"制艺"或"制义"，明清两代特指八股文。
㉑ 窾(kuǎn)郤(xì)：本义是空隙，因《庄子·养生主》"庖丁解牛"熟练操刀，"批大郤，导大窾，因其固然"，引申出"要领""法则"的意思。
㉒ 膝下之欢：儿女幼时常在父母膝下玩耍，"膝下"便表示在父母身边，或代指父母，博取父母开心即"承欢膝下""膝下之欢"。
㉓ 与贤书选：科举时代称乡试得中举人为"登贤书"，与贤书选，即参与乡试考选。
㉔ 庋(guǐ)置：收藏。
㉕ 强半：大半，多半。甘旨：本义是美味的食物，此处是奉养父母的美食。
㉖ 所与子姓：平时交往的儿孙晚辈们。

㉗ 群下：家中打杂帮工的人。

㉘ 敬宗收族：敬仰宗族祖先，团结同族亲人，不使流落失散。语出《礼记·大传》："是故人道亲亲也。亲亲故尊祖，尊祖故敬宗，敬宗故收族，收族故宗庙严。"

㉙ 袒免以下：五服之外的亲戚。古代依据亲属关系之远近，制定斩衰、齐衰、大功、小功与缌麻五个等次的丧服，统称"五服"，其他远亲，只需"袒衣露臂、免冠系发"以示哀悼。

㉚ 闾里：乡里，街巷，泛指邻居。细民：小民，平民。

㉛ 贫无告者：穷苦无助之人。周恤：周济，救助。

㉜ 怗(tiē)然：相安无事。

㉝ 曩(nǎng)时：以前，从前。箕舌之怨：指家庭里的细小口角。箕舌指簸箕底伸展向前之宽广处，其状如舌。《礼记·曲礼上》："坐毋箕。"唐孔颖达疏："坐毋箕者，箕谓舒展两足，状如箕舌也。"雀角之争：指邻里间的诉讼纠纷。《诗·召南·行露》："谁谓雀无角，何以穿我屋？谁谓女无家，何以速我狱？"

㉞ 高堂：本为房屋的正室厅堂，为一家之长所居之室，后用作子女对父母的敬称。暮齿：暮年，晚年。

㉟ 翕(xī)：协调，融洽。

㊱ 早占炊臼：妻子早亡。唐人段成式《酉阳杂俎》记张某外出，梦见有人在捣米的石臼中做饭，王某为他解梦：用石臼做饭，是无釜(妇)了。张某回去，妻子果然去世了。后人便用"炊臼"代指丧妻。

㊲ 鸾胶：神话传说由凤凰的嘴和麒麟的角熬制的胶，粘合力很强，能黏合断掉的弓弦与琴弦，故称"鸾胶续弦"；古人以琴瑟和鸣比喻夫妻和睦，故丧妻称断弦，再娶为续弦，所以"鸾胶"也有男子续娶后妻之意。

㊳ 刑于：夫妇和睦，治家有道。《诗·大雅·思齐》："刑于寡妻，至于兄弟，以御于家邦。""刑"通"型"，即"典型示范"，谓周文王秉持礼法，以身作则。"寡妻"是自谦之词，即寡德之人的妻子。

㊴ 方：正在，当。计偕：汉代盛行征召地方有名望的人进京授职，一般偕同本地掌管地方财政收支的计吏，乘坐公车同行，以便在途食宿。后世举人入京会试，沿途投宿，也部分享有公车接待的待遇，所以也称"计偕"。

㊵ 行役：本义是指服兵役、劳役或公务而外出远行，后泛称行旅、

远出。

㊶ 门闾(lǘ)之望：语出《战国策·齐策》："王孙贾年十五，事闵王……其母曰：'女(汝)朝出而晚来，则吾倚门而望，女暮出而不还，则吾倚闾而望。'""闾"是巷口的大门。后世用"倚门倚闾"形容父母切盼子女回家的牵挂之情。

㊷ 杖策：本义是拄着拐杖，后引申为外出跋涉、出门旅行的意思。

㊸ 鱼服：鱼皮制的箭袋。"服"通"箙"，即盛弓箭的袋子。竹闭：即弓檠，保护弓的竹片。

㊹ 床笫(zǐ)之间：笫为垫在床上的竹席，床笫即床铺，床笫之间代指夫妻之间。秩如：条理井然有序。

㊺ 昆弟：兄弟。翼翼如：恭敬谨慎的样子。

㊻ 寝门：内室之门。䜣(xīn)䜣如：欣喜的样子。"䜣"同"欣"。

㊼ 形家：旧时从风水角度观察地形吉凶，替人选择宅基、墓地而以此为业的人。

㊽ 大母：祖母。佳城：墓地。据《西京杂记》，滕公外出，至某地，马驻足刨地，滕公使人掘地，见一石铭，铭文为"佳城郁郁，三千年见白日。吁嗟滕公居此室"，滕公即下令死后葬于此地。后世便以"佳城"作为墓地的代称。

㊾ 永臧(zāng)：安葬。"臧"通"藏"。

㊿ 披：拨开。蒙茸：丛生的杂草。

51 从一奚：带着一个仆人。此处"从"为"使……跟从"，奚为奴仆。

52 彻侯：秦汉时代，官爵分二十个等级，最高一级为彻侯。

53 《撼龙》《疑龙》之经：即《撼龙经》《疑龙经》，据传为唐代风水师杨松筠作，以七言韵语歌诀，介绍风水之说。

54 三公：古代三个最显赫官职的合称，或以司马、司徒、司空为三公，或以太师、太傅、太保为三公。此处泛指最高官位。

鉴赏

朱心垣，名镇南，心垣是其号，他与曾国藩父亲曾麟书都受业于本县拔贡彭兴护，两人先后得中秀才。两家子弟，曾国藩与朱富春(即文中所称"啸山")，由此成为少年朋友,即文中所称“其交余也,先生实令之也”。后来朱镇南弟朱镇湘之子娶曾麟书之女,对曾国藩而言,这位父执也就成了“姻伯”。作文之时,当年朱镇南眼中的可爱少年曾国藩,已经在科举道路上一路捷报,中举人,中进士,入翰苑,贵为天子门生,一年前已经授职为翰林院检讨,前程一片光明。此时握笔,为乡间父执作寿文,家乡情怀真挚饱满,山乡风物宛在目前,因此写得朴素而又亲切,陈年往事,娓娓动听。

而这篇寿文更突出的特点,便是结构上的一波三折,却又环环相扣,层层推进。

先看第一层,也就是本文的第一段,“于余为兄弟行,结交最少,久而弥挚者,屈指无几人也,则有若朱啸山富春。于余为父执,又早器余,余爱慕而不敢侮者,亦无几人也,则有若姻伯心垣先生”,不仅如此,更有“先生与家严君同学,互相掖重,两家世好既笃,重之以婚姻”,起笔的排比与递进,明显传递出寿文的“非作不可”。但接下来的第二段,文章转入第二层,却是寿星固辞寿文,而且理由非常充分:父母在,不称老,如果庆寿,则“将不以礼处我乎”?下寿六十,“今吾犹未”,此时“称觞”,此时“侑爵”,简直毫无道理,所以质问,“是何为者?”因此,“固请不获”。然而,几年后,朱富春得中举人,进京会试,旧事重提,理由是“吾父所以固辞颂祷者,善则归亲,义不得专”,一切都要归功于祖父母,自己没有什么值得称述的,那么,如果我们“为寒门作家庆图”，则正可以“使吾父上有以承祖父母欢，下有以自娱，而即以为吾父寿”。于是曾国藩欣然赞同，援引董氏、姚氏孝义感人，韩愈、苏轼先后作诗赞美，“今君欲以娱重闱者娱其亲，是孝子等而上之之义”，那“我”也正可以“觇陈君家天伦之乐，以娱先生之志”。顺理成章，第三层水到渠成。一问一答，有来有去，在父子之间、朋友之间的对话中，文章的脉络自然展开。

接下来，文章从五个方面，即科举顺遂以怡老、勤劳致富供甘旨、敬宗收族“而高堂暮齿亦得晏安无患”、“夫妻好合，兄弟既翕”则“父母其顺”、“形家之言”“而堂上亦倾听不倦”，逐一归结出五个“其可娱者”。其中状写家中老少，如“阿孙才，今试已列前茅矣；阿孙能，可以与贤书选矣”，如“丈夫何惮万里”，“或佯诺之，微笑其幻渺”，各具声色笑貌；而“稻粱之外，杂莳嘉蔬。种秫二顷，获以酿酒”“门外方塘，广可百亩，旁置小艇，宜钓宜网。当春种鱼，秋则取之”等处，祥和安宁，又是一派田园风光；至于“督课子侄，则锐意进取”“强梗者锄之，不肖者劝之，贫无告者周恤之，竭力之所胜而不德”“床笫之间秩如也，昆弟翼翼如也，寝门之内訢訢如也”，更是写出了父执姻伯治家有方、为一方楷模的山乡秀才形象。至此，读者几乎是浑然不觉而理所当然地认同，这篇寿文，确实“非作不可”，“君家天伦之乐”，确实就是“先生之志”，他以一己之力，以身作则，修身齐家，带来了全家人的丰乐与和睦。

但是，作者并没有就此搁笔，而是更进一步，生发出一番“天伦之乐，岂有形哉”的议论。居家理事，日常生活，只要“行其心之所安”，哪怕是“行之而不著，习矣而不察”，但仍然足以“传为盛谈”而“油然兴感”。这种“自娱即以娱亲”“自得之而自忘之”的境界，岂不是“此中真乐，虽三公不足以易”？难道“却老延年之道”，谁还能“有进于此乎”？这段议论，不仅情理顺畅，而且很有气势，更又切合上文的“天伦之乐”与“先生之志”。如此孝义之道，确实值得作文表彰，尤其值得邻里效仿取法。人人修身在此，户户齐家在此，天伦之乐，全在于此。文以载道，为时而作，有益于世道人心，这才是古文家的社会责任，这篇为父执姻伯而作的寿文，如此便超越一般的应酬阿谀之作，一波三折，至此跃上一个新的高度。

（王澧华）

朱玉声先生七十三寿序

原文

天可补，海可填，南山可移[①]，日月既往，不可复追。其过如驷[②]，其去如矢[③]，虽有大智神勇，莫可谁何。夸父之追日[④]，鲁阳之挥戈[⑤]，陶士行之惜阴[⑥]，有以哉！有以哉！

余与朱尧阶以道光十年论交于长沙，当时相见恨晚。曾几须臾[⑦]，遂阅“一终”“一星终”矣[⑧]。前岁戊戌，余乞假旋里，值玉声先生七十诞辰，尧阶以寿亲之文见属，余忻然不辞。迁延未报，一诺三年。甚哉，光阴之迁流如此，其足畏也！人固可自暇逸哉？以余玩愒时日[⑨]，有言不践，学问不加进，而尧阶不务显扬之实，徒欲以祝史徽言娱亲志[⑩]，二者均非先生之所许也，何足以为先生寿？虽然，吾与尧阶交旧矣，不可不略抒固陋，表先生之暗修[⑪]，以征其所以延龄之由，以卜将来无量之福，以慰吾尧阶，以勖吾尧阶也。

盖先生则可谓不自暇逸者矣。先生少失怙[⑫]，既冠又失恃[⑬]。家故贫，破屋数椽[⑭]。兄弟谋析产，先生以其稍完者付诸昆，而指其隙地一弓自予[⑮]。去之贾[⑯]，不数年致千金，已而散去。又如是，又散去，屡裕屡绌，晏如也[⑰]。先生有嫂早寡，穷不能自存，乃为之谋生计，抚孤儿，终节妇之世，无衣食虑。复出资，为之表其节，闻于有司[18]，与其大母并建总坊[19]。尤慷慨好义，宗族中有不能自赡者，佽之必给[20]；有没不能终葬具者[21]，周之必无缺礼。子侄有游惰无常职者，掖之培之，视其材必俾有成。他如联族谱，建支祠，治祖茔，置祭产，凡事关本原之大者，经之营之，有废必举，有初必终。故其所以屡绌者，人皆知之，为其急公也，为其义也；其所以屡裕者，人或不知。传曰："民生在勤，勤则不匮。"[22]先生之所为常致充盈、绰绰有余者，勤而已矣，不自暇逸而已矣。计自少壮以洎今日，拮据飘摇，几无虚日。今夫天恢恢大圆，终古磨旋[23]，今夫山终古常峙，海终古常流，其盛大而生物不测，由其不贰。不贰故不息，不息故久。夫人也亦若是焉矣，守其朴者完其素，劳其力者贞而固。户枢不敝，磨铁不蚀，胥是道也。以先生之不自暇逸而得康强逢吉，又何疑乎？又何疑乎？

余与尧阶相友以心，相砭以道义。今尧阶幸得啜菽饮水[24]，承欢膝下；而余一官匏系[25]，既不能拾遗补阙，有丝毫裨益于时，又不能归侍晨昏，又不得奉板舆以迎养[26]，余自是有羁旅之感矣。"风"有《陟岵》之章[27]，"雅"有《四牡》之什[28]，皆以行役在外，眷怀门闾。孔子曰："父母之年，不可不知也。"愿吾尧阶佩玦管，调滑甘，爱光阴如拱璧，舞彩服如婴儿[29]。由是而后，先生乐孙曾之蕃昌[30]，欣琴瑟之静好[31]，耄耋期颐[32]，怡然忘老，则尧阶庶不负读书之志，不忝于盛德大业耳。君子进德修业，欲及时也。时乎，时乎，事亲者可或忽乎！此所以勖尧阶、以慰尧阶，而即以为先生寿者尔。

注

① 南山可移：南山，即终南山，在陕西西安南。《旧唐书·李元纮传》："(元纮)初为泾州司兵，累迁雍州司户。时太平公主与僧寺争碾硙……元纮遂断还僧寺。窦怀贞为雍州长史，大惧太平势，促令元纮改断，元纮大署判后曰：'南山或可改移，此判终无摇动。'"

② 其过如驷：形容岁月飞速流逝。驷：四匹马所拉之车。《墨子·兼爱》："人之生乎地上之无几何也，譬之犹驷驰而过隙也。"

③ 其去如矢：形容时光飞逝。矢，箭。《战国策·齐策》苏秦游说齐宣王，有"三军之良，五家之兵，疾如锥矢，战如雷电，解如风雨"之句。

④ "夸父"句：形容追赶时间。语出《山海经·海外北经》："夸父与日逐走，入日。渴，欲得饮，饮于河、渭，河、渭不足，北饮大泽。未至，道渴而死。弃其杖，化为邓林。"

⑤ "鲁阳"句：形容挽留时间。语出《淮南子·览冥训》："鲁阳公与韩构难，战酣日暮，援戈而㧑之，日为之反三舍。""㧑"，挥动。"三舍"，古代行军以三十里为一舍，三舍为九十里。

⑥ "陶士行"句：《晋书·陶侃传》："陶侃，字士行……常语人曰：'大禹圣者，乃惜寸阴，至于众人，当惜分阴，岂可逸游荒醉。生无益于时，死无闻于后，是自弃也！'"阴，日影。"寸阴""分阴"即日影移动一寸、一分的时间，形容时间极短。

⑦ 曾(céng)几须臾：曾几何时。须臾，片刻之间。

⑧ 阅：经过。"一终""一星终"："一终"与"一星终"都是十二年，此处复用。语出《左传·襄公九年》："十二年矣，是谓一终，一星终也。"杜预注："岁星十二岁而一周天。"岁星即木星，大约十二年绕太阳一周。

⑨ 玩愒(kài)："玩岁愒日"的略语，即贪图安逸，旷废时日。愒，荒废。

⑩ 祝史：负责祭祀的祝官与负责记事的史官的合称。徽言：美言，吉言。

⑪ 暗修：暗自修行砥砺，不自表曝，不为人所知。

⑫ 失怙(hù):丧父。怙:依靠。语出《诗·小雅·蓼莪》:“无父何怙?无母何恃?”下文“失恃”指丧母。

⑬ 既冠:年过二十。《礼记·曲礼上》:“男子二十曰弱,冠。”加冠以示成年之礼。

⑭ 数椽(chuán):几间房屋。

⑮ 一弓:一箭之地,形容其小。

⑯ 去之贾(gǔ):离家外出做生意。

⑰ 晏如:形容安然自若的样子。

⑱ 有司:官府中的官长。官员各有专责,各司其责,故称“有司”。

⑲ 大母:祖母。坊:牌坊,封建时代用来表彰功德志节的纪念性门楼。

⑳ 佽(cì):帮助,资助。

㉑ 没(mò):通“殁”,去世。

㉒ 传(zhuàn):对儒家经籍的解读注释。勤则不匮:《左传·宣公十二年》:“民生在勤,勤则不匮。”匮即匮乏、不足。

㉓ 磨旋:不停地周转。

㉔ 啜(chuò)菽饮水:饿了吃豆羹,渴了喝清水,形容生活清苦。《礼记·檀弓下》:“子路曰:‘伤哉贫也!生无以为养,死无以为礼也。’孔子曰:‘啜菽饮水,尽其欢,斯之谓孝。’”

㉕ 匏(páo)系:羁滞而又不为世重。语出《论语·阳货》:“子曰:‘吾岂匏瓜也哉!焉能系而不食?’”清代学者刘宝楠解释为:“匏瓜以不食,得系滞一处。”

㉖ 板舆:古代的一种简易轿子,一般为老人乘坐。板舆迎养,做官者把父母从家中接来任职之地奉养。

㉗ 风:《诗经》中的十五国风,即十五个地区的歌谣。陟(zhì)岵(hù):《诗经·魏风》中的一篇,其中有“陟彼岵兮,瞻望父兮”“陟彼屺兮,瞻望母兮”之句,抒发在外奔波想念父母之情。陟,即攀登,岵为有草木的山。

㉘ 雅:《诗经》有“小雅”“大雅”,即君王诸侯朝会时所歌咏的篇章。四牡:《诗经·小雅》中的一篇,有“四牡騑騑,周道倭迟。岂不怀归,王事靡盬,我心伤悲”“王事靡盬,不遑将父”“王事靡盬,不遑将母”等句,抒写基层官员为朝廷公事四处奔走而不能在家奉侍父母的内心伤痛。

㉙ “舞彩服”句:据传春秋时楚国隐士老莱子,年过七十,还像小时候

那样，身穿花衣跳舞，逗父母开心。

㉚ 孙曾：孙子与曾孙。蕃昌：儿孙蕃衍昌盛。

㉛ 琴瑟之静好：形容夫妻和睦安宁。语出《诗·郑风·女曰鸡鸣》："宜言饮酒，与子偕老。琴瑟在御，莫不静好。"

㉜ 耄(mào)耋(dié)：八九十岁的高龄老人。期颐：一百岁。语出《礼记·曲礼上》："人生十年曰幼，学……百年曰期，颐。"颐，即保养。

鉴赏

明清两朝，寿序、谱序之文日渐增多，曾国藩文集中就颇有这类应酬之作，他自己也在《王荫之之母寿序》《易问斋之母寿诗序》中一再声明，"寿序，非古也"，"而为此体者，又率称功颂德，累牍不休。无书而名曰序，无故而谀人以言，是皆文体之诡，不可不辨"，但"闾巷之士，狃于习而不求其说，立言者虽知其事微薄，而不忍拒孝养者之请，牵率以从事"，所以，"明归太仆数鄙之而数为之"者，"宜也"，也就是权宜变通。就在他创作《朱心垣先生五十六寿序》《朱玉声先生七十三寿序》的当年，他自己也曾托请同乡京官金藻，为父亲曾麟书作寿序。时代风气，无足多怪，而且，只要情真意切，意旨高远，照样能够写出不同凡响的好文章。前选《朱心垣先生五十六寿序》是如此，本篇《朱玉声先生七十三寿序》也是这样。

让我们跳过第一段，先从第二段看起，所谓"前岁戊戌，余乞假旋里"，说的是曾国藩第三次参加会试，在道光十八年(1838)得以成进士，并且朝考改翰林院庶吉士，这才循例"乞假旋里"，衣锦还乡。适逢早年好友朱尧阶(即朱蓂，尧阶是其号)之父七十大寿,于是,一个求作寿文,一个欣然答应。可是,一诺三年,这才动笔,不禁恍然惊呼:"甚哉,光阴之迁流如此,其足畏也!人固可自暇逸哉?"由此更进一步追问,"以余玩愒时日,有言不践,学问不加进,而尧阶不务显扬之实,徒欲以祝史徽言娱亲志,二者均非先生之所许也,何足以为先生寿?"而相形之下,朱父之"暗修",更能激励后辈及时警醒,珍惜宝贵时光。

然后我们再回到第一段,"天可补,海可填",但日月不可复追;因为时光是"其过如驷,其去如矢"的,哪怕你有再大的神勇,也无可奈何;古往今来,"夸父之追日,鲁阳之挥戈,陶士行之惜阴",加以一叠连声的"有以哉",将这三组对比推向一个蓦然回首的惊叹与感慨,从今以往,谁还敢"固自暇逸哉"?一诺三年、有言不践的自责,时光如水、白驹过隙的时不我待,双重叠加,不期然而然地催生出一个切合无垠的主题,及时奋发,"不自暇逸"。

文章主脑一旦确立,后续的篇章也就顺势展开,第三段的第一句,"盖先生则可谓不自暇逸者矣",也就水到渠成地出现在这里。然后,从一个自小丧父、几间破屋的贫苦家庭,如何勤劳发家,又如何周济寡嫂与孤侄,尤其是如何"慷慨好义",以至于"屡裕屡绌",如"宗族中有不能自赡者,佽之必给;有没不能终葬具者,周之必无缺礼",如"子侄有游惰无常职者,掖之培之,视其材必俾有成","他如联族谱,建支祠,治祖茔,置祭产,凡事关本原之大者,经之营之，有废必举，有初必终”，逐一写来，充分展示其“不自暇逸”的具体表现。

写到这里，文章却生出另外一段波折，即“其所以屡绌者，人皆知之，为其急公也，为其义也”，但是“其所以屡裕者，人或不知”，进而指出，朱父之所以“常致充盈、绰绰有余者”，关键在于“勤而已矣，不自暇逸而已矣”，“计自少壮以洎今日，拮据飘摇，几无虚日”。不同于前半段的围绕急公济贫的事实而展开叙述，后半段却是别开生面，着重议论，先是引经据典，“民生在勤，勤则不匮”，然后大发感慨，一则曰“天恢恢大圆，终古磨旋”，再则曰“山终古常峙”，三则曰“海终古常流”，如此“盛大而生物不测”，都是“由其不贰”，“不贰故不息”，“不息故久”，进而指出，天道如此，人道也是如此，“守其朴者完其素，劳其力者贞而固”，所以，这才有朱父之“不自暇逸而得康强逢吉”。一头一尾，前后呼应，都落实到“不自暇逸”这个中心主旨上。

当然，这并不是文章的结尾，而且就结构的完整性来说，文章也不能就此结束，因为文章是从两位晚辈的“有言不践”与“徒欲以祝史徽言娱亲志”，“二者均非先生之所许”，从而有违于老辈的“不自暇逸”，所以，必须还要顾及“余与尧阶”这一层，文章的构架，这才严整周密。作者正是这样，不仅主题得以升华，而且文气继续上行，它说的是“余与尧阶相友以心，相砭以道义”，“今尧阶幸得啜菽饮水，承欢膝下”，“而余一官匏系”，“不能归侍晨昏，又不得奉板舆以迎养”，所以，更希望尧阶珍惜光阴，尽心孝养，读书有成，让家中老人“怡然忘老”，“君子进德修业，欲及时也”，时不再来，则“事亲者可或忽乎”？走笔至此，再来一句“此所以勖尧阶、以慰尧阶，而即以为先生寿者尔”，既是主题上的一锤定音，更是文气上的一气呵成。

这篇文章，还有一个行文上的特点，那就是句式整饬而又错落有致，言之有物更能文采斐然。开篇三句，三组排比，呈递、夸张之外，再来两句“有以哉”“有以哉”的反复，不仅让人过目不忘，而且更能琅琅上口。第二段的结尾句“以慰吾尧阶，以勖吾尧阶”，与第四段的“此所以勖尧阶、以慰尧阶”，明显重复，但“慰”“勖”的字序，却又显然是特意调换；第四段的“时乎，时乎”，也似乎是有意呼应第三段的那两声“又何疑乎？又何疑乎”。行文之中，长句与短句，对偶与单行散句，交错出现，如“先生少失怙，既冠又失恃”“家故贫，破屋数椽”，如“有嫂早寡，穷不能自存，乃为之谋生计，抚孤儿，终节妇之世，无衣食虑”，文气舒缓有致；“天恢恢大圆”“山终古常峙”“海终古常流”三句，整齐对偶，但中间插上一句“终古磨旋”，无端生一顿挫之美；“守其朴者完其素，劳其力者贞而固”，本是很好的对句，但前一句却是“夫人也亦若是焉矣”的单行散句，两个实词，夹在六个虚词之间；“户枢不敝，磨铁不蚀”这样的对句，偏用“胥是道也”的散句来做结，有意无意之间，形成一种“嘈嘈切切错杂弹，大珠小珠落玉盘”的音乐效果。

所以说，即便是像寿序这样的应酬文体，哪怕是作者自己“数鄙之而数为之”，但只要出以真情实感，精心谋划篇章结构，提炼主题思想，打磨字词文句，照样能写出文气磅礴、立意高远的佳作来。

（王澧华）

王翰城刺史五十寿序

原文

古无生日之礼。《颜氏家训》称："江南风俗，是日有供顿声乐[①]。"盖此礼始于齐梁之间，后世自贵逮贱[②]，无不崇饰；开筵称寿[③]，习以为典。癸卯夏，王君翰城将出牧冀宁[④]，即于是秋五十寿辰，同人或谋祝之。翰城曰："非古也。"其友人曾国藩亦曰："非古也。"虽然，子将别矣，不可无以赠子。

盖古者四十而仕、五十服官政[⑤]。"服政"云者，为大夫以长人[⑥]，布政得自专也[⑦]。古者建官无冗，立法无繁，故任人靡不专，而事靡不理。后世天下之事萃于六曹[⑧]，六曹之属无虑千计。法令日密，吏胥便之[⑨]。每事至，吏以意讨例，官则睨吏意以行[⑩]。吏颐使[⑪]，则官可之；吏目止，则官否之；属官所左[⑫]，卿长亦左之[⑬]。事无定见，惟众之随。故近日服官得专政者[⑭]，内惟枢府[⑮]，外惟牧令[⑯]。枢府数人，或意见各歧，则得专者尤莫如牧令也。牧令朝行一政，朝及于民。福民则我实福之也，殃民则我实殃之也。然牧令或不贤，往往不自为政。上则伺大府之喜怒[⑰]，下则时胥徒之向背[⑱]，虽欲自专而有所不能。

翰城读书四十余年，今以服政之日，为天子之刺史[⑲]，吾知其能自专矣。夫为刺史而得自专，而不为大府与胥徒钳制者，岂徒然哉？其殆必有所以矣。翰城勉乎哉！他日闻有供顿声乐，跻堂而称寿者，必天子所付托刺史之百姓也。子行矣，吾以是赠，即以为祝焉。

注

① 供顿：供应，布置。
② 逮：以及于。
③ 开筵：设宴。称寿：祝寿。
④ 癸卯：此处为道光二十三年(1843)。出：出任，特指京官外放做地方官。牧：统治，治理。冀宁：山西省冀宁道，下辖今太原市周边县市。
⑤ “四十”句：语出《礼记·曲礼上》：“四十曰强，而仕；五十曰艾，服官政。”意即人到四十，身体强健，可以担任官职；五十岁身体开始衰老，可以主持行政大事。
⑥ 大夫：周朝的中级官职，级别位于卿之下、士之上。长(zhǎng)：治理。
⑦ 布政：行政。自专：自主，一人作主。
⑧ 六曹：汉代开始设尚书六曹，后世多有更动，唐以后定型为吏、户、礼、兵、刑、工六部，但地方州县也多相应设有六曹，成为地方小吏的麇集之所。
⑨ 吏胥：州县地方政府的基层小吏。
⑩ 睨(nì)：斜视。
⑪ 颐使：不说话，用脸色示意。
⑫ 属官：下属官员。左：错谬，偏差。
⑬ 卿长：原意为众卿之长，即宰相，也可泛指官长。
⑭ 专政：独立行使职权。
⑮ 枢府：朝廷机要部门。
⑯ 牧令：旧时用以称呼地方长官，多指知府、知州与县令。
⑰ 大府：上级官府，清人多用来称呼省级官员。
⑱ 时：通“伺”，观察，侦探。胥徒：即“胥吏”，州县小吏。
⑲ 刺史：汉代官职名称，即各州的行政长官。此处代指知州。

鉴赏

这篇文章的题目是祝寿之序，本当与祝寿相关，但无论是思想内容还是写作手法，完全是一篇赠行之序。

文章开篇，明言“古无生日之礼”，就把“祝寿”之义撇开一边；接着举《颜氏家训》，“江南风俗，是日有供顿声乐”，言下之意，颇不以为然，继之以“始于齐梁”，“后世”，“崇饰”，进一步显露鄙薄之色；最后，干脆以两声“非古也”迭相呼应，令读者明显感受出与寻常寿序全然不同的气息。写到这里，作者便直接点出文章的写作动机：“子将别矣，不可无以赠子。”临别赠言，这才是往古的传统与良俗。文章至此，就顺理成章地从文体上成功地将寿序改为赠序，不落窠臼，显得立意自高一层。

开篇已经予人起笔不凡、别开生面之感，但如何进一步做到自出机杼呢？作者巧妙地利用王翰城“五十寿辰”与“出牧冀宁”这两个契机，巧妙引用《礼记》中“五十服官政”这一先秦典章，将祝颂变为劝勉，据此抽绎出文章的主旨，即“‘服政’云者，为大夫以长人，布政得自专也”。

王翰城，名继贤，又字翰臣，湖南黔阳人，早年以贡生入国子监，后来在中书科中书(从七品)这个低级文员职位上，一待就是十多年，道光二十二年(1842)才凭借年资，更依照惯例，以捐资纳贡的方式，得以选授冀宁州知州(正五品)的实任职务。十几年的沉沦下僚，一朝华丽变身，成为掌管一州数县的地方行政长官，即将走马上任，为官一方，如何行政，自然是王翰城需要明了的。于是，作者独具只眼地找到了一个绝佳的议论平台。古时官少法简，任人专一，但后世反其道而行之："天下之事萃于六曹，六曹之属无虑千计。法令日密，吏胥便之。每事至，吏以意讨例，官则睨吏意以行。"这些都是王翰城耳濡目染且耳熟能详的，自然深知其弊，作者切中时弊，王翰城自有会心，易于接受。而"故近日服官得专政者，内惟枢府，外惟牧令"，但是枢府数人，意见难以统一，事实上只有牧令可以自主自专。翰城由多年的部曹变身为牧令，行政举措得以独立做主，可以做到"朝行一政，朝及于民"，正因为如此，"福民则我实福之也，殃民则我实殃之也"，自然任重责大。如果"牧令或不贤，往往不自为政。上则伺大府之喜怒，下则时胥徒之向背，虽欲自专而有所不能"。文中包含"古"与"今"、"官"与"吏"、"贤"与"不贤"、"自专"与"钳制"、"福民"与"殃民"等多种对比，一正一反，立论明确，条分缕析，说理透彻，体现出较强的逻辑力量。

文章第三段，落脚到为王翰城嘉勉赠行。开头三句，摆出王翰城"能自专"的三个有利条件："读书四十余年"，"五十服政之日"，"为天子之刺史"，自然对王翰城"能自专"充满信心。如果有"不得自专"的困境或危险，则可能有王翰城自己的原因，于是顺势出以语重心长的热切劝勉："翰城勉乎哉！"预设"他日闻有供顿声乐，跻堂而称寿者"，自然是“为官一任、造福一方”下的百姓的自发行为。而“供顿声乐”“跻堂而称寿”与祝寿相关，文章又很顺畅地回转到“五十寿序”的题目上来。最后一句“子行矣，吾以是赠，即以为祝焉”，既照应了第一段的“子将别矣，不可无以赠子”，同时又非常自然地结束了全篇。文章结构严谨，勾连摇曳，体现出文章变“寿序”为“赠序”的不同凡响和别出机杼。

全文短小精悍，只用了四百二十四字，但段与段之间，句与句之间，对比之中更有论断，对比与论断之外，更有转折与推进，没有冗言赘语。语言简约雅洁而富有韵味，又多用对偶、排比等修辞，很有艺术感染力。

除此之外，文章更秉承“文以载道”的古文传统，直面社会现实，抨击官场时弊，具有较高的思想性。王翰城与曾国藩，作为同乡京官临别赠言，没有敷衍搪塞，阿谀奉承，而是同道砥砺，同声相求。文章提出的服政“自专”的为政理念，显示出较强的政治智慧，一定程度上也可视作曾国藩的美政理想。

据山西永宁地方文献记载，王翰城到任之后，确实勤政爱民，兴学劝农，拒贿息讼，几年后卒于任内，当地民众为之立庙树碑，口碑于今不绝。这些或许都可以视作此文的后续影响吧。

（陈兮）

祭汤海秋文

原文

赫赫汤君，倏焉已陈。一呷之药[1]，椓我天民[2]。岂不有命，药则何罪？死而死耳，知君不悔。

道光初载，君贡京朝[3]。狂名一鼓，万口嚣嚣。春官名揭[4]，如纛斯标[5]。奇文骤布，句鸷字枭[6]。群儿苦诵，自暝达朝。上公好士，维汪与曹[7]。大风嘘口，吹女羽毛[8]。舐笔枢府[9]，有铦如刀[10]。

侪辈力逐，一虎众猱[11]。曹司一终[12]，稍迁御史。一鸣惊天，堕落泥滓。坎坎郎官[13]，复归其始。群雀款门[14]，咋鼍之市[15]，穷鬼喷沫，婢叹奴耻。维君不羞，复乃不求。天脱桎梏，放此诗囚。伐肝荡肺，与命为仇。披发四顾，有棘在喉。匪屈匪阮[16]，畴可与投[17]？

忽焉狂走，东下江南。秦淮夜醉，笙吹喃喃。是时淮海，战鼓殷酣。狝夷所躏[18]，肉阜血潭[19]。出入贼中，百忧内惔[20]。寅岁还朝[21]，左抱娇娥。示我百篇，儿女兵戈。三更大叫，君泗余哦[22]。忽瞠两眸，曰余乃颇[23]。沥胆相要[24]，斧门揞锁[25]。嗟余不媚，动与时左。非君谬寻，谁云逮我？

王城海大，尘雾滔滔。惟余谐子，有隙辄遭。联车酒肆，袒肩载号[26]。煮鱼大嗫，宇内两饕[27]。授我《浮邱》[28]，九十其训。韩悍庄夸[29]，孙卿之酝[30]。鏖义斗文，百合逾奋。俯视符充[31]，其言犹粪。我时讥评，君曾不愠。

我行西川，来归君迓。一语不能，君乃狂骂。我实无辜，讵敢相下？骨肉寇仇，朋游所讶。见豕负途，或张之弧[32]。群疑之积，众痏生肤[33]。君不能释，我不肯输。一日参商[34]，万古长诀。吾实负心，其又何说？

凡今之人，善调其舌；君则不然，喙刚如铁[35]。锋棱所值，人谁女容？直者弃好，巧者兴戎。昔余痛谏，君嘉我忠。曾是不察[36]，而丁我躬[37]。伤心往事，泪堕如縻[38]。以君毅魄[39]，岂曰无知？鬼神森列，吾言敢欺？酹子一滴[40]，庶摅我悲。

注

① 呷(xiā)：小口喝。
② 椓(zhuó)：伤害。
③ 贡：清代科举，会试中试者称“贡士”，通过殿试而成进士。
④ 春官：先秦时代，以春、夏、秋、冬四季之名设置官署，春官负责礼制与祭祀，后世礼部也有此类职责，于是以春官作礼部的别称。
⑤ 纛(dào)：军中大旗。
⑥ 句骜(ào)字枭：形容诗文字句奇崛。骜为烈马，枭为猛禽。
⑦ 汪：汪廷珍，清嘉庆、道光年间高官，官至礼部尚书、协办大学士。曹：曹振镛，清嘉庆、道光年间高官，官至吏部尚书、武英殿大学士。
⑧ 女：通“汝”。
⑨ 舐笔：润笔，毛笔沾墨，在墨砚上刮去笔尖多余的墨汁。枢府：朝廷机要部门。
⑩ 铦(xiān)：锋利。
⑪ 猱(náo)：传说中的一种狡猾的小猴。

⑫ 曹司：朝廷官署中各曹郎中的职司，也指在此任职的郎中等中级官员。

⑬ 坎坎：耿直不群的样子。郎官：郎中、员外郎等官职。

⑭ 款门：敲门。

⑮ 昨鼌(zhāo)：昨天早上。“鼌”同“朝”。之：到……去。

⑯ 屈：战国时期楚国诗人屈原。阮：魏晋时期诗人阮籍。

⑰ 畴：谁。

⑱ 狣(zhào)夷：此处代指英国侵略军。“狣”是凶狠的大狗，“夷”是当时对西方各国的蔑称。

⑲ 肉阜血潭：形容死伤众多，尸骨成堆，血流成潭。阜，即土堆、山丘。

⑳ 内惔(tán)：心如火烧。语出《诗·小雅·节南山》：“忧心如惔。”

㉑ 寅岁：此处是道光壬寅年，即1842年。

㉒ 泗：鼻涕，流鼻涕。哦：吟哦，吟诗。

㉓ 颇：偏颇，偏激。

㉔ 肝胆相要(yāo)：肝胆相照。“要”通“邀”。

㉕ 斧门掊锁：破门锤锁。

㉖ 载号：喧哗吵闹。语出《诗·小雅·宾之初筵》：“宾既醉止，载号载呶。”载为语助词，兼有“又”义。

㉗ 两饕(tāo)：两个贪吃的人。饕餮为传说中凶恶而贪吃的野兽。

㉘ 《浮邱》：《浮邱子》，汤鹏所著政论文集，十二卷，共九十篇。

㉙ 韩：战国法家思想家韩非子。庄：战国道家思想家庄子。

㉚ 孙卿：即荀子，战国思想家，人称荀卿，西汉避宣帝(名询)讳，改称“孙卿”。

㉛ 符充：东汉学者王符、王充。

㉜ “见豕”两句：语出《易·睽卦》：“上九：睽孤，见豕负涂，载鬼一车，先张之弧，后说之弧，匪寇，婚媾。往遇雨则吉。”张之弧即张弓上箭，说之弧即放下弓箭，“说”通“脱”。卦辞表示从怀疑到释疑的过程。

㉝ 痏(wěi)：疮痏，皮肤发炎溃烂。

㉞ 参(shēn)商：参星与商星，此出则彼落，两不相见，借以比喻亲友隔离不得相见，或彼此不和。

㉟ 喙(huì)：本义是鸟嘴，借指人的嘴唇。

㊱ 曾是不察：“曾不察是”的倒装，意即竟然没有看清楚这些。

㊲ 丁：此处是“遭逢到”的意思。躬：身子，自身。
㊳ 糜(mí)：很稠的粥。
㊴ 毅魄：魂灵，英灵。
㊵ 酹(lèi)：把酒浇到地上，表示祭奠。

鉴赏

让我们先了解一下祭文的文体。曾国藩编《经史百家杂钞》，第十六卷为“哀祭类”，选录宋代以前哀祭之文数十篇，其中唯有韩愈独占十五篇，但对于后人最为欣赏的《祭十二郎文》，曾国藩却自加一句批注：“述哀之文，究以用韵为宜。韩公如神龙万变，无所不可，后人则不必效之。”他自己这篇《祭汤海秋文》，便是通篇四言，迭次换韵而成。从文体源头上看，哀祭文也确实是四言居宗，后世祭文之“辞曰”，也都是四言一句，押韵成篇。

其次对本文哀祭的对象及其与作者的关系做个简介。汤鹏(1801—1844)，字海秋，湖南益阳人。自负奇才，作诗卓荦不群，议政刚直不惧，由此得罪朝廷权贵，将其从监察御史贬官，回任户部。而汤鹏不以为意，著《浮邱子》纵论世变，与“我劝天公重抖擞”的龚自珍等人互相激赏，同为因循保守之人所抵斥。曾国藩则皈依理学，修炼身心，汤鹏对此颇不以为然，但同为湘籍京官，两人还是交往比较密切。汤鹏比曾国藩大十岁，中进士早十六年，成名也早很多，在某一次的同人聚会之中，汤鹏指责曾国藩言行不一，曾国藩愤怒反击，两人为此失和，断绝往来。远在西安的湘籍前辈、陕西巡抚李星沅,还曾为此来信询问、调解。

曾、汤失和半年之后,汤鹏因为一时兴起,与人争胜而过量服药,暴病而亡,得年不过四十三岁,朋辈无不为之悼惜,曾国藩更是伤痛不已。于是,十天之后,写下这篇祭文,一是痛惜汤鹏,如此奇才而如此遭遇,二是追悔友情,一语之争而良友绝交。

起笔第一段,作者劈头就是一声感怆呼唤,“赫赫汤君,倏焉已陈”,“赫赫”显示逝者的才品与声望,“倏焉”则凸显其溘然而逝的巨大震惊。接句又是一个对比,“一呷”极言其小,“天民”则盛称其大。全文的激荡气势,就此打下基调。“岂不有命”“知君不悔”,连用两句令人诧异的话语,引起读者的好奇,更引入下文的身世回顾。

汤鹏是湖南才子,年方二十就接连考中举人、进士,进京做官。作者连用三段祭文,分写逝者的官运通塞升降:“万口嚣嚣”,“如纛斯标”,写其声名骤起,“奇文骤布”四句,见其名副其实,名不虚传;“上公好士”,“大风嘘口”,见其仕途通达,前途光明;可是,万马齐喑的时代,意气踔厉、直言论政的独醒狂士,转眼之间,就从“一鸣惊天”到“堕落泥滓”。世态炎凉之际,“维君不羞,复乃不求”,既然“天脱桎梏”,则发而为诗,如骨鲠在喉,不吐不快,呕心沥血,忠愤之情,直追抒写《离骚》《九歌》的屈原、《咏怀八十二首》的阮籍。为此,作者还特意举例,即汤鹏东游江南期间,遭遇第一次中英鸦片战争,时局“战鼓殷酣”,目睹“肉阜血潭”,汤鹏为之“百忧内惔”,足见其忧国忧民,忧心如焚。

既然笔锋触及逝者的诗文创作,作者也就顺势展开回忆,此前纵酒吟哦、酒酣耳热、披肝沥胆、击节激赏的一幕幕情景,在作者的笔下真切再现。述交情浓密,则一句“三更大叫,君泗余哦”还嫌不够,再来一句“沥胆相要,斧门掊锁”;述古文契合,则既有“韩悍庄夸,孙卿之酝”的盛赞,又有“我时讥评,君曾不愠”的坦诚。如此志同道合,如此情谊投契,为后文的友情蹉跌以及痛心追悔留下伏笔。

祭文前半,从奇才惊世写到不为世容,从寄情于诗到诗艺知己,一路波澜转折,而又舒卷自如。祭文后半,更是大起大落,友情意外波折,“骨肉寇仇”之际,偏又“君不能释,我不肯输”,而万万没有想到的是,竟然是“一日参商,万古长诀”,作者“伤心往事”,为此作文祭奠,酹酒摅悲。其中从“吾实负心”到“而丁我躬”的深切追悔,在连声自责的同时,竟然仍有耿直的分辩质证,“喙刚如铁”“人谁女容”之后,甚至出以“鬼神森列,吾言敢欺”的自誓之词,如非生死至交,真不至于此,由此更见其沉痛感人。

祭文不同于其他碑铭,曾国藩自己就在《经史百家杂钞》的“序例”中,称之为“人告于鬼神者”。也就是说,祭奠之文是作者与逝者的隔空对话。这篇《祭汤海秋文》,也正是如此,反反复复用“余”“我”“吾”来痛心表白,用“君”“子”“女”来直接呼唤,回忆历年往事,痛诉生离死别,长歌当哭,祭奠良友亡灵。对比《经史百家杂钞》选评的韩愈

《祭张员外文》，我们可以看出，《祭汤海秋文》似乎是有意仿效，如《祭张员外文》的第一段“贞元十九，君为御史，余以无能，同诏并峙。君德浑刚，标高揭己，有不吾如，唾犹泥滓”，而且通篇都是如此，再看《祭十二郎文》，诸如“吾年十九，始来京城，其后四年，而归视汝”，也都是这种写法。

曾国藩自从师法桐城文派，便服膺姚鼐的“阳刚”与“阴柔”之说，认为“阳刚者气势浩瀚，阴柔者韵味深美。浩瀚者，喷薄出之；深美者，吞吐出之”，而且一再指出，“哀祭类宜喷薄”。与上文列举的《祭张员外文》《祭十二郎文》相比，曾国藩在结构上虽然自甘模仿，但从文章境界而论，其喷薄之势，则似乎直追此二篇之上。

究其原因，一方面是汤鹏的人生遭际本身的起伏波澜，另一方面，是曾国藩在惊愕痛惜之际，情绪感怆激切，下笔波澜奔涌而不觉，因此，不仅行文急迫，气势贯注，而且措辞险怪，刺人眼目，如称赞汤鹏文才，则有“句骜字枭”“有铦如刀”“鏖义斗文，百合逾奋”；形容世情险恶，则有“侪辈力逐，一虎众猱”“穷鬼喷沫，婢叹奴耻”；刻画汤鹏举止，更有“披发四顾”“袒肩载号”“一语不能，君乃狂骂”。至于吐露内心伤痛，则一叠连用“我实无辜，讵敢相下”“君不能释，我不肯输”“吾实负心，其又何说”“鬼神森列，吾言敢欺”等句，良友长逝，生者作文悼祭，又兼负疚自责，由此则字字声声，真情毕露而又惊心动魄。文章喷薄之势，当然势不可挡。

除此之外,应该还有作者一贯坚持的“阳刚之美”的审美追求。就在曾国藩去信索取《祭汤海秋文》等旧作不久,他给长子曾纪泽的一封家书中,专门写下一段古文心得:“尔问文中雄奇之道。雄奇以行气为上,造句次之,选字又次之。然未有字不古雅而句能古雅,句不古雅而气能古雅者;亦未有字不雄奇而句能雄奇,句不雄奇而气能雄奇者。是文章之雄奇,其精处在行气,其粗处全在造句选字也。余好古人雄奇之文,以昌黎为第一,扬子云次之。二公之行气,本之天授。至于人事之精能,昌黎则造句之工夫居多,子云则选字之工夫居多。”对照这篇《祭汤海秋文》,无论“造句之工夫”,还是“选字之工夫”,其着意于“雄奇”之气与“雄奇”之句者,应该是最为典型的了。

(王澧华)

彭母曾孺人墓志铭

原文

天道五十年一变，国之运数从之[①]，惟家亦然。当其隆时，不劳而坐获；及其替也[②]，忧危拮据而无少补救，类非人所为者。昔我少时，乡里家给而人足，农有余粟，士世其业[③]，富者好施与，亲戚存问、岁时馈遗繦属[④]。自余远游以来，每归故里，气象一变，田宅易主，生计各蹙，任恤之风日薄[⑤]。呜呼，此岂一乡一邑之故哉！

王姑彭孺人，吾祖之伯姊[⑥]，其冢妇又吾姑也[⑦]。两世之好[⑧]，视他戚尤厚已。王姑之未嫁也，事吾曾祖王父母以孝闻[⑨]。既适彭宜仁先生[⑩]，相夫敬克厥爱，无片言稍忤。自吾成童以后，王姑已五十余，其堂上舅姑八十有奇矣。每见王姑，奉甘旨未尝不洁[⑪]，议酒食未尝不豫[⑫]。大而课读劝农，未尝不营虑；小而厕牏洒扫[⑬]，未尝不躬亲也。盖余所见贤母，无如王姑勤者。早岁物产殷饶，内奉菲薄，外图丰洁，比年以来[⑭]，稍稍歉绌矣。己亥秋，余将入都供职，走辞王姑，视其庭除，气象不侔，悯其愈勤，又惊其衰，为之泣。王姑亦泣，盖心知其不可复见，而哽咽不能言也。竟以次年春卒。岂不悲哉！

王姑生乾隆二十九年甲申十一月十七日，卒于道光二十年庚子三月二十三日，寿七十有七。葬湘乡二十四都西坤山阳[15]，首辛趾乙[16]。子三人：长庆龄，予姑夫也，先孺人二年卒；次庆吉，次庆也，好学能文。孙六人：毓耒、毓楛、毓橘、毓椿、毓杖、毓麓；女一，孙女一人。铭曰：

懿我王姑，既庄以嫕[17]。佩管角觿[18]，德容棣棣[19]。勖哉夫子，俪光济鸿[20]。五十余载，无遂有终[21]。曷瘁厥躬，言育我鞠[22]。无耻我罍，实繁旨蓄[23]。离离令问，匪迩伊遥[24]。贻泽之荫，何幽不乔[25]？南山崒岑[26]，宰树青青[27]。弗骞弗拜，万代千龄[28]。

注

① 运数：气数，命运。

② 替：衰败，消减。

③ 世：世代相承。

④ 存问：亲友之间礼节性的往来探视。馈(kuì)遗(wèi)：赠送财物。繦(qiǎng)属(zhǔ)：连续不断，络绎不绝。繦为绳索，繦属，即像绳索一样连贯相续。

⑤ 任恤：任，对人诚信。恤，体恤、抚恤他人。

⑥ 王姑：姑祖母，祖父的姐妹。伯姊：即大姐。

⑦ 冢妇，嫡长子之妻，即长媳。

⑧ 两世：两代，两代人。

⑨ 曾祖王父母：即曾祖父、曾祖母。古人尊称祖父母为“王父母”。

⑩ 适：女子嫁人。

⑪ 甘旨：甜美的食物，特指子女尽心尽力侍奉父母的食物。

⑫ 豫：预备，事先准备。

⑬ 厕牏(yú)：便器。

⑭ 比年：近年。

⑮ 坤(chōng)：同“冲”，两山间的平地。山阳：山南。

⑯ 首辛趾乙：头西脚东的墓址朝向。古人借用天干地支表示方向，辛为西，乙为东。

⑰ 嬺(nì)：和蔼可亲。

⑱ 角觿(xī)：用兽骨制成的锥子，用来解开绳子上的结扣。古人以佩戴角觿来表示少年长大，具有了基本的生活技能。

⑲ 德容：古代特指妇女的才德与容貌。棣(dài)棣：形容人的雍容娴雅。

⑳ 俪光侪鸿：形容夫妻感情深厚，像汉代的梁鸿、孟光一样夫唱妇随，志同道合。

㉑ 无遂：即“无遂事”，即臣无君命不得擅自行事，此处指妻子对丈夫的顺从。有终：有始有终。

㉒ “曷瘁”两句：表示子女对父母养育之恩的怀念追思。《诗·小雅·蓼莪》：“父兮生我，母兮鞠我。拊我畜我，长我育我。顾我复我，出入腹我。”曷，多么，程度副词。鞠(jū)，生育，抚养。

㉓ “无耻”两句：表示子女对父母的感恩侍奉之情。《诗·小雅·蓼莪》：“缾之罄矣，维罍之耻。”罍是较大的盛水器。旨蓄，储藏的家常美味食品。

㉔ “离离”两句：赞美墓主的美德远近闻名。离离，茂盛的样子。令问，美好的名声。

㉕ “贻泽”两句：赞美逝者生前积累的阴德贻留远近子孙，帮助他们成长。幽，幽昧。乔，高大。

㉖ 嵂(lù)崒(zú)：形容高耸险峻的样子。

㉗ 宰树：坟墓上的树木。

㉘ “弗骞(qiān)”两句：即使后人没有前来祭拜，墓茔也会千秋万代永存不灭。弗，不要。骞，亏损。

鉴赏

墓志铭作为一种实用文体，深受家族制度、祖先崇拜以及孝道至上的传统影响；对女性墓主而言，往往铺陈其美德懿范，容易出现“性婉顺，事舅姑孝，事夫敬，抚子女有恩”等笼统性概括。曾孺人作为一位普通的底层妇女，也确实并无多少奇言卓行，容易失之空泛平乏。但由于作者与王姑属于祖孙关系，具有深厚的情感，作者将自身代入，所以笔墨形容处，字里行间，往往见人、见事、见情。

文章仅五百二十字，开头一段，粗看似乎与墓主无关，细品却有深意："天道五十年一变，国之运数从之，惟家亦然。当其隆时，不劳而坐获；及其替也，忧危拮据而无少补救，类非人所为者。"开篇即凭空立论，对比国家和家族在兴盛和衰败时期的不同境遇，展现对天道、命运和人生的独特见解，同时通过家乡景象的前后对比，透露出对时局的忧虑与感慨。"昔我少时，乡里家给而人足。农有余粟，士世其业，富者好施与，亲戚存问、岁时馈遗缅属。"作者怀念与赞美自给自足、和谐富裕的乡村景象，面对如今的"田宅易主，生计各蹙，任恤之风日薄"的世风现状，情感则转变为忧虑与痛心。"此岂一乡一邑之故哉！"推而广之成为一种普遍社会现象，则心情更为沉痛。在如此宏阔视野上观照王姑的生平行事，王姑就成为社会动荡和经济衰退的历史缩影，具有了个案意义。文章在立意、格局上自然卓尔不凡，具有由小见大、意蕴深远的艺术特点。

文章第二段，出语平实，但感情浓郁。"王姑彭孺人，吾祖之伯姊，其冢妇又吾姑也"，两世之好，亲上加亲，亲情之厚，立见纸上。接着突出姑祖母在家"以孝闻"，嫁夫后"无片言稍忤"的传统美德。随后以作者亲历视角，描绘姑祖母的品行："每见王姑，奉甘旨未尝不洁，议酒食未尝不豫。

大而课读劝农，未尝不营虑；小而厕牏洒扫，未尝不躬亲也。”连用四个“未尝不”，多视角将一位勤劳、善良、贤淑的传统女性形象和盘托出。第一人称视角，又增强了逝者品行的可信度。“盖余所见贤母，无如王姑勤者。”通过对比，进一步凸显王姑的“勤勉”。随后通过对比家庭“早岁”与“近年”的情况，显现对家中长辈“歉绌”处境的忧虑，同时也为第一段的论断提供了佐证。最感人的是作者进京之前，与年近八十的老人依依惜别的场景：“视其庭除，气象不侔。悯其愈勤，又惊其衰，为之泣。王姑亦泣，盖心知其不可复见，而哽咽不能言也。”笔触细腻，情感真挚。“悯其愈勤，又惊其衰”，勾勒出姑祖母的勤勉与衰悴，情感内蕴深厚；“为之泣”和“王姑亦泣”，生动描绘了作者与姑祖母之间的深厚感情和离别悲伤；“盖心知其不可复见，而哽咽不能言也”，此一去，生离就是死别，祖孙二人内心的痛楚和无奈，令人不忍卒读。从“为之泣”到“王姑亦泣”，再到“竟以次年春卒”的“岂不悲哉！”的感叹，情感逐渐递进，最终达到高潮。这段文字，以其生动的细节描写、递进的情感结构和巧妙的时间设置，构建了一段深情而哀婉的回忆录。

文章第三段，主要写逝者的生卒年月、享年、葬地等具体情况。按照墓志铭的惯例，详举了子嗣情况，三子六孙，人丁兴旺，透露出后继有人的欣喜。

铭文一段，文字不长，但措辞雅洁，一再化用《诗经》的四言诗句，情绪饱满深沉，体现出作者对逝者的深情缅怀与无尽哀思。

全文通过质朴而深情的语言，塑造了姑祖母勤劳、善良、贤淑的传统女性形象；不仅是对王姑一生的深情回顾和精彩总结，也是一份反映清代社会动荡和经济衰退的生动文献。

（陈兮）

仁和邵君墓志铭

原文

位西，仁和邵氏[①]，讳懿辰[②]，与国藩交二十余年矣。咸丰十年二月，贼入杭州[③]，五日而复。七月，位西访余祁门军次[④]，语余以城破时，尽室陷贼中[⑤]。贼退，乃挈家东徙绍兴。老母考终[⑥]，粗得尽礼。欲乞师以援两浙，不果。遂别去。明年十一月，杭州再陷。位西之妻余恭人[⑦]，二子顺年、顺国，转徙沪上，余闻而迎致之安庆。顺年语余以城破时，尽室饥困。其父麾家人出避[⑧]，图延宗祀[⑨]，亦诡词自称将出，遂泣别不复相闻。国藩心知位西烈士也，必不苟免。其家固知之，以无定问，不敢发丧。同治三年二月，杭州克复。顺年奔哭周询，具得三日不食、骂贼遇害状，实以十一年十二月朔日殉难[⑩]。于是始除次执丧[⑪]，赴告远近[⑫]。浙江巡抚上其事，天子下诏褒恤。然后知亲在则避，亲没则死，贤者遭难，如是其不苟也。

位西之学，初以安溪李文贞公、桐城方侍郎为则[⑬]，摈斥近世汉学家言。为文章，务先义理，不事缛色繁声[⑭]，旁征杂引，以追时好。厥后以举人仕京师，为内阁中书、刑部员外郎，入直军机处。与上元梅曾亮伯言、临桂朱琦伯韩数辈游处[⑮]，博览国故朝章，其文益奥美盘折，亦颇采异己之说以自广。询访高才秀士，折节造请，交誉互证，酣恣而不厌，狎习而弥虔。然位西性故戆直[16]，往往面折人短，以谓“书籍所无，公何得漫尔”。不应，再纠焉；犹不获，三谏焉。无问新故、疏戚、贵贱、时否，一切蹙额相绳，人不能堪，终以此取戾于世。大学士琦善公在狱，尝发“十九事”难之；大学士赛尚阿公视师广西，手疏“七不可”诤之。诸公贵人病其峭直，由是龋焉不得安其位[17]。咸丰四年，坐济宁防河无效[18]，吏议镌职[19]。位西既罢归，则大覃思经籍，撰著《尚书通义》、《孝经通义》、诗古文若干卷。饥饿围城之中，犹著《礼经通论》，诵声锵然，彻于巷外。乱后仅得《礼经》一卷，文三十余首，刻之淮安。盖不能什之一二，余则散佚矣。

位西之曾祖王父宝勤，王父又曾，父宗赉，本生父凤仪[20]，世著清德。有兄懿蕃，早丧无子，以顺年后之，有女二人。顺年归自杭州，未得父尸，大痛遘疾，同治四年六月十三日没于金陵。余恭人少而封股疗亲[21]，晚而事姑有声。既痛其夫，又悲其子，七月十二日亦卒。呜呼，伤已！国藩于是命顺国与其婿郑兴仪，具位西衣冠，葬之西湖二龙山，以余恭人及顺年祔[22]。顺年之妻伊氏，前死贼中，至是亦以衣冠祔葬。铭曰：

城有时而为湖，海有时而成田。物固有非常之变，乌可以常理测彼昊天[23]。善不必福久矣，曾不自夫子而始然[24]。悯东南之大戾，仁圣与蝼蚁而同捐。著述蠹其荡尽[25]，仅吊煨烬之残编。文之精者不复存，存者又未必果传。独其耿耿不磨之志，与日星而长悬。魂无远而不之，魄则依妻子以全。庶上为神祇所许[26]，而下为百世学者之所怜。

注

① 仁和：浙江省旧县名，现并入杭州市。

② 讳：古人为避免直接称呼尊长或逝者名字，在名字前加“讳”字以示尊重。

③ 贼：封建时代，统治阶级称造反者为“贼”，此处指洪秀全领导的太平军。

④ 祁门：祁门县，在安徽省南部。军次：军营，行军营地。

⑤ 尽室：全家。

⑥ 考终：寿终正寝，安然离世。

⑦ 恭人：封建时代，官员之妻称为“命妇”，即得到朝廷诰封之妇，恭人是中级官员之妻的封号，后也用于对一般官员之妻的尊称。

⑧ 麾(huī)：指挥，下命令。

⑨ 宗祀：子孙对历代祖先的祭祀。

⑩ 朔日：农历每月初一日。

⑪ 除次：设灵位祭奠。执丧：奉行丧礼。

⑫ 赴告：即讣告，向亲友报丧。“赴”同“讣”。

⑬ 安溪李文贞公：即李光地(1642—1718)，福建安溪人，清代理学名臣，官至吏部尚书、文渊阁大学士，谥“文贞”。桐城方侍郎：即方苞(1668—1749)，安徽桐城人，官至礼部侍郎，清代著名散文家、经学家，开创“桐城文派”。

⑭ 不事：不追求。

⑮ 上元：江苏省旧县名，现并入南京市。梅曾亮(1786—1856)，字伯言，师从桐城文派古文家姚鼐，为该文派后期代表人物。临桂：广西省旧县名，今为广西壮族自治区桂林市临桂区。朱琦(1803—1861)，字伯韩，桐城派著名文学家。游处(chǔ)：交往，相处。

⑯ 戆(gàng)直：憨厚而刚直。

⑰ 龉(yú)：本义是牙齿不整齐，泛指参差不齐。

⑱ 坐：因为触犯法规而治罪。
⑲ 镌(juān)职：降职，免职。
⑳ 本生父：过继给他人的子女称生身父亲为“本生父”。
㉑ 刲(kuī)股疗亲：刲即割取，股即大腿。古代医学不发达，人若病势沉重，其子女冒险割舍自己腿上的肉来和药煎汁，以图疗救父母。
㉒ 祔(fù)：合葬。此处指将逝者葬于先人墓旁或主墓附近，体现从属关系。
㉓ 乌：表示疑问与反诘，即哪里、怎么。昊天：苍天。
㉔ 曾不：从不，从未，一点也不。
㉕ 亹(xì)：悲伤。
㉖ 神祇(qí)：天神与地神。

鉴赏

邵懿辰(1810—1861)，字映垣，号蕙西，又作位西，清代著名文学家、经学家、目录学家，以举人在清廷任职二十多年，与梅曾亮等古文家密切交往，尤其与曾国藩等人以志节道义相砥砺，罢职后回籍家居养亲。咸丰十一年(1861)，太平军攻破杭州，邵懿辰遇难。其夫人与子女四处避难，曾国藩当时担任两江总督，率领湘军驻扎安庆(当时是安徽省会)，得知邵夫人一家遭遇，特地派人将他们迎接到安庆居住，多方照顾。邵懿辰长子和夫人先后悲伤病故，曾国藩为多年知交一家的不幸而深深感怆，同治四年(1865)，协助邵家安葬新旧亡灵之际，挥笔写下这篇哀婉动人的伤悼之作。

曾国藩与邵懿辰交好二十多年，对邵氏的仕履及行事非常熟悉。邵氏一生大致可分为优游求学、仕宦京师及居家遇难三个阶段，但墓志铭未按此结构行文，而是分为三个部分，凸显了邵懿辰的忠烈、硕学和家庭的悲凄命运。

文章第一段，写邵懿辰的“烈”。开篇简单介绍邵懿辰的名讳之后，没有对墓主的生平事迹、品德才学及交游情况进行直叙，而是打破常规，不依时间顺序，直接描写杭州两次沦陷的特殊情境。分别通过邵氏父子的两次“语余”追叙，厘清邵懿辰遭难的前后经过，凸显邵懿辰“三日不食、骂贼遇害”的忠烈形象。文章插入作者与逝者的交往故实，以及“与国藩交二十余年矣”“国藩心知位西烈士也，必不苟免”的断语，体现出二人的交谊之外，更体现出二人的知音情怀。邵懿辰在死难前，完成了“老母考终，粗得尽礼”和“麾家人出避，图延宗祀”的心愿，体现了他强烈的孝悌和宗族观念。曾国藩的父亲曾麟书在咸丰七年(1857)去世，曾国藩本应守孝三年，但由于江西军务紧急，朝廷以夺情处理，仅赏假三月。咸丰九年，曾国藩请邵懿辰作墓表，邵氏认为曾国藩轻易夺情有失孝子之义，故在墓表中予以责备，以致曾国藩去信辩解，并请“另纂一通，增光泉壤，垂示家牒，幸切幸切”。现在曾国藩为邵懿辰撰写墓铭，称许邵懿辰“亲在则避，亲没则死”而忠孝两全的行为是“贤者之风”，或许心有戚戚焉。

文章第二段，写邵懿辰的“学”。先指出其师从经学家李光地与文学家方苞，凸显其学有渊源；“为文章，务先义理”，为文实为桐城一派。随后述其仕宦履历和交游情况，简明扼要，脉络清晰。但写其仕履以及为人处事，事实上还是为写其“学”张目。入仕之前，不“旁征杂引，以追时好”，入仕后到发生文风变化，“颇采异说以自广”。尤其是写邵懿辰性格的“戆直”“峭直”，予人以深刻印象。“往往面折人短，以谓‘书籍所无，公何得漫尔’。不应，再纠焉；犹不获，三谏焉”，绘形传神，戆直形象如在目前。再举当时权臣琦善、赛尚阿二例，以一当十，具有代表性，又详略得当。曾国藩在道光二十三年(1843)二月十二日的日记中，亦记懿辰“面责”事：“因留蕙西早饭。蕙西面责予数事：一曰慢，谓交友不能久而敬也；二曰自是，谓看诗文多执己见也；三曰伪，谓对人能作几副面孔也。直哉吾友！吾日蹈大恶而不知矣！”当面责人，如此直白，可见邵懿辰的耿直畏友风范。正是因为性格的原因而“取戾于世”，邵懿辰被外放和罢职，但归养后又得以覃思经籍，专心撰述，笔端最后还是落脚在“学”上。特别是“饥饿围城之中，犹著《礼经通论》，诵声锵然，彻于巷外”的描绘，通过使用对比和夸张的手法，将“饥饿围城”的极端困苦环境与“诵声锵然”的不屈不挠信念进行对比，突出友人坚韧不拔的精神追求和对学问的执着热爱。“乱后仅得《礼经》一卷，文三十余首，刻之淮安。盖不能什之一二，余则散佚矣”，出语虽平淡，但著述乃学者生命，邵氏遗书多遭散佚，无以存世，叹惋之情，溢于言表。

第三段写邵懿辰的“惨”。据相关资料可知邵懿辰遭难时五十二岁，卒年见于首段，但文章再次打破常规，一直未写他的生年或享年，与习见不合。文章一一列举逝者的父（含本生父）、祖、高祖名讳，但未直截了当列举子嗣情况，而且未及孙辈情况，实有隐情，因为作者撰写墓志铭时，懿辰尚未有男孙出世。长孙邵章（1872—1953），光绪二十八年进士，工诗文、藏书，精书法，名重一时，已是后话。对懿辰终年及子嗣情况的“不写”之“写”，字里行间浸透了作者难言的悲痛，也是对首段懿辰“图延宗祀”的心结的无奈回应。短短几年之内，邵氏一门罹难：懿辰遇难身死；顺年痛其妻死，又悲父尸骨难觅；余恭人痛夫悲子，白发人送黑发人。如此着笔，尽管可见出邵懿辰夫妻和父母子之间的深厚情感，但是难掩事实上的悲凄。“呜呼，伤已！”一句，无限悲伤，达至情感高潮。

铭文一段，作者精心结撰，句式参差多变，情绪抑扬顿挫，紧扣前文，进一步深化和拓展主题。“乌可以常理测彼昊天”，“善不必福久”，以天道无常而自解和自慰，其实悲痛更深。“悯东南之大戾”，深藏着对东南地区受难民众的沉痛哀怜和深切同情；“仁圣与蝼蚁而同捐”的表述，更是将玉石俱焚的悲悯之情推向极致，令人扼腕。“著述蠹其荡尽，仅吊煨烬之残编”，已经叹惋难言，“文之精者不复存，存者又未必果传”，则更显无限悲苦。“独其耿耿不磨之志，与日星而长悬”，通过象征和比喻，营造了一种宏大、崇高的意境，而且“独其”二字，还蕴含了对友人的深厚赞美和敬仰之情。“魂无远而不之,魄则依妻子以全”,“三人祔葬”,虽“全”实悲。最后一句“庶上为神祇所许,下为百世学者怜”,属于盖棺论定,逝者的崇高行为或品质得到神祇认可,渊博学识与严谨治学态度深受百代学者怜惜与敬仰。崇高评价的背后,是作者对邵懿辰“真有先儒之范,而兼烈士之风”(浙江巡抚马新贻为邵懿辰请恤奏折语)的卓越与牺牲的深刻理解与共鸣。

(向志柱)

罗君伯宜墓志铭

原文

君讳萱，字伯宜，湘潭罗氏，处士某某之孙[①]，吾友候选内阁中书汝怀研生甫之子也[②]。少而颖特旁通，饫闻庭训[③]，多所开解[④]。

咸丰四年，国藩率师自岳州逐贼东下[⑤]，强挈君以俱东[⑥]。是岁克武昌，破田家镇，攻九江，舟师不利于湖口。明年，国藩至南昌，重立水军，进屯南康，视陆师于湖口，吊忠武公塔齐布于浔阳[⑦]。君辗转相从，跬步必偕[⑧]。余或口占书疏[⑨]，君辄操笔写录。或危急之际，君甘心同命，而外则美言相温。诸将或轻重不得[⑩]，辄为之通怀[⑪]，使各当其意以去。又明年，群寇环集江西，陷没五十余城，诸军多坏散，乃授卒三千人，令君领之赴敌。初战建昌，继攻抚州，既又会捣瑞州，君之躬临行阵，自此始也。

其后湖南援师四至，江西稍稍解严。君以久役，请急还湘[⑫]。国藩亦以咸丰七年丁忧去职[⑬]。君既暂脱兵间，则假馆以课学僮[⑭]，制造诗词以酬胜侣[⑮]，作蝇头细字以与古人校离合于豪芒[⑯]，负箧走场屋以竞得失于有司[⑰]，漠然若不知有世变者。未几，骆文忠公秉章檄办湘潭团练，刘总兵培元招至鼎澧[⑱]，又招至衢州，与谋军事。君稍规大计，不肯久留。自浙西旋，省余于安庆[⑲]，又省其从兄逢元于当途军次[20]，亦不欲久居。会所亲黎福畴没于泾县[21]，君遂护其丧及其孤嫠以归[22]。

同治二年，广东巡抚郭公嵩焘招君至粤，属以创立水师，君又逊谢而归[23]。每归，则从事文艺[24]，与诸生比肩就秋闱试如初[25]。久之，佐某君治威信军[26]，又自领一队，曰威震军，防御粤贼[27]，事定散去。盖自是君亦倦游，不复有意于兵事矣。

七年冬，记名按察使黄君润昌征苗贵州[28]，要君偕行[29]，君慨然曰："是足与有为，吾所敬也，吾不可以已[30]。"八年正月至黔，师比有功[31]，遂克镇远府、卫两城。道员邓君子垣、提督荣君维善两军来会，迭克关寨，欲遂由施秉以达于黄平，气锐甚。师至小瓮谷陇[32]，以道隘箐深[33]，为贼所困，君与文武将领十八人者皆死，三月二十二日也。呜呼！君之于戎事，亟就之，亟去之；天于君之勋名，若成之，若吝之。乃卒不得一当，而委骨于荒徼绝壑之中[34]，果何为耶？倘所谓命焉者非耶？事闻，谕旨照按察使阵亡例赐恤，赠太常寺卿衔，世袭云骑尉、恩骑尉罔替[35]。

君幼有夙慧，二岁能识"风""翦"两字，自真草法书、古文诗辞以至科举之业，俱有义法。既入学[36]，为优行生。从军累岁，叙功至同知直隶州[37]，加知府衔。其论吏治军政，皆贯彻古谊而不戾于时。向使得守一官，统一军，与当世之成名者校，何渠不如耶[38]？然终不得借手以一伸其志。此君子有陶铸人才之责者之咎，国藩所以内疚而尤惜之也。铭曰：

孰推焉而屡起？孰尼焉而屡止[39]？孰予以飞跃之资，而不假以升斗之水[40]？出跃马而横戈，入稽经而诹史[41]，亦何慊乎时贤[42]？胡亨于彼而屯于此[43]？终效命于蛮陬[44]，长赍志其何已[45]？盖怜才者之悲[46]，而窃位者之耻[47]。

注

① 处士：古代用以称呼高才硕学而隐居不仕之人，后来泛指没有做过官的读书人。某某：旧时碑传对主家之世系名称不详者，先以“某某”代之，由主家刻石立碑前自行填补。

② 内阁中书：朝廷中枢机关的低级文秘人员。汝怀研生甫：汝怀为名，研生为字，甫是对男子的美称。

③ 饫(yù)闻：饱闻。庭训：父亲平时在家对子女的人文教育。语出《论语·季氏》，孔子弟子陈亢问孔子之子孔鲤：“您在老师(孔子)那里接受过与众不同的教育吗？”孔鲤回答：“未也。尝独立，鲤趋而过庭，曰：‘学《诗》乎？’曰：‘未也。’‘不学《诗》，无以言。’鲤退而学《诗》。他日，又独立，鲤趋而过庭，曰：‘学《礼》乎？’对曰：‘未也。’‘不学《礼》，无以立。’鲤退而学《礼》。闻斯二者。”

④ 开解：开悟，理解。

⑤ 贼：封建王朝，称造反者为“贼”，此处指太平军。

⑥ 挈(qiè)：携带，率领。

⑦ 忠武公塔齐布(1817—1855)，陶佳氏，名塔齐布，字智亭，满洲镶黄旗人，本为清朝正规军绿营驻湖南军官，受曾国藩举荐重用，随湘军追击太平军，死于九江城外，清廷予谥“忠武”。

⑧ 跬(kuǐ)：半步。古人称左右腿各走一次为一步，若只跨出一步，称“跬步”。

⑨ 口占：不经文字起草而直接口述。书疏：书信与奏疏，一般是偏指

公私书札。

⑩ 轻重：此处是功过是非的意思。

⑪ 通怀：交流思想与情绪。

⑫ 请急：请假。

⑬ 丁忧：子女遭遇父母亲的丧事，居家守孝。

⑭ 课：授课。学僮：学生。

⑮ 胜侣：佳侣，志趣相投的好朋友。

⑯ 校(jiào)：较量。离合：异同。

⑰ 负箧(qiè)：背着书箱，谓携书游学。场屋：科举考场。有司：有关主管部门。

⑱ 总兵：清朝高级军官名称，掌管省内驻防要地军事。鼎澧(lí)：鼎州与澧州，今湖南省常德市。

⑲ 省(xǐng)：探视，看望。

⑳ 军次：军营，也指行军途中。

㉑ 会：适逢。所亲：亲人与亲近的朋友。没(mò)：通“殁”，去世。

㉒ 护其丧：照料护送别人的灵柩。孤嫠(lí)：孤儿寡母，失去了父亲的孩子，失去了丈夫的妻子。

㉓ 逊谢：谦让辞谢，并致歉意。

㉔ 文艺：此处是文章与制艺，制艺是科举考试的命题应试之作，即八股文。

㉕ 诸生：府、州、县学宫的生员，因有廪生、增生、附生等类别，统称诸生，俗称秀才。比肩：并肩。秋闱：即乡试，秀才参与的举人选拔考试，考取者称举人或中举。一般是每隔三年在八月中旬举行，故称“秋试”。“闱”的本义是房屋，故以“秋闱”代指乡试。

㉖ 威信军：即威信营。当时惯例，每次招募新军，各有命名。

㉗ 粤贼：清朝官方对太平军的诬称，因其领导为广东人洪秀全而起义于广西，两广地区古称“越”，“越”与“粤”相通。

㉘ 征苗：追剿苗族起义军。

㉙ 要(yāo)：同“邀”。偕行：同行。

㉚ 不可以已：不能止步不前。

㉛ 比：接连，频频。

㉜ 巃(lóng)：又长又大的山谷。

㉝ 箐(qìng)：山间的大竹林，泛指树木丛生的山谷。

㉞ 荒徼(jiào)：遥远的边城。
㉟ 罔替：不更换，不废除。
㊱ 入学：童生通过科举考试，录取进入府、州、县学宫，入学后通称生员，俗称“中秀才”。
㊲ 同知：知府或知州的副职。
㊳ 何渠：如何，怎么会，表示反诘。
㊴ 尼(nì)：阻止。
㊵ 假以：给以，给予。升斗之水：形容其少。升与斗(dǒu)为古代容器衡量单位，十升为一斗。
㊶ 稽经：考核儒家经典文献的微言大义。诹(zōu)史：查核史家载记的人物事迹。
㊷ 慊(qiàn)：不满，怨恨。
㊸ 亨：亨通，顺利。屯(zhūn)：困顿，艰难。
㊹ 蛮陬(zōu)：泛指南方边远地区以及少数民族聚居地。陬，即山脚、角落。
㊺ 赍(jī)志：怀着大志。
㊻ 怜才：爱才。
㊼ 窃位：才德不称却窃取官位。

鉴赏

本文作于同治十年(1871)五月初。两年前，罗萱战死于贵州，曾国藩在朝廷邸抄中得知此事，从保定直隶总督署给罗萱之父罗汝怀去信吊唁，并汇寄吊赙银钱。第二年春，罗汝怀给曾国藩寄来《长男罗萱死事状》，嘱托老友为其子撰写墓志铭，随后“天津教案”爆发，曾国藩奉命赶赴天津，年底回任两江总督。本年四月，罗汝怀寄来新编《湖南文征》，约请曾国藩作序，并再次提及铭墓之文。曾国藩随即在公务之余，接连挥笔作文。先动笔的是这篇墓志铭，而且写得非常用心用情，一连三月，多次修改。究其原因，就是文中一再感叹的“内疚而尤惜之”。

在这份留存于今的亲笔手稿上，在“国藩率师自岳州逐贼东下”句后，本为“要君而挈以俱东”，后圈改为“强挈君以俱东”。而这正是曾国藩“内疚”的原因之一，或许是他想起了咸丰四年(1854)九月初八日写给罗萱的那封催促信吧：“前者言别，许以中元以后投笔从戎，今阅一月矣。专足走省，敬迓文旆，望即日戒途，惠然谧臻，无为曲礼臆说所误。蟾蜍觡沙而不行，於菟腾风而万里。士各有志，不相及也。千万千万，伫切祷切！”而且还“外附途费三十金”。由此可见，罗萱的书生从军，确实是激于曾国藩的急切征召。曾国藩之所以如此敦促强迫，又完全是因为军幕书札繁重，急需专职书启幕友，代写这种笔挟风雷的激扬文字。此后两年，罗萱也确实是曾国藩身边仅有的一位专职文秘。当时军情紧急，湘军势单力薄，仅有的两大战将塔齐布、罗泽南远离大营，又先后殂丧于军，危急之下，军幕中的贴身助手李元度、罗萱，书生临危请缨，先后带兵上阵，左冲右突，拼死相护。对此，墓志铭就有述及，称“群寇环集江西，陷没五十余城，诸军多坏散，乃授卒三千人，令君领之赴敌。初战建昌，继攻抚州，既又会捣瑞州，君之躬临行阵，自此始也”。

墓志铭不同于神道碑与墓表。神道碑与墓表是树立在墓外的神道之上，侧重歌功颂德，而墓志铭则是随逝者一起埋葬在墓内，所以一般更注重墓主的人生遭际与困顿情怀。这篇墓志铭，作者紧扣罗萱的几进几出，凸显其生平的通塞与命运：第一次出山，是有感于父执与钦差的礼贤下士，不惜冲锋陷阵，但三年后请假归省高堂，随即赶上主帅回家守孝；中间两次，又似小打小闹，即出即归，重理书生旧业；最后一次从书斋走向战场，同样是激于友情，却不料是有去无回，殒身于深山荒徼。所以，作者用浓重的笔墨，大发感叹与伤痛之情："呜呼！君之于戎事，亟就之，亟去之；天于君之勋名，若成之，若吝之。乃卒不得一当，而委骨于荒徼绝壑之中，果何为耶？倘所谓命焉者非耶？"声声呼唤，仿佛是当年军幕之中面对面的朝夕相谈，不同的是，时间已不是那个时间，场地已不是那个场地，生者远在数千里外的直隶总督署，而战死者早已经长眠于九泉之下。如此伤心之句，作者作之，读者读之，皆不能不为死难者的不幸遭遇而眼热鼻酸。

篇末所作铭词，劈头就是连声诘问："孰推焉而屡起？孰尼焉而屡止？孰予以飞跃之资，而不假以升斗之水？出跃马而横戈，入稽经而诹史，亦何慊乎时贤？胡亨于彼而屯于此？终效命于蛮陬，长赍志其何已？"一连三个"孰"字，一连两个"屡"字，已经将逝者的不幸同时也将作者的不解与不满，倾情吐露；进而还有"何慊乎""胡亨于"与"其何已"等密集出现的反诘与质问。这样的写法，在曾国藩的铭墓之文中，几乎很少出现，究其原因，应该是作者的一腔感怆悲痛，一发而不可抑制。而文章的感人至深之处，则是作者的一再自责，罗萱的人生起伏，为何会“终不得借手以一伸其志”？紧随其后的答案，却落在“此君子有陶铸人才之责者之咎”，最大的责任竟然是作者自己，所以，作者不惜以“盖怜才者之悲，而窃位者之耻”的追悔之词，作为全篇的结句。从早年的《原才》之作，到建军的开幕纳贤，曾国藩一则以知人之明，二则以大权在握，所以湘军大营麾下，陶铸人才无数。但偏偏却是这位罗萱，青年才俊，故人之子，活生生被曾国藩敦迫从军，艰苦备尝，但最后的人生结局，却是跟随一支追剿苗民暴动的杂牌军进入深山绝谷，被一群手持弓箭的苗民设陷埋伏，一网打尽。所以，曾国藩这才发自内心地感到内疚与痛惜。现在看其初稿，在“怜才者之悲，而窃位者之耻”之前，还有一句“呜呼伯宜，而止于此”的哀叹。真情所在，自然在文章中频频迸发出感人至深的力量。

借助于手稿与誊正稿上的亲笔删改，我们还可以仔细品味作者在选词造句、措辞行文上的文心与精意。如前所举之“要君而挈以俱东”，草稿上即涂改为“强挈君以俱东”，有此一笔，后文的痛惜与自责才有归着，否则将不免令人疑其做作。篇首的“候选内阁中书汝怀研生甫”，只是介绍罗汝怀的官衔与名号，誊正稿上，作者在句前亲笔填上了“吾友”二字，如此则初稿的略显生冷，便一改而打上了不忘友情的暖色，而且为下文的“强挈俱东”作出了铺垫。叙述罗萱在军幕的作为,起初只有“操笔写录”“为之通怀”两句,不免单薄,作者在行间夹缝中,增添一笔“或危急之际,君甘心同命,而外则美言相温”,这就写出了主宾与贵贱之间的生死交情。“黄君润昌征苗贵州,要君偕行”句后,初稿紧接就是“八年正月至黔”,而“君慨然曰:‘是足与有为,吾所敬也,吾不可以已’”这句,则是后来增补,这就不仅写出了墓主的精神风貌,而且为“委骨于荒徼绝壑”增加了激荡人心的力量。除此之外,篇中还有几处对罗萱家居读书生活的描写,如“制造诗词以酬胜侣,作蝇头细字以与古人校离合于豪芒,负箧走场屋以竞得失于有司”,如“从事文艺,与诸生比肩就秋闱试如初”等古雅之句,铭文“出跃马而横戈,入稽经而诹史”“胡亨于彼而屯于此?终效命于蛮陬,长赍志其何已”等沉痛之词,全都见于誊正稿上的亲笔润色。

《文心雕龙·诔碑》有“论其人也,暧乎若可觌;道其哀也,凄焉如可伤”“其叙事也该而要,其缀采也雅而泽”之说,从这篇《罗君伯宜墓志铭》来看,曾国藩确实是深谙此中三昧的了。

(王澧华)

邓湘皋先生墓表

原文

先生新化邓氏，讳显鹤，字子立，晚岁学成，远近称为“湘皋先生”。先生自甫掇科名[①]，即已厌薄仕进，慨然有志于古之作者[②]，与同里欧阳绍洛磵东以诗相厉[③]。客游燕、齐、淮阳、岭南，所至悲愉抑塞，一寓于诗。觑幽刺怪，遏之使平，终岁颛颛[④]，誓不履近人之藩，而又耻不逮古人。每有篇什，辄就磵东，与相违覆[⑤]。引绳落斧，剖晰毫厘，书问三反，或终不得当，交嘲互讼，神囚形瘁。已而窒极得通，则又互慰大欢，以为解此者，天下之至豪也。

先生以嘉庆九年甲子科举于乡。道光六年，大挑二等[⑥]，官宁乡县训导[⑦]，凡十有三年，引疾归。其遗外时荣而有事著述[⑧]，与磵东略同。然磵东持律矜严，体势稍褊[⑨]，先生则波澜益壮，跌宕昭彰。磵东墙宇自峻，与人少可，先生则阐扬先达，奖宠后进，知之惟恐不尽，传播之惟恐不博且久。用是门庭日广，而纂述亦独多。诗歌所不能表者，益为古文辞以彰显之。其于湖南文献，搜讨尤勤。如饥渴之于食饮，如有大谴随其后，驱迫而为之者。以为洞庭以南，服岭以北[⑩]，旁薄清绝[⑪]，屈原、贾谊伤心之地也，通人志士，仍世相望[⑫]，而文字放佚[⑬]，湮郁不宣[⑭]，君子惧焉。于是搜访滨资郡县名流佳什，辑《资江耆旧集》六十四卷。东起澬源，西接黔中，北汇于江，全省之方舆略备，巨制零章，甄采略尽，为《沅湘耆旧集》二百卷。遍求周圣楷《楚宝》一书，匡谬拾遗，为《楚宝增辑考异》四十五卷。绘乡村经纬图以诏地事，详述永明播越之臣以旌忠烈[15]，为《宝庆府志》百五十七卷，《武冈州志》三十四卷。衡阳王夫之，明季遗老[16]，《国史儒林传》列于册首，而邦人罕能举其姓名，乃旁求遗书，得五十余种，为校刻者百八十卷。浏阳欧阳文公玄全集久佚[17]，流俗本编次失伦，为复审补辑若干卷。大儒周子权守邵州[18]，录其微言，副以传谱之属，为《周子遗书》十一卷。所至厘定祀典[19]，褒崇节烈，为《召伯祠从祀诸人录》一卷，《朱子五忠祠传略考正》一卷，《五忠祠续传》一卷，《明季湖南殉节诸人传略》二卷。呜呼，可谓勤矣！盖千秋者，人与人相续而成焉者也。惟众人甘与草木者伍，腐而腐耳。自稍有知识，即不能无冀于不朽之名；智尤大者，所冀尤远焉。人能宏道，无如命何。或碌碌而有声，或瑰材而蒙诟，或佳恶同、时同、位同，而显晦迥别，或覃思孤诣[20]，而终古无人省录[21]。彼各有幸有不幸，于来者何与[22]？先生乃举湖南之仁人学子，薄技微长，一一掇拾而光大之，将非长逝者之所托命耶？何其厚也！

先生生于乾隆四十二年十二月十六日，卒于咸丰元年闰八月二十五日，春秋七十有五。曾祖元臣，祖胜逵，父长智。妻曹氏，仁厚淑慎，里党钦之[23]。妾何氏。子二：琳，廪贡生，候选训导，前卒；琮，道光丁酉科拔贡生，癸卯科举人，父殁后一月，以毁终。女子子[24]三人。孙四：光黼，光缃，光绂，光组。曾孙：大程。自先生以名儒笃行昌其家，群从子姓[25]，皆孝友力学。兄子瑶，尤贤而能文章。先生之书，其不系于湖南文献者，又有《南村草堂诗钞》二十四卷，《文钞》二十卷，《易述》八卷，《毛诗表》二卷，《校勘〈玉篇〉〈广韵〉札记》二卷，《自订年谱》二卷。瑶皆敬谨弆藏[26]。其未刻者，皆写定，可传于世。

先生内行完粹[27]，教泽在人，瑶所为行状甚详，兹故不著。独著其治诗之精与其有功于乡先哲者，揭于墓道[28]，以式乡邦而讯异世[29]。

注

① 科名：科举功名，封建时代，读书人通过科举考试，获得秀才、举人与进士的身份，由此有机会备选各级官吏。

② 慏(mǐng)然：深思熟虑的样子。

③ 同里：同乡，同一村社。欧阳绍洛磵东：即欧阳辂(1767—1841)，原名绍洛，字念祖，一字磵东，与邓显鹤同为清代著名诗人。相厉：互相砥砺，互相激励。

④ 颛(zhuān)颛：形容为人处世恭谨自守。

⑤ 违(huí)覆：反复研讨。“违”通“回”。

⑥ 大挑：清朝科举制度，对三科以上会试不中的举人，经过考核，择优录用，一等用作知县，二等用作教职，六年举行一次。

⑦ 训导：明清时期府、州、县学的辅助教职，负责协助同级学官教育所属生员。

⑧ 遗外时荣：指超越世俗的荣华富贵。

⑨ 褊(biǎn)：本义是衣服狭小，后泛指狭小，又引申出急躁的意思。

⑩ 服岭：古代以王畿以外的地方为服，含“服事天子”之意。服岭是西汉所用地理概念，指南岭。此处“洞庭以南，服岭以北”，即泛指湖南全省版图。

⑪ 旁(páng)薄(báo)：广大、宏伟。

⑫ 仍世：历代，一代又一代。相望：比喻连续不断的样子。

⑬ 放佚：散佚，一般是指文献失散。

⑭ 湮(yān)郁(yù)：阻滞不通。

⑮ 永明：此处指南明“永历政权”，由明神宗之孙、永明王朱由榔在清军攻占北京、明朝彻底覆灭之前，在湖南、广西一带建立。播越：指战乱逃亡、流离失所。

⑯ 明季：明朝末年。

⑰ 欧阳文公玄：欧阳玄(1273—1358)，湖南浏阳人，元代著名文学家和理学家，官至湖广行省右丞，去世后谥号为“文”，故称“欧阳文公”。“玄”，原作“元”，清朝为避圣祖玄烨讳，凡遇“玄”字，改作“元”字，今改回。

⑱ 周子：即周敦颐(1017—1073)，道州营道县(今属湖南)人，宋代理学开创者之一。权守：临时担任行政长官。邵州：今湖南邵阳市。

⑲ 厘定：整理制定。祀典：有关祭祀的典章制度。

⑳ 覃思：深思。孤诣：独到的成就，别人达不到的境界。

㉑ 省录：(得到)审视与记录。

㉒ 何与：有何相干。

㉓ 里党：乡党，邻里乡亲。

㉔ 女子子：即女儿。

㉕ 群从：堂兄弟与侄儿们。子姓：子孙后辈。

㉖ 弆(jǔ)藏(cáng)：将物品收藏起来。

㉗ 内行(xíng)：品行操守，特指平日居家行事谨守德行。

㉘ 揭：高举，树立。

㉙ 式：表率，楷模。乡邦：家乡。异世：后世。

鉴赏

邓显鹤(1777—1851)是清嘉道年间的著名诗人、湘学代表人物（被梁启超誉为“湘学复兴之导师”）。林则徐、陶澍、姚莹、唐鉴、贺长龄、李星沅、曾国藩、左宗棠等对其非常敬佩，何绍基、魏源、邹汉勋、郭嵩焘等皆曾问学执礼。邓显鹤去世后，左宗棠为其撰写挽联：“著作甚勤，四海才名今北斗；风流顿尽，百年文献老南村。”曾国藩应允为邓显鹤作墓表，处处以“先生”称之，也是为着“纪长者之行，以摅下走之夙慕”。

墓表文是表彰墓主一生功业与志节的追慕性颂扬文体，铭刻石碑，立于墓前。不同于墓志铭的哀思抒情，墓表一般都是从大处入手，凸显死者的一生大节。清人恽敬曾指出，“惟是墓表之法，止表数大事”，“墓志铭可言情，言小事，表断不可”。这篇墓表，作者紧紧抓住邓显鹤著名诗人和湖湘文化重要贡献者这两个最重要的身份，由此展开结构布局。

文章第一段，着眼邓显鹤的诗歌创作，描绘邓显鹤作为诗人的风采以及诗歌特色。在简要介绍墓主的籍贯名讳之后，着意强调“晚岁学成，远近称为‘湘皋先生’”，照应篇题。接着写邓显鹤科举成名，转而潜心著述，并与友人欧阳绍洛相互砥砺，共同研讨。游历之处，都有所题咏，将所见所感寓于诗中，且指出其诗风独特，将激昂情绪遏制为平和。行文句式多变，修辞丰富，如“引绳落斧，剖晰毫厘，书问三反，或终不得当，交嘲互讼，神囚形瘁”，通过生动的比喻和形象的描述，展现邓显鹤与友人在创作研讨中的严谨态度与艰辛体验。既有文学美感,又显得生动形象,易于引发读者共鸣。第二段中还将邓显鹤与欧阳绍洛的为人及诗歌特色进行多重比较,更加突出了邓显鹤的风格,尤其是他“阐扬先达,奖宠后进”的性格特点,巧妙为下文邓显鹤整理湖湘文献的贡献张目。

文章第二段,主要彰显邓显鹤对湖南地方文献收集和整理的文化贡献。邓显鹤一生致力于文献整理和出版工作,共刊刻出版各种学术、文献书刊四十多种,六百多卷,并自己编著四百多卷,合计一千余卷。这是墓主一生最大的贡献,所以文章在此铺陈叙述,不厌其详。从搜辑《资江耆旧集》《沅湘耆旧集》,到增辑考异《楚宝》,编纂《宝庆府志》《武冈州志》;从校刻王夫之遗书,复审补辑欧阳玄全集,记录整理《周子遗书》,到编著《召伯祠从祀诸人录》《朱子五忠祠传略考正》《五忠祠续传》《明季湖南殉节诸人传略》等,既有保存乡邦文献之功,又有褒崇节烈和厘定祀典的用意。文章如数家珍,如在目前。接着进一步对其价值和意义予以揭示。凭空起论:“盖千秋者,人与人相续而成焉者也。”又引用《史记》中“人能弘道,无如命何?”即人能弘扬道义,但对天命却无可奈何,充满了无奈。“人能宏道,无如命何”二句,曾国藩在《书归震川文集后》也曾使用。古来作者,“各有幸有不幸”。但邓显鹤“乃举湖南之仁人学子,薄技微长,一一掇拾而光大之”,将“薄技微长”加以“阐扬”“光大”,凸显了邓显鹤对湖湘文化的重大贡献。“可谓勤矣”“何其厚也”两句感叹,更是将对邓显鹤的赞誉推向高潮。

文章第三段,列举墓主的生卒、享年及家世情况,属于常规写法。但文章以“自先生以名儒笃行昌其家,群从子姓,皆孝友力学”进行绾结,既可见出邓显鹤后继有人,又可见邓显鹤对家族的影响力。文章还借邓瑶的收藏,补述邓显鹤的六种个人著述,既避免第二段一次性列举显得堆砌的弊病,又与之前后呼应,就使文章结构摇曳多姿,不板滞枯燥,见出行文章法。

文章第四段揭明了行文目的。邓显鹤作为清代的著名诗人和学者,自然还具有较多的道德、行事、品行以及交游等情况。但作为墓表,不能尽力于此。为此文章特别指出:“先生内行完粹,教泽在人,(邓)瑶所为行状甚详,兹故不著。”接着再次强调了“独著其治诗之精与其有功于乡先哲者,揭于墓道,以式乡邦而讯异世”的行文重点和目的,完美体现了墓表文“表数大事”的叙事特点。

(向志柱)

罗忠节公神道碑铭

原文

公讳泽南[①]，字仲岳，号罗山，湘乡罗氏。咸丰四、五年间，公以诸生提兵破贼[②]，屡建大勋。朝野叹仰，以为名将，而不知其平生志事，盖素定者久矣。

公之学，其大者以为天地万物本吾一体，量不周于六合[③]，泽不被于匹夫，亏辱莫大焉。凛降衷之大原[④]，思主静以协中[⑤]，于是乎宗张子而著《西铭讲义》一卷[⑥]，宗周子而著《人极衍义》一卷[⑦]。幼仪不慎[⑧]，则居敬无基[⑨]；异说不辨，则谬以千里，于是乎宗朱子而著《小学韵语》一卷、《姚江学辨》二卷[⑩]。严取与出处之义[⑪]，参阴阳消息之机[⑫]，旁及州域之形势，百家之述作，靡不研讨，于是乎有《读孟子札记》二卷、《周易本义衍言》若干卷、《皇舆要览》若干卷、诗文集八卷[⑬]。其为说虽多，而其本躬修以安四海[⑭]，未尝不同归也。

始，公家世贫甚。曾祖王父日阮、王父拱诗皆以公贵[⑮]，赠通奉大夫[⑯]。父嘉旦，公没后赏加头品顶戴[⑰]，曾祖王母萧氏、王母贺氏、母萧氏皆赠夫人。公少就学，王父屡典衣市米，节缩于家，专饷于塾[⑱]。年十九，即藉课徒取资自给[⑲]。丧其母，又丧其兄，旋丧王父。十年之中，连遭期功之戚十一[⑳]。尝以试罢，徒步夜归，家人以岁饥不能具食，妻以连哭三子丧明。公益自刻厉，不忧门庭多故，而忧所学不能拔俗而入圣；不耻生事之艰[21]，而耻无术以济天下。其后年逾三十，乃补学官附生[22]。逾四十，乃以廪生举孝廉方正[23]。假馆四方[24]，穷年汲汲，与其徒讲论濂洛关闽之绪[25]，无日不熟于口，悦诸心，因以措诸事为[26]，显诸笔札。未几，兵事起，湘中书生多拯大难、立勋名，大率公弟子也。

咸丰二年，粤贼度岭北犯[27]，攻围长沙，县令召公练乡勇以备不虞，会城解围[28]。明年春，巡抚张公亮基檄公带勇至长沙。维时国藩奉命督治团练[29]，因与公讲求束伍技击之法[30]，晨夕训练，击土寇于桂东，擒逆党于衡山。其夏，贼围江西省城，乃益募湘勇二千，附以新宁之勇、镇筸之兵[31]，檄公赴援南昌。湘军越境讨贼，自此始矣。

既解南昌之围，复破贼于安福。归及衡州，歼土匪于永兴。无何[32]，湖北之贼大举南侵，官军失利于岳阳，克捷于湘潭。提督塔齐布公追贼至岳州，余檄公与李公续宾佐之。公扼大桥以遏其冲，凡七战而群贼溃，岳州平，乘胜逐北，连复三县。将攻武昌，公手一图，就余决策。师出两路，以塔公进洪山一路，而自请攻花园一路，当其坚者。如其策，果克武昌、汉阳两城。贼既东奔，追及于兴国，大膊于田家镇[33]。公提卒二千，御数百倍之寇，蹙之江滨[34]，挂石坠崖死者万计。而水师亦断横江铁锁，燔贼舟数千。当是时，公名震天下。前此累功保至道员、花翎[35]，至是有宁绍台道之命，加按察使衔。

既而引兵北渡，克广济、黄梅，赏叶普铿额巴图鲁名号[36]。又引兵南渡，攻围九江，进规湖口。贼坚守，不可遽下。适会水师分兵，入宫亭湖，江上之军不利，而湖北诸军屡败，贼自黄梅长驱西上，武昌再陷。公太息深忧，叹利钝之无常，世变之未已，或解说《周易》以自遣。时别贼陷饶州、弋阳。檄公入江西援剿，大战弋阳，克之。贼陷广信，又战信州，克之。又以其间收复德兴、景德镇。东路甫定，而义宁复陷。公军渡湖汉而西，至则示形杭口，而暗进鳌岭，屯高峰以瞰敌，设三伏以要之，四战而贼大熸[37]。义宁既克，有诏加布政使衔。

公以书抵国藩，具论吴楚形势：欲取九江、湖口，法当先图武昌；欲取武昌，法当先清岳、鄂之交。于是草奏，以公回援武汉，遂略通城，克崇阳，挫衄于濠头堡[38]，大捷于蒲圻。将达武昌，巡抚胡文忠公欢迎劳问[39]，凡事咨而后行。城外贼垒铲除略尽，殄灭有绪矣。公以雾中搏战，中枪子伤，创甚，咸丰六年三月初八日卒于军，春秋五十[40]。病中索笔作书，皆军国要事、艰危支拄之语，左右藏去宝之[41]。事闻，天子震悼，照巡抚例赐恤，二子皆赏给举人，三省建立专祠，予谥“忠节”[42]。公在军四载，论数省安危，皆视为一家骨肉之事，与其所注《西铭》之指相符。其临阵审固乃发，亦本“主静”“察机”之说。而行军好相度山川脉络，又其讲求舆图之效。君子是以知公之功,所蓄积者夙也,非天幸也。

配张氏,诰封夫人,妾周氏。子兆作,配胡氏;兆升,配曾氏,国藩第三女也。余与公以学行相勖,又相从于金革[43],申之以婚姻,乃摭其大节,铭诸墓道。铭曰:

渐车之涧[44],积潦纵横[45];崇朝即涸[46],卷势收声。大江西来,其源万里;泽溥寰区,不矜厥美。无本者竭,有本者昌。罗公渊默,所蓄孔长[47]。洞澈天人,潜睎往圣[48];一物未康,终亏吾性。提师苦战,荆扬二州;斧彼凶竖[49],为民复仇。矫矫学徒[50],相从征讨;朝如鏖兵,暮归讲道。洛闽之术,近世所捐;姚江事业,或迈前贤。公慎其趋,既辨其诡;仍立丰功,一雪斯耻。大本内植,伟绩外充。兹谓豪杰,百世可宗。

注

① 讳:旧时在提及尊长或已故之人的名字时所用,以示尊敬。

② 诸生:明清时代经考试录取而进入府、州、县的官学学习的生员,俗称"秀才"。因生员有廪生、增生、附生、例生等名目,故统称诸生。

③ 量:气量,抱负。六合:天地以及四方,即全天下。

④ 降衷:上天对苍生的降福。语出《尚书·汤诰》:"惟皇上帝,降衷于下民。"大原:大本大源,儒家用来表示为人之道的基本原则。

⑤ 协中:符合中庸之道。语出《尚书·大禹谟》:"民协于中。"

⑥ 张子:宋代理学家张载(1020—1077),辞官讲学,题写"砭愚""订顽"悬挂于学堂东西两窗,并分别作有训词,人称《东铭》《西铭》。

⑦ 周子:宋代理学家周敦颐(1017—1073),其《太极图说》称:"圣人定之以中正仁义而主静,立人极焉。"人极:人类社会的准则与规范。

⑧ 幼仪:古代称儿童思想行为上的早期教育为"幼仪"。

⑨ 居敬:做人做事,恭谨严肃。

⑩ 朱子：宋代理学家朱熹(1130—1200)，编有儿童启蒙读物《小学》。姚江学：明代思想家王阳明(1472—1529)，出生于浙江余姚，境内余姚江，又称姚江，后人以“姚江学”作为“阳明心学”的代称。

⑪ 取与出处(chǔ)：对待功名利禄的人生态度。“出”指出仕，“处”指不仕。

⑫ 阴阳消息：世间万物的起伏变化。机(jī)：细微，奥妙。

⑬ 皇舆：本指高大的车马，后借指王朝、国君与疆域。

⑭ 躬修：切己修身。

⑮ 曾祖王父：曾祖父。王父，即祖父。

⑯ 赠：即“貤赠”，封建时代，官员将自己或妻子的诰封呈请朝廷转移给去世的先辈。“貤(yí)”通“移”。

⑰ 没(mò)：通“殁”，去世。顶戴：清代官帽上的顶珠，用顶珠的材质表示官级高低。一品官员的顶珠为红宝石。

⑱ 饷：本指军粮，后来泛指薪金。

⑲ 课徒：招收学生，为其讲课。

⑳ 期(jī)功：古代丧服的名称。古代以血缘关系的远近规定穿戴丧服的时限，期服需服丧一年，大功服丧九个月，小功服丧五个月。戚：即忧愁、哀伤。

㉑ 生事：生计。

㉒ 附生：“附学生员”的简称。明清科举，各府、州、县学的生员(秀才)名额有限，在额定之内的廪生(享受生活补贴)、增广名额的增生(无生活补贴)之外，考试合格者，先附于廪生、增生之后，待有廪生、增生供入国子监(贡生)或考中举人后，再递补其空出的名额。

㉓ 廪(lǐn)生：“廪膳生员”的简称。明清时代，对考取府、州、县学的生员给予粮食或银钱的补助。廪的本义是粮仓，后引申为粮食。举孝廉方正：清代的一种特诏制度，新帝继位，命各府、州、县推举“孝廉方正”之士，赐予六品官服，以备召见起用。

㉔ 假馆：本义是借用别人的馆舍，引申为在别人家做家庭教师。

㉕ 濂洛关闽：宋朝理学四个学派的合称。濂学指周敦颐(祖居湖南道州濂溪)；洛学指程颢、程颐兄弟(家居洛阳)；关学指张载(讲学于关中)；闽学指朱熹(讲学于福建)。

㉖ 事为：行为，行动。

㉗ 岭：此处特指五岭，是绵延于湖南、广西、广东与江西交界处的

群山。

㉘ 会：适逢。

㉙ 维时：当时。

㉚ 束伍：编练队伍，约束操练。

㉛ 镇筸(gān)之兵：湘西少数民族地区的子弟兵，隶属清朝正规军绿营。

㉜ 无何：无几时，不久。

㉝ 大膊(bó)：大战，激战。膊，即斩杀。

㉞ 蹙(cù)：逼迫，追逼。

㉟ 花翎：清朝贵族与官员官帽上的羽毛装饰，以羽毛上花眼的多少区分品阶高低。

㊱ 叶普铿额：满语的音译，意为俊杰。巴图鲁：满语的音译，意为勇士。

㊲ 熸(jiān)：本义是火熄灭，此处是战败。

㊳ 挫衄(nǜ)：挫折，失败。

㊴ 劳问：慰劳，慰问。

㊵ 春秋五十：享年五十岁。

㊶ 藏去(jǔ)：收藏，保藏。去，即弆(jǔ)。《汉书 · 游侠传》："(陈遵)性善书，与人尺牍，主皆藏去以为荣。"颜师古注："去，亦藏也。"

㊷ 予谥：封建时代，王公大臣去世后或对战死、殉难官员，据其生前的作为予以谥号。

㊸ 金革：金代指武器军械，革代指甲胄战衣，泛指战事。

㊹ 渐(jiān)车之涧：小水沟。渐，即淹没、浸泡。

㊺ 积潦(lǎo)：久雨成涝。潦，积水。

㊻ 崇朝(zhāo)：从天亮到早饭的这一段时间，比喻短暂。"崇"通"终"。

㊼ 孔长：很长。

㊽ 潜睎(xī)：私下仰慕。

㊾ 凶竖：凶险的坏人。

㊿ 矫矫：卓尔不群的样子。

鉴赏

神道碑是封建时代为君臣歌功颂德的记述与赞颂相结

合的文体。罗泽南由一名凄苦的乡村塾师，由三四年赫赫战功而官居副省级布政使，朝廷予谥“忠节”名号，如此声威显赫，为其树碑立传，常规写法，应该是对其历年军功大书特书，才可表达出对逝者的敬仰与赞美。然而，曾国藩这篇《罗忠节公神道碑铭》，却采取了很不一样的写法。那就是开篇文章所指出的：“公以诸生提兵破贼，屡建大勋。朝野叹仰，以为名将，而不知其平生志事，盖素定者久矣。”在本文的初稿上，“以为名将”之后，还有“殆有天授”一句，也就是说，当时确有一种普遍看法，以为这位乡野塾师华丽变身为一时名将，并非人力，而是上天神授。但曾国藩作为罗泽南的生前好友，却要揭示世人“不知”的“平生志事”，完全是“素定者久矣”。大约是觉得“殆有天授”四字过于刺眼，在核改稿上，作者才将它删除了。

通观全篇，叙述墓主这位名将战功的篇幅，不过三分之一，而占据三分之二分量的篇幅，全都在阐述逝者的学问与志节，进而在篇末的铭文中，揭示“大本内植，伟绩外充”的核心主题与作文宗旨。

第一段开宗明义地提出“素定者久”之说后，文章第二段，顺势而下，直接针对“公之学”展开追本溯源：从“公之学，其大者”，历数墓主的学问积累，如何“宗张子而著《西铭讲义》”，如何“宗周子而著《人极衍义》”，进而“宗朱子而著《小学韵语》一卷、《姚江学辨》二卷”，而所有这些，全都落实到“其本躬修以安四海”的怀抱与志向。第三段，先是介绍墓主家世与读书应试，然后叙述科举功名与开馆教书，这些原本都是碑传写作的题中应有之义与基本格式，但作者仍然紧扣“公益自刻厉，不忧门庭多故，而忧所学不能拔俗而入圣；不耻生事之艰，而耻无术以济天下”，指出其“穷年汲汲，与其徒讲论濂洛关闽之绪”，“熟于口，悦诸心，因以措诸事为”，并且举证“兵事起，湘中书生多拯大难、立勋名，大率公弟子”。即便是述及罗泽南各地征战、阵前中弹身亡等事迹，文章还是不忘落笔到“在军四载，论数省安危，皆视为一家骨肉之事，与其所注《西铭》之指相符”，“其临阵审固乃发，亦本‘主静’‘察机’之说”，并追加一句“君子是以知公之功，所蓄积者夙也，非天幸也”，再一次与篇首的“平生志事”“素定者久”相呼应。

碑铭之作，碑文用来叙述，铭文则用于赞叹。在碑文之末，文章写到墓主妻室儿女之后，曾国藩特意写出自己与罗泽南“以学行相勖，又相从于金革，申之以婚姻”，如此志同道合，如此亲密交往，接下来的铭文，不仅情深意切，感慨深沉，而且高瞻远瞩，直指一代名将的思想根源与精神基础。首先是两个比喻，尺寸沟潦与万里大江，区别当然在于“无本者竭，有本者昌”；然后感叹“罗公渊默，所蓄孔长”，如此“大本内植，伟绩外充”，这才堪称“兹谓豪杰，百世可宗”，唱出文章的最强音，与开篇的“素定者久”，作出最有力的回应。

除了谋篇布局与主旨立意的不同凡响，这篇文章，作者对字词的提炼，对文句的推敲，也非常注意精心打磨。曾国藩被世人称为桐城派古文名家，借助于留存至今的亲笔初稿与核改稿，我们可以感受他在“桐城义法”方面的具体体现。

例如，文章第二段，“凛降衷”两句，初稿原为“溯降衷而之大原，常思主静而无失”，作者先删除“而”字，将“溯”改为“凛”，另增“惧物蔽而情胜”，以与“凛降衷之大原”对称而出，并将“常思主静而无失”改为“常思主静以协厥中”，成为“凛降衷之大原，惧物蔽而情胜，常思主静以协厥中”：最后在核改稿上，又修改为“凛降衷之大原，思主静以协中”，如此则句式更加凝练而雅洁。又如，“幼仪不慎，则居敬无基”下，初稿为“异说不辨，则指枉作圣、误入迷途而不自觉”，作者先将“而不自觉”改为“谬以千里”，核改稿上，又删除“指枉作圣、误入迷途”，成为“异说不辨，则谬以千里”，由此对应上句的“幼仪不慎，则居敬无基”。段末“其为说虽多，而其本躬修以安四海，始终未尝不一贯”，“始终未尝不一贯”，略显冗散疲弱，其气力与上句的“本躬修以安四海”不侔，改为“未尝不累牍而同归”，应该是出于文句修辞的考量。而在核改稿上，作者又亲笔圈去“累牍”并“而”字，则可能是出于对逝者的尊重，即“形式服从内容”的需要。第五段，“叹利钝之无常，世变之未已，或解说《周易》以自遣”，亲笔稿上“世变之未已”乃添写于行间，有此一句，文气更加充沛。铭文部分，“姚江事业，或掩前贤”，核改稿将“掩”字改为“迈”字，不仅意义更周全，而且声调更响亮；“仍立丰功，大雪斯耻”，因为紧随其后的句子为“大本内植，伟绩外充”，两个“大”字密集重复，于是，在核改稿上，亲笔将前一“大”字改为“一”字。曾国藩在家书中曾以“珠圆玉润”来教导子弟，“至于马迁、相如、子云三人，可谓力趋险奥，不求圆适矣，而细读之，亦未始不圆。至于昌黎，其志意直欲凌驾子长（司马迁字子长）、卿（司马相如字长卿）、云（扬雄字子云）三人，戛戛独造，力避圆熟，而久读之，实无一字不圆，无一语不圆”，进而自述“余于古人之文，用功甚深，惜未能一一达之腕下，每歉然不怡耳”。《罗忠节公神道碑铭》这些字句的措辞与修改，应当就是他握笔行文之时，对“珠圆玉润”境界的下意识追求吧。

（王澧华）

欧阳氏姑妇节孝家传

原文

节母蔡氏[①]，生十三岁而室于欧阳[②]，事玉光府君[③]，家微也，姑刘孺人[④]，端严匡敕[⑤]，无所假借[⑥]。节一朝之食，分之二日；并三人之事，责之一手。举家事精粗剧易[⑦]，壹委节母[⑧]，不以何问他人。节母则先鸡鸣而兴，豫其未至[⑨]；后斗转而息[⑩]，补其阙遗。箕拘无尘[⑪]，井汲无濡[⑫]，半米寸薪，必珍必戒。诸娣姒次第入门[⑬]，节母躬其难者，让其易者。自亲舍及众私室[⑭]，衣垢则浣之，绽裂则补缀，初不问其所自来[⑮]。群从子女[⑯]，寒则衣之，饥则慈以甘糍，就湢浴为之洁除[⑰]。群从或忘其母而母节母，节母亦忘其非己出也。

乾隆三十年乙酉[⑱]，舅席珍府君卒[⑲]，明年，玉光以毁死[⑳]，刘孺人大戚[㉑]。节母于时年二十有八，长子惟本甫三岁，少者成材未期耳[㉒]。入则泣血柴立[㉓]，茹蘖自盟[㉔]；出则抱子奉姑，怡声亹亹[㉕]。益屏去华饰，先姑意之未发而从事。约其口与体，以及其孤子女，无所不约；勤其力以率其妯娌与其子姓[㉖]，佣奴各有专职。土无寸旷，人无晷暇[㉗]；俯拾仰取，宾祭有经[㉘]；猪鸡肥硕，蔬果怒生。方节母事姑之初，岁入谷二十石[㉙]；逮姑之暮年，谷近千石。惟本读书属文，试于郡县有声矣[㉚]，年二十七岁而卒，妇蔡氏亦以节著。

节妇蔡氏，少归欧阳惟本[31]，节母之冢妇也[32]。乾隆四十三年戊戌，岁大饥。节妇将嫁，其父辅世贫不能具礼。宗族或助之结褵之资[33]，凡得钱三千有奇[34]，父为装遣之。节妇阴返其钱[35]，置秆荐中而系钥匙其端[36]。父归而室无见粮[37]，引钥则钱在焉。泣曰："孝哉吾女！留此以活我也。"惟本没时，节妇亦二十八岁。由是捐弃万事，壹从节母求所以事祖姑刘孺人之法[38]。

黎明，刘孺人兴，节母执笄侍左[39]，节妇自右约之。及盥，节母奉水，节妇奉槃[40]。及食，妇具馔，母侑[41]之。及寝，三世联床[42]，听于无声[43]。刘孺人即怒，节母负墙竦惧，节妇从容改为，以适厥指[44]。即疾病，妇煮药，母尝而后进。夜则番宿递侍[45]，衣不解带。一夕，节母起，堕床，折胁二骨。节妇号泣，就援之。母戒屏息，无令刘孺人得闻知也。刘孺人晚而丧明，手足痿痹，挽篗舆[46]，日游庭中。节母肩前，节妇肩后。其后刘孺人九十而终，节母且六十矣，二胁骨者竟无恙。其后二十余年，盗入室，劫母衣，刃伤节妇指及肘。创甚，亦不医，而竟无恙。论者以为孝征，神或相之云。道光九年，节母没[47]，实年九十有六。二十三年，节妇没，实八十有三。其前五年，岁在己亥，均旌表节孝如例[48]。

前史官曾国藩曰[49]：节妇之孙女子四人，次二者归于我外舅福田先生[50]，笃行君子也，数为余诵述两世事状。余昔官礼部，见各行省题旌妇女[51]，凡烈妇殉夫者，别具一疏。高宗皇帝常下诏非之，不予旌表，以为“行不贵苟难”也[52]。然末俗士论，往往以矫激卓绝之行为难。观欧阳姑妇之节，亦似庸行无殊绝者[53]，而纯孝兢兢，事姑至六十年、五十年之久而不渝，天下之至难，孰逾是哉？

注

① 节母：封建时代把丈夫去世后守节不嫁、赡养公婆、抚养子女的妇女，称为“节妇”“节母”。

② 室于：即嫁给。

③ 事：侍奉。府君：旧时对已故之人的敬称，子孙对其先世，也用此敬称。曾国藩之妻是欧阳氏姑妇的后辈，故有此“府君”之称。

④ 姑：此处是丈夫之母。孺人：古代称大夫之妻为“孺人”，明清时代作为七品官的母亲或妻子的封号，故世人以此作为妇人的尊称。

⑤ 匡敕：严整，严厉。匡即端正。“敕”通“饬”，即“整顿”“戒除”。《诗·小雅·楚茨》：“既齐既稷，既匡既敕。”

⑥ 假借：此处是容忍、宽大之意。

⑦ 剧易：难易。

⑧ 壹：即一、全部。委：交付，托付。

⑨ 豫：通“预”，即事先预备。

⑩ 斗(dǒu)转：北斗星转移方向，天就快亮了，所以用斗转表示天亮以前。

⑪ 箕拘无尘：《礼记·曲礼》要求，子女为长辈扫地时，要遮挡撮箕，以免灰尘飘向长辈，以示尊敬。拘，即遮挡。

⑫ 井汲无濡：从井里打水，小心翼翼，不沾湿地面。

⑬ 娣(dì)姒(sì)：妯娌，兄弟各自的妻子。

⑭ 亲舍：父母亲的居所。

⑮ 初不：从不，全不。

⑯ 群从：堂兄弟，侄儿们。

⑰ 湢(bì)浴：浴室。

⑱ 乾隆三十年乙酉：乾隆为清高宗爱新觉罗·弘历的年号，此处是年号纪年与干支纪年并用，即公元1765年。

⑲ 舅：此处是丈夫之父。

⑳ 毁：哀毁，极度哀伤。

㉑ 戚：忧伤，哀伤。

㉒ 成材未期：不知能否抚养长大的意思。

㉓ 柴立：形容人干瘦，或像枯树一样傻站着。

㉔ 茹蘖(bò)：形容生活清苦，为人清白。蘖，古同“檗”，即黄柏，果实很苦。语出白居易《三年为刺史》：“三年为刺史，饮冰复食蘖。”自盟：自誓。

㉕ 亹(wěi)亹：形容不绝、不休的样子。

㉖ 子姓：子孙后辈。

㉗ 晷(guǐ)暇：片刻的闲暇。晷是太阳移动的影子。

㉘ 宾祭：待客与祭祀。有经：有条理。

㉙ 石(dàn)：古代计量单位，一石大体相当于现在的六十千克。

㉚ “试于”句：参加郡县的科举小考很有名气。

㉛ 归：女子嫁人。

㉜ 冢妇：嫡长子之妻。

㉝ 结褵(lí)：古代嫁女的一种仪式，母亲将配巾系结在女儿身上，后便用结褵表示男女成婚。

㉞ 钱三千有奇：三千多文钱，合银钱大约三两。有奇，即有余、多一点儿。

㉟ 阴：偷偷地、悄悄地。

㊱ 秆(gǎn)荐：草席子。

㊲ 见(xiàn)粮：现存的粮食，余量。

㊳ 祖姑：婆婆的婆婆。

㊴ 执笄(jī)：手持发簪。

㊵ 奉槃(pán)：端着木盘。《礼记·内则》：“妇事舅姑，如事父母……进盥，少者奉槃，长者奉水，请沃盥。”

㊶ 侑(yòu)：本义是以歌舞助兴劝食，此处是夹菜、劝菜之意。

㊷ 三世：三代人。

㊸ 听于无声：于无声时听之，即随时准备听着。《礼记·曲礼》：“为人子者……听于无声，视于无形。”好像父母就在身边，随时都可能有

所教导。

㊹ 从容改为：巧妙地周旋，改换另一种做法。厥：其，他的。指：意旨，意向。

㊺ 番宿：轮班值夜。

㊻ 箯(biān)舆：简易的竹制轿子。

㊼ 没(mò)：通“殁”，死亡。

㊽ 旌表：封建时代，官府为忠孝节义之人，立牌坊，赐匾额，以示表彰。如例：遵照以前的事例与规格。

㊾ 前史官：清朝国史馆附于翰林院，翰林院官员皆有修史之责，曾国藩任翰林院检讨时，也曾经派充国史馆协修官，故此处自称“前史官”。

㊿ 外舅：古人称岳父为“外舅”。

51 题旌：题词表彰。

52 行不贵苟难：语出《荀子·不苟》，即君子做事不要以出格奇绝之事为贵。

53 庸行：日常普通的平凡行为。

鉴赏

本文作于清咸丰十年(1860)二月，曾国藩率湘军主力进驻安徽宿松，在军务倥偬之际，以早年在京任国史馆协修官的名义，为家乡两位去世多年的贫苦农妇作家传，确实是有激于衷而发为文。两世节妇，两世纯孝，社会底层的小人物，家世连遭不幸，终生勤劳自持，却在年复一年、日复一日的艰难岁月中，做出了常人难以想象的不平凡事迹。文章题作“节孝”，“节母”“节妇”只是她们丧夫守寡的身份，篇末感叹的“纯孝兢兢”，才是两位平凡母亲最为感人的精神闪光。

文章一开篇，不做任何铺垫，提笔就是这么两句：“节母蔡氏，生十三岁而室于欧阳，事玉光府君，家微也，姑刘孺人，端严匡敕，无所假借。”未成年而嫁人，夫家贫寒不说，还摊上一个性情严厉、独断专行的婆婆，竟然是“节一朝之食，分之二日；并三人之事，责之一手。举家事精粗剧易，壹委节母，不以何问他人”。节母人生处境如此不易，一下子就把读者的心提到了嗓子眼，不能不为她今后的日子担心。而正是这种令人焦急、令人不满的环境，反而凸显了节母的可贵，因为出乎我们读者意外的是，在作者笔下，她竟然是“先鸡鸣而兴，豫其未至；后斗转而息，补其阙遗”，如此任劳任怨，当然做到了家庭内外干干净净，整整齐齐，甚至连“半米寸薪”，都“必珍必戒”。接下去，更是如数家珍，历举节母如何谦让妯娌、慈爱侄辈，以至缝补浆洗，一人包干，无怨无悔。开篇第一段，作者就用不易察觉的对比手法，以“无所假借”“壹委节母”的总括之词，去写婆婆的出格严厉，以“躬其难者，让其易者”“初不问其所自来”等细节，来刻画节母的温良恭谨。而这一切，都将落实到篇末即将揭出的“纯孝兢兢”。

第二段，着力刻画节母青年守寡、艰难持家的劳苦艰辛。两年之间，公公与丈夫相继去世，家中失去顶梁柱，节母二十八岁而不改嫁，为的是赡养丧夫的婆婆，抚养丧父的幼子，作者特意用“茹蘖自盟”“抱子奉姑”以及“先姑意之未发而从事”“约其口与体，以及其孤子女，无所不约”等日常生活，来突出节母的“孝谨”如初。此外，作者还用节母辛勤持家的成果，即“事姑之初，岁入谷二十石”，与“姑之暮年，谷近千石”，数行之内，“姑”字四次频频出现，都是暗扣节母的“孝养”之深。

本文为两世节孝写合传，从节母转入节妇，却不见任何脱节与拼凑的痕迹，而是借由节母长子病亡，顺势转入到守寡节妇。第三段即先从“节妇将嫁”写其父女间“三串铜钱”的感人举动。全族贫苦亲戚凑集的三串铜钱，合银钱不过三两上下，父亲嫁女，塞进行装，女儿悄悄拿出，系于钥匙，塞进草席；父亲送女归来，家无余粮，看到草席下露出半截的钥匙，一句“孝哉吾女，留此以活我”，令人泫然欲涕。作者却随即克制情绪，以节妇“从节母求所以事祖姑刘孺人之法”，将文笔过渡到“两世节孝”的具体描述之上，而两位山乡农妇“恭谨纯孝”的感人事迹，由此巨细无遗展现于读者面前。

从“节母执笄侍左，节妇自右约之”开始，作者运用排比、重复、对比等修辞手法，一声“节母”，一声“节妇”，从“黎明”写到“及盥”，从“及食”写到“及寝”；又从“即怒”写到“即疾病”，直至“晚而失明”“手足痿痹”；即便一个小小的日常服侍行为，作者也都不惜笔墨，细微描绘，如盥洗，则“节母奉水，节妇奉槃”；进食，则“妇具馔，母侑之”；进药，则“妇煮药，母尝而后进”，直至合抬瘫卧竹椅的失明老人，婆媳二人，还是“节母肩前，节妇肩后”，至于堕床骨折、贼伤指肘，皆“不医而竟无恙”，双双寿至耄耋，时人叹为纯孝之报，如有神助，如此不惜笔墨，浓墨重彩，几乎处处都是神来之笔。

从结构上看，文章为两世节孝立传，前两段写节母，突出其勤劳与慈爱，后两段，先写节妇家世之惨，继写婆媳二人精心侍奉失明瘫痪的太婆婆，有分有合，分合自如。最后一段，则直接出以“前史官曾国藩曰”，干脆以近似官修正史的“史官论曰”的体式，为全文做总结，甚至还以“余昔官礼部，见各行省题旌妇女”为例，以高宗下诏批驳、不予表彰“烈妇殉夫者”为支撑，从而彰显“欧阳姑妇之节”，看似平淡平常而无矫激卓绝，但如此“纯孝兢兢”，奉侍婆婆达五十年、六十年之久，从而发出“天下之至难，孰逾是哉”的诘问，以此直面逼问，烘托主旨，收束全篇。

曾国藩在写给弟弟们的家书中曾经说道：在离开湖南进入北京之后，我才开始找到诗文写作的方向。大体说来，就是作文取法秦、汉经史，作诗追踪韩、黄诗风。中年带兵之后，曾国藩所作朋辈碑传，为之状写身世与遭际，多有嶙峋奇崛之气象，选字造句，每有古奥孤绝之气格，因而大多偏于阳刚之气。而像《欧阳氏姑妇节孝家传》这样，论题材，则缕述山乡家庭生活琐事，就其措辞行文，则通篇平易舒缓，如此风格阴柔、情韵深长者，后期并不多见。究其原因，便是欧阳氏两世节妇、两世纯孝的感人事迹，令作者纵笔铺写，令读者低回咏叹。

（王澧华）

曾国藩生平

与

文学创作年表

【纪　　年】清嘉庆十六年(1811)辛未
【年　　岁】1
【生平经历】本年十月十一日,出生于湖南省湘乡县荷塘二十四都天坪村白杨坪(今属双峰县)。派名传豫,学名子城,字居武。世代业农,其父曾麟书(字竹亭),乡间塾师。
【主要作品】
【相关大事】七月,谕令禁止西洋人潜往内地。

【纪　　年】嘉庆十七年(1812)壬申
【年　　岁】2
【生平经历】
【主要作品】
【相关大事】七月,胡林翼生于湖南益阳。十月,左宗棠生于湖南湘阴。

【纪　　年】嘉庆十八年(1813)癸酉
【年　　岁】3
【生平经历】
【主要作品】
【相关大事】十二月,洪秀全生于广东花县(今广州市花都区)。

【纪　　年】嘉庆十九年(1814)甲戌
【年　　岁】4
【生平经历】
【主要作品】
【相关大事】清廷明令查禁鸦片偷运与贩卖。

【纪　　年】嘉庆二十一年(1816)丙子
【年　　岁】6
【生平经历】在家塾发蒙,从塾师陈雁门识字。十月,曾祖父曾竟希卒。
【主要作品】
【相关大事】

【纪　　年】嘉庆二十二年(1817)丁丑
【年　　岁】7
【生平经历】曾麟书设乡塾,名“利见斋”,课徒十余人,国藩从学,凡十余年。
【主要作品】
【相关大事】

【纪　　年】嘉庆二十四年(1819)己卯
【年　　岁】9
【生平经历】本年读“五经”毕,学作八股文。
【主要作品】
【相关大事】

【纪　　年】嘉庆二十五年(1820)庚辰
【年　　岁】10
【生平经历】五月,弟国潢(字澄侯)出生,祖父曾玉屏(字星冈)命作八股文,题《兄弟怡怡》,今佚。
【主要作品】
【相关大事】

【纪　　年】道光元年(1821)辛巳
【年　　岁】11
【生平经历】
【主要作品】
【相关大事】杨秀清生。

【纪　　年】道光二年(1822)壬午

【年　　岁】12
【生平经历】五月，弟国华（字温甫）出生。
【主要作品】本年作有《宏辉公像赞》《宏辉公配彭慈人像赞》，为目前所见曾国藩最早的文学创作。
【相关大事】

【纪　　年】道光三年（1823）癸未
【年　　岁】13
【生平经历】
【主要作品】
【相关大事】正月，李鸿章出生于安徽合肥。

【纪　　年】道光四年（1824）甲申
【年　　岁】14
【生平经历】本年随从父亲曾麟书至省城长沙应童子试，父子双双落选。惟以试帖诗《共登青云梯》为父执衡阳廪生欧阳凝祉（字福田）所赏识，以长女许配之。八月，弟国荃（字沅圃）出生。
【主要作品】
【相关大事】

【纪　　年】道光五年（1825）乙酉
【年　　岁】15
【生平经历】随曾麟书攻读经史与《文选》之学。
【主要作品】
【相关大事】

【纪　　年】道光六年（1826）丙戌
【年　　岁】16
【生平经历】应长沙府试，又未取。
【主要作品】

【相关大事】

【纪　　年】道光七年(1827)丁亥
【年　　岁】17
【生平经历】本年仍从父苦攻举子业。
【主要作品】
【相关大事】洪秀全应广州府试,落选。

【纪　　年】道光八年(1828)戊子
【年　　岁】18
【生平经历】九月,弟国葆(后改名贞干)出生。
【主要作品】
【相关大事】

【纪　　年】道光九年(1829)己丑
【年　　岁】19
【生平经历】曾麟书设塾于本乡石鱼村,国藩从行。
【主要作品】
【相关大事】

【纪　　年】道光十年(1830)庚寅
【年　　岁】20
【生平经历】肄业于衡阳唐氏家塾,从塾师汪觉庵学。
【主要作品】
【相关大事】洪秀全在乡塾任教。

【纪　　年】道光十一年(1831)辛卯
【年　　岁】21
【生平经历】本年自衡阳还乡,教国潢、国华读书。冬月,肄业于县城涟滨书院。自号涤生,寓意涤旧新生。
【主要作品】

【相关大事】六月,皇子爱新觉罗·奕詝(即后来的咸丰帝)生。八月,广东籍基督教宣教师梁发编印《劝世良言》。

【纪　　年】道光十二年(1832)壬辰
【年　　岁】22
【生平经历】曾麟书本年四十三岁,始中秀才。国藩从试,学使悬牌,责其文理之浅,以佾生注册,曾国藩终身憾之。
【主要作品】
【相关大事】

【纪　　年】道光十三年(1833)癸巳
【年　　岁】23
【生平经历】本年应试,得中秀才。十二月,与欧阳氏完婚。
【主要作品】
【相关大事】初识同县刘蓉,刘蓉诗中曾一再提及:"忆昔初识面,维时岁癸巳。"(《寄怀曾涤生侍郎》)"识面从初岁属蛇,龙城校士及春华。"(《曾太傅挽歌百首》其五)

【纪　　年】道光十四年(1834)甲午
【年　　岁】24
【生平经历】本年求学于省城岳麓书院。八月应乡试,以第三十六名中举。十一月赴北京,准备会试。
【主要作品】
【相关大事】

【纪　　年】道光十五年(1835)乙未
【年　　岁】25
【生平经历】寓居北京城南长沙会馆。三月应会试,不中。仍留北京访学,始识京中桐城派与宋诗派之诗文风尚。

【主要作品】本年诗作，现存五古《咏史》五首、七律《岁暮杂感》十首。

【相关大事】

【纪　　年】道光十六年(1836)丙申

【年　　岁】26

【生平经历】三月中旬，参加本年恩科会试，又未中。南返，途中病，湘潭举人欧阳兆熊略知医理，倾心调护。病愈，从睢宁知县易作梅(湘乡人)贷银百两，经清江、扬州而抵南京，尽以买书，溯江而归，朝夕诵读。

【主要作品】

【相关大事】洪秀全再应广州府试，不取，始读《劝世良言》。

【纪　　年】道光十七年(1837)丁酉

【年　　岁】27

【生平经历】本年春，始识郭嵩焘于长沙。十月，长子祯第出生。十二月，从亲友借钱三十二缗，赴京应试。与长沙举人陈源兖相识于汉口，结伴而行。

【主要作品】

【相关大事】洪秀全三应广州府试，仍未中，愤激暴病，迷狂一月有余。英国因国内经济萧条，连年向中国倾销鸦片。

【纪　　年】道光十八年(1838)戊戌

【年　　岁】28

【生平经历】正月抵京。三月应会试，以第三十八名得中进士；四月复试，列一等；殿试，列三甲第四十二名；朝考，改翰林院庶吉士。中式后改名国藩，字伯涵。同时得中者，有陈源兖、钱振伦及李鸿章之父李文安等。同乡郭嵩焘、欧阳兆熊、冯作槐、吴英樾等落第。

【主要作品】夏间，作《贺新郎·题钱楞仙同年玉堂归娶图》词二首。

【相关大事】 湖广总督林则徐等奏请严禁鸦片贸易,十一月,授为钦差大臣,赴广东查禁鸦片。

【纪　　年】 道光十九年(1839)己亥
【年　　岁】 29
【生平经历】 本年始有日记见存,起自元旦。正月,乡间天花流行,国藩之季妹与长子相继感染而殇。十一月,次子纪泽出生,国藩起程北上。
【主要作品】 二月,作《哭亡妹亡儿辞》。
【相关大事】 四月,林则徐开始在虎门焚毁鸦片。九月,英军舰炮击虎门。

【纪　　年】 道光二十年(1840)庚子
【年　　岁】 30
【生平经历】 正月到京,间日与诸同年联课,温习诗赋试艺。四月散馆,列二等,授职检讨。七月大病,九月始愈。曾麟书、曾国荃护送国藩妻、子到京。
【主要作品】 六月,作骈文《季仙九师五十寿序》。十一月,作七律《寄郭筠仙浙江四首》。十二月,作五古《寄弟》。
【相关大事】 六月,英国军舰攻占浙江定海,第一次鸦片战争爆发。九月,林则徐被革职。

【纪　　年】 道光二十一年(1841)辛丑
【年　　岁】 31
【生平经历】 闰三月,曾麟书还乡,曾国荃留京读书,国藩授课。是为选抄古文之始。七月,曾国藩始从理学家唐鉴研习程朱之学。十月,充国史馆协修官。长女纪静生,后嫁松江知府袁芳瑛之子。
【主要作品】 本年所作诗文,存者有《题唐镜海先生二图》《酬陈庆覃侍御》《送凌九归》《题钱仑仙同年慈竹平安图》《送吴荣楷之官浙江》《题龙九诗》《杂诗九首》《寄弟三首》《朱心垣先生五十六寿序》《郭璧斋先生六十寿序》《吴君墓志铭》《朱玉声先生七十三寿序》《余安人墓志铭》等，其余《胡云阁先生诔》等则已佚去。

【相关大事】正月，英军占领香港，二月，攻陷虎门。七月，英军攻占厦门。

【纪　　年】道光二十二年(1842)壬寅

【年　　岁】32

【生平经历】本年益自醉心于心性之学，沾滞于诚心正意之轨范，且至于赌咒发誓，戒绝水烟。曾国荃返湘。

【主要作品】本年所作诗文，存者有《送谢果堂前辈归江南》、《送凌十一归长沙》、《题顾南雅先生画梅应何子贞》、《三十二初度次日书怀》、《忆弟》、《寄怀刘孟容》、《早起忆九弟》、《得筠仙书并诗却寄》、《傲奴》、《反长歌行》、《题周小村前辈塞外课经图》、《琐琐行》、《地用莫如马》、《寄弟》、《访苗先麓》、《题画兰》、《题毛西垣集后》、《岁暮杂感》(五律，十首)及《彭母曾孺人墓志铭》等。

【相关大事】是年，英国兵舰攻入吴淞、镇江，清廷被迫议和。七月，签订中英《江宁条约》，割让香港，五口通商。第一次鸦片战争结束。

【纪　　年】道光二十三年(1843)癸卯

【年　　岁】33

【生平经历】三月，翰詹大考，列二等第一，以翰林院侍讲升用。五月，考试差。六月放差，派充四川乡试正考官，经陕西入川。途中染病，湖南同乡李星沅官陕西巡抚，精心调护。十一月还京。次女纪耀生，后嫁陈源兖之子陈远济，夫妇二人于光绪四年(1878)随曾纪泽出使法国，后相继病卒于巴黎。

【主要作品】本年所作诗文，存者有《如水投石赋》《烹阿封即墨论》《送金竺虔之官闽中》《感春》《王翰城刺史五十寿序》《温甫读书城南寄示二首》《初入四川境》《赠李生》《游桂湖》《梓潼道中》《早发武连驿》《入陕西境》《西征呈李石梧前辈》《早发沔县》《留侯庙》《柴关岭雪》《废邱关》《三十三岁生日》《至日》《国士桥》等。

【相关大事】洪秀全开始信教布教。李鸿章入都应试,以年家子求学于曾国藩。

【纪　　年】道光二十四年(1844)甲辰

【年　　岁】34

【生平经历】五月,派充翰林院教习庶吉士,从学者六人。湖南举人江忠源入京会试,以郭嵩焘之介结识曾国藩。十二月,转翰林院侍读。第三女纪琛生,后嫁罗泽南之子。曾国藩频年专注于诗,家书中自称:"余于诗亦有工夫,恨当世无韩昌黎及苏、黄一辈人可与发吾狂言者。但人事太多,故不常作诗;用心思索,则无时敢忘。"(道光二十四年八月二十九日《致诸弟》)曾国华求其积年诗作,又谓:"余往年皆未存稿,近年存稿者,不过百余首耳。"(道光二十四年九月十九日《致诸弟》)

【主要作品】三、四月间,为考试差,连日作试帖诗,考讫,无所得,文亦不存。存者有《五箴》《陈妻易安人墓志铭》《岱云同年丧妻为诗譬之》《喜筠仙至即题其集》《六月二十八日大雨……诗以调之》《荇农既和余诗乃复次韵》《秋怀》《送妹夫王五归》《送邓伯昭》《题朱伯韩诗集后》《酬九弟》《题钱仑仙然烛修书图》《送吴英樾之官浙江》及《汤海秋祭文》。

【相关大事】

【纪　　年】道光二十五年(1845)乙巳

【年　　岁】35

【生平经历】三月,派充会试同考官,九月,升授翰林院侍讲学士。十二月,补日讲起居注官。自名其书房曰"求阙斋”。弟国潢、国华入都,国潢经理家务,国华则谋求科举出身。

【主要作品】本年仍致力于创作,有《正月二日作》《兹晨》《东邻杜氏义塾》《王荫之之母寿序》《江小帆之母寿序》《乙巳春闱谢戴醇士前辈画竹》《题醇士前辈为滇生师画竹迭前韵》《题画竹次醇士前辈韵》《请醇士前辈画竹归贻树堂》《又赠筠仙》《酬岷樵》《题王少鹤婴砧课诵图》《送王少鹤》《送王孝凤之云南》《送王子寿归荆州》《送郭筠仙南归序》《求阙斋记》《送谢吉人之官江左序》《易文斋之母寿诗序》《新化邹君墓志铭》《送周荇农南归序》《书学案小识后》及《送陈岱云出守吉安》诗文各一篇。

【相关大事】

【纪　　年】道光二十六年(1846)丙午

【年　　岁】36

【生平经历】居官如前。夏秋之交大病,借住城南报国寺。结识国子监学正刘传莹,刘本倾心汉学,曾国藩则诱之入于理学。国潢、国华纳资入监,国华应顺天乡试,落第,仍留京读书,国潢返湘。第四女纪纯生,后嫁郭嵩焘之子。

【主要作品】近年师事之理学家唐鉴告老还乡,为“作《师说》一首以识年来向道之由”,即文集题作《送唐先生南归序》者。此外,还有《原才》《送江小帆同年视学湖北序》《陈母生日宴集宾僚诗序》《金殿珊先生寿序》《适朱氏妹墓志》《满妹碑志》《随州李君墓表》与《丙午初冬寓居报国寺赋诗五首》等存世。

【相关大事】

【纪　　年】道光二十七年(1847)丁未

【年　　岁】37

【生平经历】四月,翰詹大考,列二等第四名,六月超升内阁学士，兼礼部侍郎衔。家书中称“湖南三十七岁至二品者，本朝尚无一人”，“近年来中进士十年得阁学者，惟壬辰季仙九师、乙未张小浦及予三人”。十月，派充武会试正总裁。湖北武昌举人张裕钊考授内阁中书，始从曾国藩问古文之学。

【主要作品】本年诗文存者，有大考题《远佞赋》《君子慎独论》与平日师友应酬之《送舒伯鲁》《送莫友芝》《丁未六月七日考试汉教习院作》《丁未六月廿一日欧阳公生日》《次韵戴醇士邵蕙西见过》《题朱伯韩尊人诗卷》《酬李生》《刘叟诗》《丁未武会试闱中奉和王雁订前辈》《黄矩卿师之父母寿序》《唐镜海先生七十生日同人寄怀诗序》《文小南之父七十生日寿诗序》《何母八十生日诗序》《黎樾乔之兄六十寿序》《钱塘丁烈妇墓表》《长沙李母黄宜人墓志铭》。另有为季芝昌代笔之《云桨山人诗序》。

【相关大事】李鸿章、郭嵩焘、沈葆桢、马新贻等本年得中进士。

【纪　　年】道光二十八年(1848)戊申

【年　　岁】38

【生平经历】居官如前，始用心于时务经世之学。曾国华在京厄于科试，日渐消沉，时常外出不归，不受长兄约束，曾国潢乃装病将其骗归。子纪鸿生。刘传莹病卒，曾国藩为之编刊遗著《孟子要略》。

【主要作品】本年诗文之作，有《题王麓屏扁舟归养图》《奉题丹魁堂诗集》《送黎樾乔侍御南归》《题苗先麓寒灯订韵图》《题黄矩卿师采兰艺菊图》《题张石舟烟雨归耕图》《憩红诗课戏题》《题平谷山庄图》《武会试录序》《送刘君椒云南归序》《钱港舣先生制艺序》《曹西垣同年之父母寿序》《杨母张孺人七十寿序》《善化夏母杨宜人墓志铭》《戴府君墓志铭》等。

【相关大事】湖南、广西等省连年灾荒，时有揭竿而起之举，洪秀全之拜上帝会则日益壮大。

【纪　　年】道光二十九年(1849)己酉
【年　　岁】39
【生平经历】正月,升任礼部右侍郎。闰四月考试差,甚望得差,就便回家省亲,不遂。八月,兼署兵部右侍郎。十一月请假,为祖父守孝。
【主要作品】《送孙芝房使贵州》《送黄恕皆使秦中》《送梅伯言归金陵》《江岷樵之父母寿序》《新宁县增修城垣记》《祭礼部韩公祠文》《太学石鼓歌》《孟子要略序》《槐阴书屋图记》《岁暮设奠告王考文》《祖四世元吉公墓铭》《国子监学正刘君墓志铭》诸篇作于此年。
【相关大事】

【纪　　年】道光三十年(1850)庚戌
【年　　岁】40
【生平经历】二月应诏陈言,以人才为求治之急。四月,派充会试复试及朝考阅卷大臣。六月,兼署工部左侍郎;九月,兼署兵部左侍郎。
【主要作品】政务繁杂,本年创作锐减,仅见《王考告文》与《养晦堂记》。
【相关大事】正月,道光帝崩,咸丰帝即位。十二月,洪秀全等率拜上帝会起义于广西桂平县金田村,建号"太平天国",洪秀全自命"天王"。

【纪　　年】咸丰元年(1851)辛亥
【年　　岁】41
【生平经历】上疏,奏陈裁兵强军之策。四月,上奏《圣德三端预防流弊折》,语多切直,上谕责其"语涉过激,未能持平,仅见偏端,拘执太甚",而曾国藩则将此折抄寄家乡,传示亲友。五月,兼署刑部左侍郎。七月,恢复自道光二十五年中断之日记,仿宋儒读书日程之意,分读书作文、办公对客诸端,逐日填写。触事有得，则记于书眉。本年始从事于《十八家诗钞》。

【主要作品】本年诗文，仅存《送唐镜海先生》七绝九首、《题谢叠山卖卜砚》七古一首及《朱慎甫文集序》《书周忠介公手札后》。

【相关大事】二月、三月，清廷迭派大员前往广西，镇压太平军，而太平军气势益旺，以至封王建制。

【纪　　年】咸丰二年(1852)壬子

【年　　岁】42

【生平经历】正月，兼署吏部左侍郎。三月，专折奏请从严议处失职大员。第五女纪芬生，后嫁聂亦峰之子聂缉椝(官至浙江巡抚)。六月，得江西乡试正考官差，月底离京，拟于试毕请假，回湘省亲。七月，在安徽闻母讣音，即改服奔丧。此时，太平军逼近长沙，曾国藩沿途阻隔，八月下旬到家。受诏帮同办理本省团练，初不肯出，郭嵩焘专程前往劝说，始于年末赶赴长沙。

【主要作品】本年诗文，有《记过箴》、《浪淘沙》词六首、《酬鲁通甫即送归山阳》及《题吴南屏诗后》七律二首、《酬李芋仙》七律二首。

【相关大事】二月，太平军冲出永安，进攻桂林，清军失利。四月，太平军攻入湖南。十月，太平军久攻长沙不下，弃而北上，一路攻破岳阳、汉口与湖北省会武昌。

【纪　　年】咸丰三年(1853)癸丑

【年　　岁】43

【生平经历】自正月起，在长沙督办街团，又致信各地士绅，督请清查保甲，分别良莠。二月设审案局，严刑峻法。八月，因与省城官场不合，率部分湘勇移扎衡阳，操练水师。上谕屡诏命湘勇出省，救援湖北、安徽，曾国藩以船炮未就、操练不熟而抗命不从。

【主要作品】本年仅作《刘母谭孺人墓志铭》，应好友刘蓉之请。

【相关大事】太平军沿江东下，占领南京，正式建都，改名“天京”，并开始北伐、西征。

【纪　　年】咸丰四年（1854）甲寅

【年　　岁】44

【生平经历】正月，率湘勇水陆一万七千余人北上。三月败于岳阳，四月败于靖港，愤而投水，被幕中章寿麟救起。奉上谕即行革职，戴罪自效。七月，再次北征，连克岳阳、武昌、汉阳与田家镇。八月，署理湖北巡抚，寻改为赏给兵部侍郎虚衔。因刘蓉之介，张德坚入幕，主持采编所，编辑《贼情汇纂》。十二月，曾国藩兵败江西南康，其座船亦为太平军夺去，文卷尽失，曾国藩再次投水，又被救起，乘小船逃逸。

【主要作品】本年正月，作《讨粤匪檄》。九月，上海租界成立工部局，负责租界市政管理。严复出生。作《祭吴师文》，今佚。

【相关大事】

【纪　　年】咸丰五年（1855）乙卯

【年　　岁】45

【生平经历】是年，退守江西南昌、九江与湖口之间，军情棘手，收效甚微。六月，专折参革江西巡抚陈启迈（湖南同乡、会试同年）。九月，补授兵部右侍郎。因郭嵩焘的引荐，周腾虎、赵烈文等相继入幕。

【主要作品】三月，郭嵩焘自湖南赶赴南昌军营，曾国藩作《会合诗》长篇，一时和者甚多，郭嵩焘乃有《会合联吟集序》记其事。刘蓉《曾太傅挽歌百首》之三十三及注述之尤详。稍后，曾国藩应郭嵩焘之请，作《湘阴郭府君暨张安人墓志铭》。

【相关大事】太平军北伐失败。

【纪　　年】咸丰六年（1856）丙辰

【年　　岁】46
【生平经历】仍坐困江西南昌，四周城池多为太平军攻破，而遭上谕严旨切责。
【主要作品】本年仅剩《陆军得胜歌》，与上年所作之《水师得胜歌》，皆为强打精神振作士气者。
【相关大事】三月，皇长子爱新觉罗·载淳（即同治帝）生，其母叶赫那拉氏晋封懿妃。五月，清军江南大营溃败。八月，太平军有“杨（秀清）韦（昌辉）内讧”之变。九月，英军进攻广州，第二次鸦片战争开始。

【纪　　年】咸丰七年（1857）丁巳
【年　　岁】47
【生平经历】二月，以父丧奏报开缺守制，径行离营回籍。上谕“赏假三月，俟假满再赴江西督办军务”。六月，上《沥陈办事艰难仍吁在籍守制折》，称“今日局势，非位任巡抚决不能以治军；纵能治军，决不能筹饷”，藉以要官要权。上谕准其开缺守制。曾国藩心情烦闷，欧阳兆熊荐长沙举人曹耀湘为之治病。
【主要作品】本年作有《曾府君墓志》《葛寅轩先生家传》。
【相关大事】十一月，英、法联军攻占广州，两广总督叶名琛被俘。

【纪　　年】咸丰八年（1858）戊午
【年　　岁】48
【生平经历】五月，因太平军翼王石达开部攻入浙江，湘军旧部、湖北巡抚胡林翼上下策谋，曾国藩得以奉旨再出，驻军江西建昌。十月，太平军陈玉成等率部大败湘军于安徽庐州之三河镇，全歼湘军宿将李续宾及其精锐六千人，曾国华亦死于此役。十二月，郭嵩焘入值南书房，咸丰帝召对之际，时常问及湘军将帅优劣。李鸿章入曾国藩幕。
【主要作品】本年作有《湘乡县宾兴堂记》《刘君季霞墓志铭》《母

弟温甫哀辞》《欧阳生文集序》。
【相关大事】四月,英、法联军攻占天津大沽炮台。

【纪　　年】咸丰九年(1859)己未
【年　　岁】49
【生平经历】二月,移驻抚州。四月,上谕令曾国藩率部赴川,曾国藩以江南军事略有好转,不愿客军孤悬,追击流寇,多方拖延。七月,奉旨进军安徽徽州。十一月,进驻安徽宿松。
【主要作品】本年作有《次韵何廉昉太守感怀述事十六首》《圣哲画像记》《孙芝房之父母墓表》《孙芝房侍讲刍论序》《林君殉难碑记》《湖口县楚军水师昭忠祠记》《武昌张府君墓表》《题毛寄云奏疏》《毕君殉难碑记》《遵义府教授莫君墓表》。其中《圣哲画像记》叙治学之道甚详,其家书中自谓"于古人为学之津途,实已窥其大,故以此略示端绪",大抵可以视为曾氏学行自记。
【相关大事】袁世凯出生。清朝新设总税务司,处理海关税收事务。

【纪　　年】咸丰十年(1860)庚申
【年　　岁】50
【生平经历】二月,辑录《经史百家杂钞》。四月,太平军攻破江苏省城苏州。两江总督何桂清革职查办,曾国藩署理两江总督。六月,移营祁门。七月,实授两江总督,又放钦差大臣,督办江南军务。八月,太平军忠王李秀成率部二十万进攻皖南,湘军节节败退,祁门告急,曾国藩飞调鲍超所部回援。十一月,祁门被围,饷路不通,一月有余。
【主要作品】本年作有《欧阳氏姑妇节孝家传》《题方友石书后》《何君殉难碑记》《经史百家杂钞题语》。
【相关大事】清朝在第二次鸦片战争中战败,北京圆明园被焚毁。

【纪　　年】咸丰十一年(1861)辛酉
【年　　岁】51
【生平经历】一至三月,坐困皖南,预留遗书。赖左宗棠、鲍超并力救援得免。四月,移营东流,藉缓急可以就近入江。八月,曾国荃攻克安徽省城安庆,曾国藩进驻于此。稍后,设立安庆内军械所,招聘无锡徐寿、金匮华蘅芳等,制造新式枪炮,而且特片上奏,保举徐、华及周腾虎、赵烈文等熟悉洋务之专门人才。十月,纳侧室陈氏。十一月,太平军攻破浙江省城杭州。
【主要作品】本年仅作《祁门口占》《箴言书院记》《经史百家简编跋》。
【相关大事】正月,清朝新设总理各国事务衙门,办理洋务与通商。七月,咸丰帝死于承德避暑山庄,十月,同治帝即位。其生母叶赫那拉氏尊为慈禧太后,垂帘听政。

【纪　　年】同治元年(1862)壬戌
【年　　岁】52
【生平经历】正月,晋协办大学士。二月,李鸿章率淮军租乘外轮赴上海。三月,署理江苏巡抚。五月,曾国荃率部攻至金陵城外,扎营雨花台。七月,安庆内军械所徐寿、华蘅芳等人研制蒸汽机成功。十一月,曾贞干病卒于雨花台军营。
【主要作品】本年二月作《戏题公牍》七绝一首,三月作《浃旬之间,官军连克州县七城、要隘四处,伯璷以诗见贺,奉答四章,并简蓴卿、尚斋、海航、筱泉、眉生》七绝四首,十二月作《季弟事恒墓志铭》。
【相关大事】

【纪　　年】同治二年(1863)癸亥
【年　　岁】53
【生平经历】居官如前。设采访忠义局,委方宗诚等人撰写《两江忠义录》。五月,侧室陈氏病卒。曾国荃、郭嵩焘、刘蓉相继担任浙江、广东、四川巡抚。广东香山人容闳留美回国,以赵烈文、李善兰之介入曾国藩幕,十月,受其派遣,赴美国采购制造机器之机器。曾国荃率部进逼孝陵卫。李鸿章收复苏州。十二月,安庆内军械所仿西洋蒸汽机动力造轮船"黄鹄"号下水,曾国藩登船试行江面。派同乡旧友欧阳兆熊编刊《船山遗书》。黎庶昌本年入幕。
【主要作品】本年仅作《邓湘皋先生墓表》一篇。
【相关大事】四月,太平军翼王石达开兵败四川大渡河,死之。

【纪　　年】同治三年(1864)甲子
【年　　岁】54
【生平经历】正月,曾国荃部攻克钟山石垒,金陵合围。二月,左宗棠部攻克杭州。三月,与江西巡抚沈葆桢争江西厘金,各负意气。四月,开安庆书局,刻《船山遗书》,欧阳兆熊主其事,学者张文虎、刘毓嵩分任校勘。六月,曾国荃部攻克金陵。曾国藩受封一等侯爵,曾国荃受封一等伯爵。九月,入居金陵两江总督府,处理善后事宜。安庆内军械所及书局亦随之迁至金陵。曾国藩裁撤湘军,曾国荃称病回籍。十月,补行乡试。吴汝纶本年入幕。
【主要作品】本年作有《题莫子偲仿唐写本说文木部笺异》七古长篇、《沅甫弟四十一初度七绝十三首》及《修治金陵城垣缺口碑记》。
【相关大事】洪秀全病逝。太平天国运动失败。太平军忠王李秀成被捕杀。

【纪　　年】同治四年(1865)乙丑

【年　　岁】55

【生平经历】三月,裁减湘军。五月,奉命赴山东征剿捻军,李鸿章署理两江总督。金陵书局校勘《十三经》并《几何原本》等中外典籍。金陵军械所并入上海江南机器制造总局。八月,驻防江苏徐州,以后起之淮军为主力。设河防,修长堤,重镇设防,而不事追剿,对捻军出没之地,查办圩寨,坚壁清野。薛福成、王定安本年入幕。

【主要作品】本年作有《江忠烈公神道碑》《闽浙总督季公墓志铭》《仁和邵君墓志铭》。

【相关大事】四月,捻军击毙忠亲王僧格林沁。五月,曾国藩、李鸿章奏准设立江南机器制造总局。

【纪　　年】同治五年(1866)丙寅

【年　　岁】56

【生平经历】正月,曾国荃授为湖北巡抚,助剿捻军。二月,曾国藩进驻山东。八月,捻军突破淮军河防,进入山东,曾国藩自认失职,奏请注销侯爵。清廷乃命曾国藩回任两江总督,李鸿章接替钦差大臣关防。十一月,曾国荃参劾湖广总督官文。《古文四象》编辑周年,年底定稿。

【主要作品】本年作有《〈王船山遗书〉序》《衡阳彭氏谱序》《大潜山房诗题语》《新宁刘君墓志铭》。

【相关大事】太平军余部被扑灭。福州船政局开工。

【纪　　年】同治六年(1867)丁卯

【年　　岁】57

【生平经历】正月,回驻徐州。二月,捻军大破曾国荃部。三月,抵金陵。四月,奏准拨款在江南机器制造总局下增设造船厂。五月,授体仁阁大学士。十月,曾国荃以丧师失防,离任回籍。十二月,捻军败亡。

【主要作品】本年仅作《求降雨泽告辞》《户部员外郎彭君墓表》。

【相关大事】

【纪　　年】同治七年(1868)戊辰
【年　　岁】58
【生平经历】正月,会见美国公使蒲安臣。四月,奏议上海制造局章程及外海水师章程。出省阅兵,闰四月,授武英殿大学士。抵上海,会见英、法领事,出巡外海水师。江南制造局第一艘轮船“恬吉”号下水,曾国藩登船试航。制造局增设翻译馆。七月,调任直隶总督。九月,在英国军舰的恫吓下,以赔款、撤官、立碑护教了结“扬州教案”。十二月,入京陛见,并参与讨论外贸通商、修订条约诸事。
【主要作品】本年作有《赠吴南屏》《游金山观东坡玉带》《赠丁雨生中丞》《题陆清献公遗像》《灵谷龙神庙碑记》《金陵湘军陆师昭忠祠记》《湖北按察使赵君神道碑》等。
【相关大事】日本开启明治维新运动。

【纪　　年】同治八年(1869)己巳
【年　　岁】59
【生平经历】正月,陛见请训,赴保定直隶总督署。二月起,清理历年之积压诉讼。四月,勘验永定河河工。八月,部署京畿护卫事宜。十月,赴天津,勘察盐务,检阅部队。
【主要作品】本年作有《邵位西诗册跋》《国朝先正事略序》《金陵军营官绅昭忠祠记》《李忠武公神道碑铭》《李勇毅公神道碑铭》《金陵楚军水师昭忠祠记》《苗仙麓墓志铭》《杨忠愍公遗疏赞》《湘乡昭忠祠记》《唐确慎公墓志铭》《罗忠节公神道碑铭》《欧阳府君墓志铭》。
【相关大事】章炳麟(太炎)生。

【纪　　年】同治九年(1870)庚午
【年　　岁】60
【生平经历】二月,清讼事毕,审结积狱、注销旧案计四万一千有余。四月,核定骑兵营制。五月,"天津教案"起,曾国藩病假中奉旨,赶赴天津查办。行前作有遗嘱。曾国藩上下左右受制于人,且缺乏外交经验,面对法国公使罗淑亚的诸多要求,过于屈己求和,大失民望。适两江总督马新贻遇刺身亡,上谕令曾国藩回任两江,李鸿章接任直隶总督。曾国藩辞职,未准。九月入京陛见,十月南下,闰十月抵金陵。离津前,专折奏调福州船政局吴大廷,主持江南船政操练事宜。在津时,接受丁日昌、容闳选派幼童出国留学的建议。
【主要作品】本年作《题〈青松红杏图〉》《仪礼释官序》《郭依永墓志铭》《江宁府学记》《忮求诗》《宁津庞君墓志铭》。
【相关大事】普鲁士与法国交战。

【纪　　年】同治十年(1871)辛未
【年　　岁】61
【生平经历】居官如前。正月,与刑部尚书郑敦谨审结马新贻被刺案。七月,与李鸿章会奏选送幼童赴美留学事宜,并在上海设立留学事务所,委派陈兰彬、容闳为正副监督。长沙举人曹耀湘、杨商农派入金陵书局。八月,出省阅兵,巡视扬州、徐州水路各军。十月抵上海,视察江南制造局及外海水师,乘制造局自造之兵舰返回金陵。十二月,奏定江苏水师事宜。
【主要作品】本年作有《赠李眉生》《酬王壬秋》《题俞荫甫群经平义诸子平义后》《翰林院侍讲学士丁君墓志铭》《罗君伯宜墓志铭》《湖南文征序》《张君树程墓志铭》《重刻茗柯文编序》《开州训导黎君墓志铭》《台洲墓表》《大界墓表》《海宁州训导钱君墓表》《书何母陈

恭人事》。

【相关大事】皇子爱新觉罗·载湉，即后来的光绪帝出生。

【纪　　年】同治十一年(1872)壬申

【年　　岁】62

【生平经历】正月，致函总理衙门，反对撤销轮船局之议。二月初四日，因中风逝于金陵督署。清廷追赠太傅，予谥“文正”。五月，丧抵长沙，六月，葬于南郊金盆岭。同治十三年，与欧阳夫人合葬于善化县(今望城县)湘江西岸之平塘伏龙山。

【主要作品】本年正月，为湘军宿将刘松山作《刘忠壮公墓志铭》，未成而逝。后李元度据曾国藩《胪陈提督刘松山事迹据禀转奏折》续成。

【相关大事】曾国藩、李鸿章奏准，清政府首次派遣留学生赴美国留学。

（慕池）

图书在版编目(CIP)数据

曾国藩诗文鉴赏辞典 / 王澧华主编. -- 上海 : 上海辞书出版社，2025. -- (中国文学名家名作鉴赏精华).
ISBN 978-7-5326-6380-4

Ⅰ. I206.5-61

中国国家版本馆 CIP 数据核字第 2025ZY9881 号

曾国藩诗文鉴赏辞典

王澧华　主编

责任编辑　吴艳萍
封面设计　姜　明
责任印制　楼微雯

出版发行　上海世纪出版集团
上海辞书出版社®(www.cishu.com.cn)
地　　址　上海市闵行区号景路 159 弄 B 座(邮政编码：201101)
印　　刷　上海中华印刷有限公司
开　　本　889 毫米×1092 毫米　1/32
印　　张　10.5
字　　数　185 000
版　　次　2025 年 6 月第 1 版　2025 年 6 月第 1 次印刷
书　　号　ISBN 978-7-5326-6380-4/I・611
定　　价　68.00 元